ULRIKE RENK

Seidenstadt-Leichen

FISCHERS ERSTER FALL Hauptkommissar Jürgen Fischer ist gerade von Münster zum KK 11 in Krefeld versetzt worden und sieht sich schon der ersten Herausforderung ausgesetzt: Mehrere Schaufensterpuppen wurden von Unbekannten in der Stadt verteilt. Sorgfältig wurden sie wie Mordopfer an einem Tatort arrangiert. Da ist ein Spaßvogel am Werk, denkt die Polizei, bis an der Mühle am Engelsberg eine echte Frauenleiche ohne Kopf liegt. Die Identität der toten Frau ist nicht geklärt und ihr Auffinden erinnert an die Schaufensterpuppen. Fischer muss sich fragen, ob es einen Zusammenhang gibt und es sich bei den Puppen doch nicht nur um einen üblen Scherz gehandelt hat. Viel Zeit hat der Kommissar jedoch nicht, denn schon bald wird eine weitere Frau wird als vermisst gemeldet. Für Fischer beginnt ein Rennen gegen die Zeit quer durch die Seidenstadt …

Ulrike Renk, Jahrgang 1967, ist eine erfolgreiche und vielseitige Autorin. Sie ist in Dortmund aufgewachsen und studierte in den USA und an der RWTH Aachen Anglistik, Literaturwissenschaften und Soziologie. Nach der Geburt ihres zweiten Kindes zog Ulrike Renk an den Niederrhein und schreibt seit mittlerweile fast einem Vierteljahrhundert in der Samt- und Seidenstadt Krefeld. Mit ihrem historischen Roman »Die Australierin«, der auf wahren Begebenheiten beruht, avancierte sie zur Bestsellerautorin.

ULRIKE RENK

Seidenstadt-Leichen

KRIMINALROMAN

GMEINER

Immer informiert

Spannung pur – mit unserem Newsletter informieren wir Sie
regelmäßig über Wissenswertes aus unserer Bücherwelt.

Gefällt mir!

Facebook: @Gmeiner.Verlag
Instagram: @gmeinerverlag
Twitter: @GmeinerVerlag

Besuchen Sie uns im Internet:
www.gmeiner-verlag.de

Besuchen Sie uns im Internet:
www.gmeiner-verlag.de

Gmeiner-Verlag GmbH
Im Ehnried 5, 88605 Meßkirch
Telefon 0 75 75 / 20 95 - 0
info@gmeiner-verlag.de
Copyright der Originalausgabe:
© 2005 Leporello, Krefeld
Alle Rechte vorbehalten
2. Auflage 2023

Lektorat: Claudia Senghaas, Kirchardt
Herstellung: Mirjam Hecht
Umschlaggestaltung: U.O.R.G. Lutz Eberle, Stuttgart
unter Verwendung eines Fotos von: © Manninx / fotolia.com
Druck: Custom Printing, Warschau
Printed in Poland
ISBN 978-3-8392-2152-5

PROLOG

Sie lief so wie jeden Abend und so, wie viele andere auch. Die mit Fleece gefütterte dunkle Gore-Tex-Jacke schützte sie vor dem Nieselregen. Immer wenn sie unter einer Laterne hindurchlief leuchteten die Reflektoren an ihrem Arm auf und spiegelten sich in den Pfützen.

Links von ihr lag der Stadtwald, rechts der Großhüttenhof und danach die Hockeyanlage.

Die Steine knirschten überlaut unter ihren Schuhen bis sie sich der Hauptstraße näherte, die wie ein breites Band ihren Weg durchschnitt. Im Stand trabend wartete sie auf das Grün der Ampel. Der gelblich beleuchtete Kirchturm auf der anderen Seite schien frei im Raum zu schweben, so dicht hüllte der Nieselregen alles ein.

Als die Ampel umsprang überquerte sie die Straße. Ein anderer Jogger überholte sie und sie zuckte erschrocken zusammen. Zu tief war sie in ihren Gedanken versunken gewesen, sie hatte ihn nicht kommen hören.

Er nahm den Weg rechts an Kleinlosen vorbei und sie war froh alleine in die andere Richtung laufen zu können.

Jeder Schritt fiel ihr schwer und ihr wurde bewusst, dass sie nicht viel länger mit dem Laufen fortfahren konnte. Bald schon würde sie die Kraft nicht mehr aufbringen.

Wieder führte die abendliche Runde sie über die Nordtangente auf der der Verkehr unbeirrt rauschte. Die letzten Schritte an der Rennbahn vorbei und dann bis zum Parkplatz vor dem Stadtwaldhaus schaffte sie nur mit letzter Kraft.

Keuchend lehnte sie sich an einen Baum, den Atem in einer kleinen Wolke vor sich.

Sie würde die Runde verkürzen, zum Aufgeben war sie noch nicht bereit. Seit Jahren lief sie jeden Abend den gleichen Weg und diese Routine war einer der letzten Bezugspunkte, die ihr geblieben waren.

KAPITEL 1

Jürgen Fischer trug den Karton in den vierten Stock. Er fluchte leise vor sich hin. Gerade heute musste der Aufzug ausfallen. Viel hatte er nicht, nur diesen einen Karton. Zweifelnd verlagerte er das Gewicht auf dem Treppenabsatz. In der Hand hielt er einen Zettel mit der Zimmernummer. Hier musste es sein.

Der Flur hinter der Glastür war leer, die verworrene Unruhe von Stimmengemurmel und Telefonklingeln drang zu ihm.

Er fand den Raum und drückte die Tür mit dem Ellenbogen auf.

Ein typisches Büro. Teppichboden von unbestimmter Farbe. Leere Regalwände. Ein Schreibtisch und ein unbequem aussehender Stuhl, Telefon, eine fleckige Schreibunterlage, Computer, aber kein Monitor. Ihm war ein neuer versprochen worden.

Seufzend stellte er den Karton ab. War es die richtige Entscheidung gewesen? Er sah aus dem Fenster, vor dem das Wetter in langen Schlieren gerann. Die Straße zog sich schnurgerade von dem Gebäude Richtung Innenstadt, in der Mitte die Straßenbahnschienen. Die Bäume hatten alles Laub verloren und es sah genauso trostlos aus wie er sich fühlte.

Dann überschlugen sich die Ereignisse.

Jemand steckte den Kopf zur Tür herein.

»Fischer? Hauptkommissar Jürgen Fischer?«

Sein Handy klingelte.

»Fischer, ja, das bin ich.«

»Tut mir leid, keine Zeit für eine formelle Vorstellung … ich brauch Sie.«

Fischer sah kurz auf das Display des Handys, es war die Nummer seiner Frau. Entschlossen drückte er das Handy aus, steckte es in die Tasche und folgte dem Mann.

Erst zwei Etagen tiefer holte er ihn atemlos ein.

Der Kollege führte ihn zu dem großen Parkplatz hinter dem Präsidium. Keuchend nahm Fischer auf dem Beifahrersitz Platz.

»Stephan«, stellte sich der Mann vor und ließ den Motor aufheulen. »Stephan Mertens.«

»Was ist denn passiert?«

»Es wurde ein Leichenfund gemeldet, oben an der Egelsbergmühle.« Mertens holte tief Luft und fuhr dann etwas langsamer fort. »Wir haben einen großen Krankenstand im Moment und vier Kollegen sind unterwegs wegen dieser blöden Bande …«

Er sah Fischer kurz von der Seite an, lachte.

»Ich spreche in großen Rätseln, nicht wahr? Da haben Sie Ihren ersten Tag bei uns in Krefeld und ich überfall Sie mit ungefilterten Informationen.«

Fischer strich sich grinsend über seine kurzen, wintergrauen Haare. Dann wurde sein Blick ernst.

»Leichenfund? An einer Mühle?«

»Na ja, es wurde ein Leichenfund gemeldet. Eine unbekleidete Frau angeblich.«

»Angeblich? Es klingt nicht so, als ob Sie das besonders ernst nehmen.«

»Da haben Sie Recht. Tu ich auch nicht. In den letzten Monaten sind uns drei Leichen an verschiedenen Orten gemeldet worden. Es waren jedes Mal Schaufensterpuppen.«

»Schaufensterpuppen?« Fischer klang erleichtert.

»Ja, Schaufensterpuppen. Teure, nicht diese billigen Plastikdinger, sondern solche, die sehr echt aussehen. Keine von ihnen hatte allerdings einen Kopf. Ich habe mich erkundigt, diese Puppen werden aus einem Fiberglasgewebe hergestellt und zwar in einem Guss. Ihre Köpfe sind abgesägt worden.«

»Sie haben recherchiert? Weshalb? Das wird doch nur unter Ordnungswidrigkeit gefallen sein, oder? Verschmutzung … Müllbeseitigung.«

»Ja, es ist kein Fall für uns, obwohl wir immer zuerst gerufen werden. Weiß der Teufel warum das jetzt beim vierten Mal wieder so ist.« Konzentriert lenkte er den Wagen durch den dichten Innenstadtverkehr auf die Ausfallstraße. »Ich habe nur des Spaßes halber nachgeforscht. Irgendetwas … weiß auch nicht … die Funde sahen erschreckend realistisch aus. Sogar Kunstblut war verteilt worden, aber keine wirklich brauchbaren Spuren.«

»Klingt nach abgedrehten Jugendlichen.«

»Könnte sein, könnte sein.« Mertens Gesichtsausdruck verschloss sich.

Sie fuhren aus der Stadt heraus. Die Felder waren fahlbraun und einzelne Weizengarben klammerten sich immer noch an tote Stängel. Der Himmel schien wie von einer dünnen Folie überzogen, gefüllt mit Nässe, die nur auf den richtigen Moment wartete um herabzustürzen.

»Warum …«, Mertens ließ das Wort einen Moment zwischen ihnen in der Luft hängen. »Warum sind Sie hierhergekommen?«

»Warum ich mich habe nach Krefeld versetzen lassen?« Fischer fuhr mit der flachen Hand über sein Gesicht, spürte zwei Stellen, die zu flüchtig rasiert waren und kratzten. Mertens warf ihm einen Blick zu, nickte.

Die Frage hatte ihm seine Frau Susanne auch mehrfach gestellt, ohne dass Jürgen Fischer sie zufriedenstellend hätte beantworten können. Ich weiß es doch auch nicht, war er versucht gewesen zu sagen. Doch das war genauso gelogen wie alles andere auch. Im Grunde kannte er die Antwort, wollte sie sich aber nicht eingestehen.

»Ich brauchte dringend eine Veränderung.«

Mertens zog die Augenbrauen hoch. »Aber Krefeld?«

»Ich war als Kind oft hier bei meiner Tante. Habe ein paar schöne Erinnerungen an die Stadt und als die Stelle dann frei wurde, bewarb ich mich.«

Die reinen Tatsachen stimmten, mit den wirklichen Beweggründen hatten sie wenig zu tun.

Die Straße wurde zu einem Weg, kurvig führte er durch die abgeernteten Felder. Massige Kopfweiden streckten ihre kahlen Äste in den Himmel.

»Da sind wir schon.« Mertens brachte den Wagen abrupt zum Stehen.

Ein unsicher aussehender alter Mann kam ihnen entgegen. Hinter ihm trottete ein Hund.

»Sind Sie ... sind Sie von der Polizei?«

Jürgen Fischer musste unwillkürlich grinsen.

»Ja. Hauptkommissariat. Mertens.«

»Ich ... ich dachte, die schicken einen Streifenwagen ...«

»Na, das hatte ich auch gedacht.« Mertens murmelte den Satz nur. »Was liegt denn vor?«, fragte er dann.

»Da hinten liegt eine tote Frau. Nackt. Ich hätte sie fast nicht bemerkt, aber Ben«, er zeigte auf seinen Hund. »Ben hat sie entdeckt. Meine Enkelin hat mir ein Handy geschenkt. Erst wusste ich gar nicht, was ich denn damit sollte, aber nun war es ja ganz praktisch.«

»Das ist wahr.« Mertens räusperte sich. »Haben Sie die ähm … den Fund angefasst?«

»Gott bewahre, nein! Ich habe Ben weggezogen und dann angerufen. Ich solle hier bleiben, wurde mir gesagt.«

»Gut, gut, gut. Dann schauen wir mal.«

Er nickte Jürgen Fischer zu und die beiden gingen um das alte Gebäude herum. Der Wind pfiff durch die Mühle und sang seine schreckliche Winterlitanei, dass nichts jemals wieder blühen und sprießen würde. Schaudernd zog Fischer die Schultern hoch.

Als erstes sah er die Ferse und dann das Bein. Sein Blick wanderte weiter, höher. Ein wohlgeformter Po, der Rücken ein wenig schräg, die Schulterblätter standen hervor wie kleine Flügel.

Die grau-grüne Blässe verriet, dass die Seele diesen Körper verlassen hatte.

Es war keine Puppe.

KAPITEL 2

Daniel Steinbach wachte auf und es war dunkel. Er war so steif, dass er sich kaum rühren konnte. Die Hüftknochen taten ihm weh und seine Füße waren kalt. Stöhnend zog er die Decke fester um sich. Es war nicht seine Decke, er lag nicht in seinem Bett.

Nein, natürlich nicht. Als er gestern Nacht nach Hause gekommen war, hatte er seine Frau nicht mehr stören wollen. Er schlief auf dem Sofa. Deshalb war es auch so dunkel, seine Frau ließ im Wohnzimmer immer die Rollläden herunter.

Karin, seine Frau. Der Gedanke an sie verstörte ihn. Als er sie vor ein paar Jahren das erste Mal traf, war er fasziniert von dieser lebhaften Frau, die das Leben mit Löffeln zu essen schien. Sie besaß wenig Hemmungen und probierte alles Neue eifrig und voller Begeisterung aus. Fröhlich, laut, lebhaft. Eine Menge Attribute fielen ihm zu ihr ein. Er hatte sich anstecken lassen von ihr, war in ihren Strudel gezogen worden. Ihr Leben, das so komplett das Gegenteil zu seinem bisherigen Leben darstellte. Überglücklich war er, als sie einwilligte, ihn zu heiraten.

Hinter ihm lagen schon eine ganze Reihe an Affären und Beziehungen. Nie zuvor war jedoch in ihm der Wunsch aufgetaucht sich derart fest zu binden. In diesem Punkt betrog er sich und wusste es auch. Daniel hatte Karin einfangen, sie besitzen wollen. Ein Leben ohne sie war für ihn nicht mehr vorstellbar. Mit Karin alt werden, sogar Kinder waren auf einmal möglich.

Karin. Er würde nicht mehr schlafen können, der Gedanke an sie erfüllte ihn mit Wut.

Daniel Steinbach kämpfte sich aus der Decke und stand auf, streckte seine schmerzenden Knochen. Er zog die Rollläden hoch und öffnete die Terrassentür. Die Luft war klar und kalt, der Rasen hinter dem Haus von einer dicken Tauschicht überzogen. Ihn fror.

Sein Bademantel war im Schlafzimmer. Da war auch Karin.

Er lauschte in die dichte Stille, die ihn umgab. Nirgendwo im Haus rührte sich etwas, sogar die Uhren schienen stehen geblieben zu sein.

Stöhnend kehrte er zum Sofa zurück, schlang sich die Wolldecke um die Schultern und ging so in die Küche, um Kaffee zu kochen.

Das leise Blubbern der Maschine durchbrach die Stille und nun konnte er auch die anderen leisen Geräusche innerhalb und außerhalb des Hauses vernehmen. Auf den Feldern hinter dem Haus hockten Krähen und suchten die letzten Getreidekörner. Ihre disharmonischen Schreie ließen Steinbach immer wieder zusammenzucken. Dichter Nebel lag über den Gräben, die die Felder und Wiesen begrenzten und der Tagesanbruch schien stundenlang fortdauern zu wollen.

Das Gebälk im Haus knackte und mit einem leisen Tocken sprang die Heizung an.

Langsam ging er durch die Zimmer. Küche, Wohnzimmer, Karins Arbeitszimmer. Sie arbeitete als Innenarchitektin und brachte sich oft Arbeit mit nach Hause. Stromlinienförmige 50er-Jahre Möbel, die so aussahen als würden sie jeden Moment abheben und wegfliegen, füllten den Raum. Ihr persönliches Stück Geisterwelt, er fand es unheimlich.

Das Zimmer stand in starkem Kontrast zum Rest des Hauses, das in gediegenem Landhausstil eingerichtet war. Möbel, die auch Karin ausgesucht hatte. Sie war voller Widersprüche. Daniel Steinbach schüttelte den Kopf und zog die Tür zu ihrem Zimmer zu. Er wollte nicht über sie nachdenken.

Kaffeeduft drang aus der Küche zu ihm. Langsam erwärmten sich die Räume, es gluckerte in den Heizungsrohren. Mit einer großen Tasse Kaffee kehrte er zum Sofa zurück. Er hielt sein Gesicht über den Becher und spürte, wie es von dem heißen Dampf feucht wurde. Nachdenklich trank er einen Schluck, spürte die Wärme, die sich in ihm ausbreitete.

Er kam sich albern vor, hier unter der Decke zu sitzen, in T-Shirt und Unterhose, ungewaschen, frierend, ärgerlich.

Lauschend hob er den Kopf. Noch immer war von oben kein Geräusch zu hören. Hilflosigkeit machte sich in ihm breit. Er dachte an die bösen Worte, die sie sich gestern an den Kopf geworfen hatten, einsilbig, wie Bälle, die sie viel zu schnell schlugen.

Das erste Licht des Tages schlich sich ängstlich und ohne Selbstvertrauen durch die Vorhänge. Sabine Thelen blinzelte. Sie hatte kaum geschlafen, nein, eigentlich war sie hellwach. Der Abend hatte sie mit Erinnerungen überfallen und diese ließen sie nicht los, gingen weiter und weiter, hielten sie vom Schlafen ab.

Das war nichts Neues für sie, seit Wochen hatte sie nicht richtig schlafen können. Müde fühlte sie sich nicht, nur erschöpft bis auf die Knochen. Die Müdigkeit würde erst später kommen, das kannte sie schon. Schlafen konnte sie dann trotzdem nicht.

Im Laufe dieser Nacht traf sie eine Entscheidung. Nach einem schnellen Frühstück schlüpfte sie in warme Kleidung und verließ zielstrebig die Wohnung. Der Atem blieb vor ihr in der Luft hängen und ihre Füße zogen im silbrigen Tau eine Spur durchs Gras.

Ihr Wagen war unweit der Wohnung am Straßenrand geparkt. Ein wenig zitterten ihre Finger, als sie die Tür aufschloss, aber sie ignorierte ihre Unsicherheit.

Keine zehn Minuten später bog sie auf den großen Parkplatz ein, fand auf Anhieb eine Lücke und hielt das für ein gutes Zeichen.

Der Aufzug war mal wieder defekt, doch sie stieg sowieso lieber die Treppen hoch.

Stimmengemurmel drang aus dem Besprechungszimmer, deshalb ging sie nicht zu ihrem Büro.

Sie zögerte einen Moment, dann öffnete sie entschlossen die Tür, trat ein.

»Sabine!«

Die Kollegen sahen überrascht auf. Sie ließ den Blick über die Gesichter wandern, blieb an einem neuen, unbekannten hängen.

Ein großer Mann, glatt rasiert, kurzes Stoppelhaar in der Farbe von Eisenspänen, dunkelblaue Augen, die sie wach und interessiert ansahen.

»Melde mich zurück zum Dienst.« Es sollte lustig klingen, misslang ihr aber gründlich. »Was liegt an?«

KAPITEL 3

»Mord.«

»Mord?« Sabine Thelen nahm sich einen der Becher, die auf dem weißen Resopaltisch standen und die Thermoskanne.

»Ja, eine Frau zwischen 30 und 40, schätz ich. Unbekleidet.«

»Bekannt?«

»Nein, noch nicht. Die Identifizierung erweist sich ein wenig schwierig zu diesem Zeitpunkt.«

Hauptkommissarin Sabine Thelen zog die Augenbrauen hoch, sah Stephan Mertens an.

»Schwierig?«

»Nun ja … der Kopf fehlt. Wir haben alle Vermisstenanzeigen der letzten Wochen überprüft, aber niemand hat hier eine junge Frau vermisst gemeldet. Ich habe eine Anfrage in die umliegenden Bezirke geschickt. Das übliche Prozedere.«

»Außerdem«, Jürgen Fischer meldete sich das erste Mal zu Wort. »Außerdem haben wir ja noch keinen Bericht von der Pathologie. Ich bin übrigens Jürgen Fischer.«

Er stand auf und streckte ihr die Hand über den Tisch hinweg entgegen. Sein Händedruck war fest, die Hand warm. Sabine Thelen merkte, dass ihr das Blut in den Kopf stieg und wunderte sich über sich selbst.

»Thelen. Sabine Thelen.«

»Die Leiche ist nach Duisburg zur Pathologie gebracht

worden. Dr. Maier wollte sich so schnell wie möglich melden, um die ersten Ergebnisse durchzugeben.«

»Spuren?«

»Nichts Brauchbares. Sollte etwas da gewesen sein, so hat es Ben vernichtet.«

»Ben?«

»Nun ja«, Stephan Mertens lachte, »der Hund des Mannes, der die Leiche entdeckt hat. So ein fast hüfthohes Viech.«

»Er hat den Boden um die Leiche quasi durchpflügt«, fügte Jürgen Fischer hinzu, sein Tonfall war einige Grad ernster als der Mertens'.

»Zu dumm. Ich nehme an, dass die Spurensicherung trotzdem im Einsatz ist?« Sabines Blick glitt zum Fenster. Es regnete wieder.

Jürgen Fischer sah sie an und drehte sich dann zu der großen Fensterfront um.

»Keine idealen Bedingungen«, murmelte er kaum hörbar. »Gibt es eigentlich irgendwelche Unterlagen über die Schaufensterpuppen? Fotos? Wo sind die Puppen eigentlich?«

»Schaufensterpuppen?« Sabine Thelen schaute überrascht auf.

»Na, wir hatten diese Fälle in den vergangenen Wochen … Schaufensterpuppen wurden an verschiedenen Stellen gefunden, auch ohne Kopf.« Stephan Mertens raschelte mit den Unterlagen.

»Ach?«

»Ja, eifrige Bürger hatten Leichenfunde gemeldet. Ich muss zugeben, dass es tatsächlich sehr echt aussah.« Mertens sah Sabine eindringlich an. »Aber wir haben es unter grobem Unfug abgehakt. Die Puppen sind nach Elfrath in die Müllverbrennung gewandert.«

»Hat da jemand geübt?« Fischer holte eine Schachtel Zigaretten aus seiner Jackentasche. »Darf ich?« Fragend hielt er die Schachtel hoch.

»Ja, klar, es darf geraucht werden.« Eine junge Kollegin nahm die Thermoskanne, die inzwischen leer war und verließ den Raum.

Kurz darauf kam sie mit frischem Kaffee und Aschenbechern zurück.

»Geübt?« Sabine Thelen goss sich die Tasse voll. Sie nahm einen Löffel und rührte gedankenverloren, obwohl der Kaffee schwarz war. Plötzlich beugte sie sich über den Tisch, griff Fischers Zigarettenpackung. Sie zog eine aus der Packung, spielte damit herum.

»Geübt. Das erscheint mir irgendwie sehr schräg, aber anderseits auch passend. Ausprobieren. Testen.«

Sabine hielt sich die Zigarette für einen Moment unter die Nase.

»Testen. Sich austesten. Die Gegebenheiten austesten.« Heftig griff sie nach Fischers Feuerzeug und steckte sich die Zigarette an.

»Sabine!« Mertens klang entsetzt. »Du rauchst wieder?«

Sie warf ihm einen kalten Blick zu und er zuckte zusammen.

»Ja, geübt. Irgendwie erscheint es mir, als hätten die Fälle einen Zusammenhang. So, als hätte jemand ausprobiert, wie er die Leiche am effektivsten drapiert.« Jürgen Fischer war sich nicht ganz sicher, ob er das Recht hatte als Neuer solche Vermutungen aufzustellen. Im Grunde wusste er zu wenig über die Fälle, hatte nur die Informationen von Stephan Mertens. Trotzdem fuhr er fort. »Wann sie gefunden wird vielleicht auch. Wie schnell jemand darauf aufmerksam wird und wie die Leute reagieren. Ich könnte mir gut vorstellen, dass der Täter es aus der Nähe beobachtet hat.«

»Haben wir denn gar nichts mehr über diese Puppen-fälle?« Ein junger Beamter stellte die Frage. Er sah Jürgen Fischer an, grinste. »Ich bin Oliver Brackhausen. Will-kommen hier.«

»Nun ja, beim ersten Mal ist eine Streife gerufen wor-den.« Mertens kam wieder zum Thema zurück. »Sie hat uns nur eine Aktennotiz zukommen lassen. Beim zweiten Mal habe ich die Meldung zufällig über Funk gehört und bin hingefahren, weiß auch nicht warum. Es waren keine billigen Puppen, ich glaube, das hat mich so irritiert. Und es sah verblüffend echt aus. Die Finder waren immer zu Tode erschrocken … aber Unterlagen gibt es leider keine darüber, jedenfalls nicht bei uns.«

Sabine Thelen ließ die Kippe zischend in ihrem Kaf-fee sterben. »Weshalb sind wir eigentlich so wenige?« Sie sah in die Runde.

»Grippe. Sie hat schlimm zugeschlagen. Und Günther, Dieter und Konsorten sind auf der Jagd nach einer Bande, die regelmäßig die Reitställe ausräumt. Sie haben eine Spur, die nach Holland führt.«

»Eine Bande, die Reitställe ausräumt? Hatten wir das nicht schon mal? Gibt es sonst noch etwas, was ich wis-sen sollte, etwas, was ich in den letzten Wochen verpasst habe?«

Während die Kollegen Sabine über den neuesten, haus-internen Klatsch und andere Veränderungen aufklärten, lehnte Jürgen Fischer sich zurück und betrachtete die Frau.

Sie hatte schulterlange, blonde Haare, die unregelmä-ßig wuchsen und lange schon keinen Frisör mehr gesehen hatten. Trotzdem glänzten sie, als wären sie frisch gewaschen. Ihre blauen Augen sahen wachsam in die Runde, aber dunkle Ringe lagen darunter und zeugten von Schlaflosigkeit und Kummer. Dass sie sich eine Zigarette nahm, hatte eine unterschwellige Verstörung hervorgerufen. Obwohl Jürgen Fischer sich nicht für besonders feinfühlig hielt, spürte er diese Schwingungen genau.

Sabine Thelen stellte all die Fragen, die er auch stellen würde.

Er beschloss, sie zu mögen.

KAPITEL 4

»Wer ist denn der Neue?« Sabine und Stephan gingen den langen Flur hinunter. Seit Wochen war sie nicht mehr in ihrem Büro gewesen und sie hatte ein wenig Angst davor, es zu betreten.

»Tja, so genau weiß ich es auch nicht. Heute ist sein erster Tag hier, er hat jetzt sicher einen guten Eindruck von uns bekommen. Am Freitag hat der Chef ihn kurz herumgeführt, aber du weißt ja, wie das abläuft.« Mertens grinste. »Er hat sich auf die freigewordene Stelle beworben …«

Plötzlich fiel ihm ein wessen Stelle es war, die Fischer besetzte. Auch Sabine wurde das schlagartig klar. Sie blieb

stehen und zog zischend die Luft zwischen zusammengebissenen Zähnen ein.

»Weiß er ...?«

»Nein, ich denke nicht. Ich, wir alle haben dich eigentlich schon letzte Woche wieder zurückerwartet. Ich meine,
nicht dass du im Moment arbeiten müsstest, du bist unbe-
fristet beurlaubt, oder?«

»Guter Gott, Stephan, weißt du eigentlich wie schrecklich es ist, zu Hause zu sitzen und sich von Erinnerungen
und Gedanken jagen zu lassen? Ich habe es nicht mehr aus-
gehalten. Aber letzte Woche konnte ich mich nicht auf-
raffen, obwohl ich dem Chef gesagt habe, dass ich wie-
derkomme.«

Sabine Thelen schluckte hart, dann schüttelte sie den
Kopf und ging weiter. Nur kurz zögerte sie an der Tür zu
ihrem Zimmer. Das Metall der Klinke lag kühl in ihrer
Hand. Sie drückte sie herunter, trat ein.

Nichts hatte sich in dem Raum verändert, alles war
an seinem Platz. Die Raumpflegerin hatte pflichtschul-
dig gesaugt und den Staub weggewischt. Ein Aktenstapel
lag wie verloren in der Mitte des Schreibtisches. Die beiden Bilder standen in ihren schlichten Rahmen da, wo sie
immer gestanden hatten.

Sabine nahm sie und stopfte sie ohne darauf zu schauen
in die Schublade.

»Hast du eine Zigarette?« Ihre Stimme verkam zu einem
kaum hörbaren Flüstern.

Stephan zog die Schachtel hervor und reichte sie ihr
wortlos. Ihre Finger zitterten und sie schaffte es nicht, das
Feuerzeug zu bedienen.

»Gib her.« Stephan nahm es ihr ab, wölbte schützend
die Finger und gab ihr Feuer. Sie zog an der Zigarette und

begann zu weinen, nur wenige Augenblicke lang. Dann wischte sie sich mit einer schnellen, wütenden Bewegung die Tränen aus dem Gesicht.

»Ich … du … ach, Scheiße!«

»Sabine, vielleicht war es doch zu früh. Meinst du nicht, du solltest nach Hause gehen?«

»Nein! Ganz sicher nicht. Es gibt Arbeit, lass sie uns tun.«

»Na gut. Ich werde versuchen noch irgendetwas über diese Puppengeschichte zusammen zu kratzen.«

»Okay, ich will mir den Tatort ansehen.«

Sabine Thelen drehte sich um und trat zurück in den Flur. Es war ein Test gewesen, das war ihr bewusst. Ob sie ihn wirklich bestanden hatte, konnte sie noch nicht endgültig sagen. Immerhin war sie nicht zusammengebrochen.

Sie drückte die Zigarette in einem der großen Standaschenbecher aus und fühlte sich auf einmal sehr viel leichter.

Jürgen Fischer nahm die wenigen Sachen aus seinem Karton. Das Bild von Susanne mit den beiden Jungen stellte er auf den Schreibtisch. Einige Minuten lang schob er es von einer Seite zur anderen, änderte den Winkel. Schließlich gab er auf. Es war nicht die Position, es war das Bild, das ihn verstörte.

Seine Frau hatte erst mit Unverständnis reagiert, als er ihr sagte, dass er sich versetzen lassen wolle. Ihr kleines Häuschen war fast abbezahlt, der jüngste Sohn würde mit einigem Glück im nächsten Jahr sein Abitur machen. Bei allen weiteren Gesprächen über ihre Zukunft baute Susanne eine Mauer um sich, die Jürgen Fischer nicht durchdringen konnte.

Sie einigten sich darauf, dass sie vorerst eine Wochenendbeziehung führen würden. Es schien Fischers Frau fast egal zu sein.

In Jürgen Fischers Magen breitete sich ein unangenehmer Druck aus, den er auf zu viel Kaffeekonsum schob, dabei aber wusste, dass er sich betrog.

Jemand hatte im Laufe des Vormittags einen Computermonitor in sein Büro gestellt. Fischer kroch unter den Schreibtisch und bemühte sich, die Kabel in die richtigen Buchsen zu stecken. Aus irgendeinem Grund wollte das Ding jedoch nicht starten. Fischer fluchte leise, als sich die Tür öffnete und Stephan Mertens eintrat.

»Fischer?«

»Ja, hier unten.« Seine Stimme klang dumpf. Er kroch unter dem Schreibtisch hervor.

»Ich bin technisch hoffnungslos unterbemittelt. Haben Sie eine Ahnung, wie ich dieses Ding zum Laufen bringen kann?«

Mertens kniete neben Fischer und kontrollierte die Stecker. Dann lachte Stephan plötzlich auf.

»Es funktioniert meistens, wenn man auch den Strom einschaltet.« Er drückte auf einen Schalter.

»Himmel, Sie müssen mich für einen kompletten Trottel halten.«

Mertens lachte wieder.

»Nein, eigentlich nicht. Ihnen eilt ein guter Ruf voraus. Hohe Aufklärungsquote …«

»Sonst nichts?« Fischer stand auf und streckte sich.

»Och, nur der übliche Klatsch. Hart aber fair, neigt hin und wieder zu leicht cholerischem Verhalten.«

»Ja, die Buschtrommeln.«

»Deswegen bin ich aber nicht hier. Ich wollte nach Duisburg zur Pathologie. Kommen Sie mit?«

Fischer warf einen schnellen Blick durch sein neues Büro. Es gab nichts, was er hätte tun können. Er war niemandem bisher zugeteilt worden und bis auf ein kurzes Gespräch mit dem Polizeichef am Freitag hatte er keine weitere Einweisung bekommen.

»Solche Fälle haben wir selten hier.« Jürgen Fischer bekam fast den Eindruck, dass Stephan Mertens ihn mit diesen Worten beruhigen wollte. »Gewöhnlich sind es Streitigkeiten unter verfeindeten Banden, Familiendramen oder eskalierte Auseinandersetzungen, die zu Totschlag oder Mord führen.«

»Ja, aber all das kann man hier doch nicht ausschließen. Totschlag im Affekt nicht, dafür ist es zu gut in Szene gesetzt und ich bin mir sicher, dass es einen Zusammenhang mit den Schaufensterpuppen gibt.« Fischer starrte aus dem Wagenfenster.

Mertens lenkte den Wagen durch den dichten Verkehr. Es regnete nicht mehr, nieselte nur noch. Die Luft schien noch grauer zu sein.

»Das Opfer ist wichtig.« Fischer murmelte fast unhörbar. »Wenn wir wissen, wer sie ist und was mit ihr passiert ist, dann sind wir ein großes Stück weiter.«

»Ich habe noch mal nachgesehen. Weder in Krefeld noch in den umliegenden Städten ist eine junge Frau als vermisst gemeldet worden. Ein älterer Mann, der Alzheimer im Anfangsstadium hat, ist gestern nach einem Spaziergang nicht ins Altenheim zurückgekehrt. Zwei Mädels sind am Wochenende nach der Disco nicht nach Hause gekommen. Die eine Mutter war sehr aufgeregt, die andere erklärte, dass das schon öfters vorgekommen wäre und die beiden sicher wieder auftauchen.«

»Ich würde mich wundern, wenn es eine einfache und

schnelle Lösung für diesen Fall gibt. Vorsätzliche Morde sind in Deutschland relativ selten. Wir wissen alle, weshalb.«

»Nämlich?«

»Wenn wir erst einmal darüber nachgedacht haben, morden wir dann doch lieber nicht. Im Affekt, aus Wut, ja. Das passiert. Ein Wort gibt das andere und dann wird ein Messer gezückt, ein schwerer Gegenstand gehoben, und … schon ist es passiert. Sicherlich gibt es die eine oder andere Tat, die vorsätzlich geschieht, um ein anderes Verbrechen zu vertuschen. Pädophile, denen aufgeht, dass ihre Lust ein jähes Ende hat, sobald die Kleine es ihrer Mutter erzählt. Ein Sexualverbrechen, das ausartet. Mal sehen, ob die Frau missbraucht worden ist. Das wäre dann schon mal ein Ansatzpunkt.«

Fischer rieb sich wieder mit beiden Händen über das Gesicht, als wüsche er sich ohne Wasser. Das tat er oft, wenn er nachdachte.

KAPITEL 5

Sie träumte, sie läge in einem Eisloch und fröre ganz entsetzlich. Dann träumte sie nichts mehr, wurde wach. Doch es war wie ein bewusstloses Wachsein, sie war nur ein wenig weggetreten.

Erst der hämmernde Schmerz über ihren Augen setzte ihre Gedanken in Bewegung. Sie versuchte sich zu bewegen, aber es ging nicht. Ich habe einen Unfall gehabt, dachte sie erschrocken. Ich kann mich nicht mehr rühren, bin blind.

Die Schwärze um sie herum war dicht wie Tinte, obwohl sie die Augen nun weit aufriss.

Sie lenkte ihre Gedanken durch den Nebel des Schmerzes hindurch zu ihrer rechten Schulter und den Arm hinunter. Die Muskeln ließen sich anspannen, doch heben konnte sie den Arm nicht. Nach und nach ging sie ihre Körperteile durch. Sie konnte alles fühlen, aber nichts bewegen.

Die Luft um sie war kalt und dick, wie Wasser an der Grenze zum Gefrierpunkt. Es war kein Traum, sie fror erbärmlich.

Ihr Herz raste erst und dann verlangsamte sich der Puls. In immer langsamerem Rhythmus schlug das Herz gegen ihre Rippen.

KAPITEL 6

Gerade als Stephan Mertens aus dem Wagen stieg, öffnete der Himmel seine Schleusen. Er rannte den kurzen Weg vom Parkplatz bis zum Präsidium, trotzdem lief ihm der kalte Regen den Nacken hinunter in den Kragen. Fluchend stieß er die Glastür auf und schüttelte seinen Haarschopf wie ein nasser Hund.

Ein Mann stand verloren in der Eingangshalle. Der Pförtner saß nicht an seinem Platz. Mertens widerstand der Versuchung wortlos an dem Mann vorbei zu gehen.

»Kann ich Ihnen helfen?«

»Ich wollte eine Anzeige aufgeben.«

In welcher Rubrik, dachte Mertens und grinste leicht, Immobilien oder Automarkt?

»Eine Anzeige? Weshalb?«

»Meine Frau ist verschwunden.«

Die Falten in dem Gesicht des Mannes waren klar und scharf, wie mit dem Rasiermesser geschnitten. Er sah bleich aus wie ein Pilz.

Mertens ballte die Hände zu Fäusten, sein Herzschlag vibrierte plötzlich bis in die Fingerspitzen.

»Kommen Sie mit.«

Es dauerte einen Moment, bis Mertens' Computer hochgefahren war.

»Daniel, Daniel Steinbach.«

Der Mann beantwortete merkwürdig unaufgeregt die Fragen.

»Meine Frau Karin ist weg.«

»Einen Augenblick«, Mertens notierte Name und Anschrift in das Formular. Sabine Thelen ging an der offenen Zimmertür vorbei, warf einen kurzen Blick hinein. Mertens nickte ihr zu und sie betrat zögernd das Zimmer, zog sich einen Stuhl heran.

»Ihre Frau ist also weg?«

»Ja.«

»Seit wann?«

»Samstag, vermutlich.«

»Sie sind sich nicht sicher?«

»Nein.«

Mertens hob erstaunt den Kopf. Die Antworten kamen so kurz und knapp heraus, dass es merkwürdig wirkte. Der Mann wirkte weder richtig beunruhigt noch emotional berührt. Ungewöhnlich für jemanden, der das Verschwinden einer ihm nahestehenden Person meldet.

Stephan Mertens schätzte Daniel Steinbach auf Mitte 40. Er hatte sehr kurzgeschnittene, dunkle Haare, die an den Schläfen die ersten grauen Spuren aufwiesen. Die blauen Augen standen in Kontrast zu dem dunklen Teint und eine wache Intelligenz blitzte in ihnen auf.

Steinbach hatte seinen Mantel anbehalten und ein Bein über das andere geschlagen. Er sah locker und entspannt aus, hätte vom Wetter reden können.

Stephan Mertens horchte auf ein Stocken in Steinbachs Stimme, schnelleres Atmen, irgendein Anzeichen von Kummer und Sorge. Es gab keines.

»Nun erzählen Sie doch mal.« Sabine Thelen beugte sich vor, die Haare fielen ihr ins Gesicht und sie schüttelte sie ungeduldig weg.

»Nun, ich war Samstagabend unterwegs mit einem Kunden und bin erst spät nach Hause gekommen. Ich habe auf dem Sofa geschlafen, um meine Frau nicht zu wecken. Sonntag, gegen Mittag etwa, stellte ich fest, dass sie das Haus verlassen haben musste.«

Stephan Mertens kniff die Augen zusammen. Daniel Steinbach war ruhig, zu ruhig oder am Rand der Verzweiflung.

»Gestern Mittag haben Sie festgestellt, dass Ihre Frau das Haus verlassen haben muss, und Sie kommen erst heute zu uns. Ist das schon öfter vorgekommen?«

»Was?«

»Dass Ihre Frau weggeht, ohne Ihnen etwas zu sagen.«

Steinbach schwieg. Stephan Mertens nahm die Schachtel Zigaretten vom Tisch, bot sie Sabine an, doch diese schüttelte den Kopf. Er zündete eine an, inhalierte tief und hielt den Rauch lange Zeit in der Lunge. Immer noch wartete er. Wartete darauf, dass Steinbach irgendeine Gefühlsregung zeigte. Schließlich brach Mertens das Schweigen.

»Sehe ich das richtig, dass es für Sie an sich nicht ungewöhnlich ist, dass Ihre Frau eine Zeit lang weg ist, ohne Ihnen etwas zu sagen?«

»Eigentlich nicht. Ich meine, doch. Doch, es ist ungewöhnlich. Ich habe gedacht, sie besuche vielleicht ihre Mutter, aber dort ist sie nicht. In ihrem Büro war sie heute auch nicht.«

»Fehlt etwas? Kleidung, Geld?«

»Nicht dass ich wüsste.«

»Ihre Frau ist also seit Samstag oder Sonntag verschwunden, hat keinen Koffer gepackt, nichts mitgenommen, ist das richtig?«

Steinbach massierte sich mit einer fahrigen Bewegung den Nasenrücken und nickte dann.

»Haben Sie irgendeine Idee, weshalb Ihre Frau weggegangen sein könnte? Gibt es etwas, was ihr Sorgen gemacht hat? Hatten Sie Streit?«

Die Frage fiel in den Raum wie ein Stein in einen Brunnen.

Daniel Steinbach blieb regungslos sitzen. Nur ein kleiner Nerv direkt unter seinem Auge zuckte.

»Nicht?« Mertens war Profi, er verkniff sich ein Lächeln. »Dann wollen wir mal die Daten Ihrer Frau aufnehmen.«

Dichtes Novemberdunkel herrschte vor den großen Fenstern des Besprechungsraumes.

Jemand hatte Pizza bestellt und der Duft von Knoblauch und Brot füllte den Raum, vermischt mit dem Aroma von Kaffee und dem Qualm der Zigaretten.

»Also gut, was haben wir bis jetzt?«

Jürgen Fischer kratzte sich am Kinn, spürte die rauen Unebenheiten der Haut. Er nahm den Bericht des Pathologen, sortierte die Blätter und schaute dann in die Runde. Der Polizeichef Guido Ermter saß am Kopfende des Tisches. Er nickte Fischer aufmunternd zu.

»Eine junge Frau, etwa Mitte 30, blond, 1,65 groß, sehr schlank, gepflegt. Zwei kleine Narben am Bauch, eine am Knie, älteren Datums. Ihr wurde der Kopf abgetrennt, ob das die Todesursache war, ist noch nicht ganz klar. Ihr Magen war röhrenförmig und leer, das deutet darauf hin, dass sie eine ganze Weile nichts gegessen hatte. Zeichen von Erfrierungen an den Fersen und am Rücken. Spuren von Gewebeband am ganzen Körper. Es sieht so aus, als sei sie damit irgendwo fixiert worden. Das Gewebeband ist erst nach Eintritt des Todes entfernt worden.«

»Woher weiß man das denn?« Es war ein junger Kollege, der fragte.

»Weil die Haut stellenweise aufriss, als das Band entfernt wurde, aber keine Blutungen eingetreten sind.«

Fischer legte den Bericht zurück auf den Tisch, griff nach der Kaffeetasse. Sie war leer und er stellte sie enttäuscht hin.

»Es gibt also so gut wie keine verwertbaren Spuren am Fundort.« Polizeichef Ermter seufzte. »Mehrere Zigarettenkippen, aber die können schon ewig dort gelegen haben. Reifenspuren, die noch ausgewertet werden. Ich werde mich gleich an die Presse wenden und eine gezielte Nachricht rausgeben. Vielleicht bekommen wir ja einen Hinweis.«

»Gibt es irgendeinen Anhaltspunkt für die Identität der Frau?«

Jürgen Fischer sah, wie Mertens und Thelen einen Blick wechselten und dann in stummer Übereinstimmung die Köpfe schüttelten. Das kam ihm merkwürdig vor. In diesem Stadium der Untersuchung ging man jedem Hinweis nach, so klein er auch sein mochte. Nun, sie würden ihre Gründe haben.

KAPITEL 7

Es war spät am Abend, als Jürgen Fischer den Ostwall hinunterging. Das Appartement, das er angemietet hatte, konnte er zu Fuß erreichen.

Im regennassen Asphalt spiegelte sich das Licht der Straßenlaternen. Er zog den Kragen seiner Jacke hoch. Vor der Haustür blieb er stehen, zögerte noch. Die Wohnung war praktisch, aber ungemütlich. Nichts zog ihn hinein. Wirklich müde war er auch noch nicht. Fischer drehte sich um und ging weiter die Rheinstraße hinunter. Irgendwo links in dem Viertel hatte seine Tante gewohnt. An die Besuche erinnerte er sich noch gut. Die Innenstadt Krefelds war fast komplett weggebombt gewesen, aber einige alte Viertel waren wie durch ein Wunder erhalten geblieben.

Er ging an einem Restaurant vorbei, die großen Fenster waren hell erleuchtet. Die Von-Bekerath Stuben, las er. Dort drinnen saßen die Menschen ins Gespräch vertieft. Einen Moment blieb er stehen, beobachtete sie. Wann war er das letzte Mal mit Susanne essen gewesen? Wann hatten sie sich das letzte Mal wirklich unterhalten und nicht nur Floskeln getauscht? Irgendetwas war in ihrer Beziehung passiert, aber er wusste nicht was.

Am nächsten Wochenende würde er nach Hause fahren und versuchen die Brücke zu ihr wiederzufinden.

Fischer ging weiter. Seine Gedanken kehrten mit entschlossener Routine zu dem heutigen Tag zurück. Er war Profi, sein Privatleben durfte keinen Einfluss auf die Arbeit nehmen.

Alte Häuser mit Stuck verziert säumten die kleine Straße in die er einbog. Die Zeit schien hier im Bismarckviertel stehen geblieben zu sein, nur anhand der zahlreichen Autos wurde man an die Gegenwart erinnert.

Irgendwo hier musste auch das Haus der Tante sein. Er erinnerte sich an den großen Garten, die hohen Backsteinmauern, die die Sonne speicherten und sie abends wie ein großes Tier wieder zurückgaben.

Die Tote, wo hatte sie gewohnt? Vielleicht in einem dieser Häuser mit den ordentlichen Vorgärten? Sie hatte ein Leben gehabt, war morgens aufgestanden und vielleicht abends auch mal schlaflos durch irgendwelche Straßen spaziert.

Wie jedes Mal empfand er eine große Ungerechtigkeit bei Fällen dieser Art.

Ganz in Gedanken ging er weiter und stieß fast mit einer Frau zusammen.

»Entschuldigung.«

»Können Sie nicht …« Ihre Stimme klang ärgerlich, aber auch irgendwie vertraut. Fischer musterte sie. Eine dunkle Jacke, die Kapuze tief in das Gesicht gezogen, Reflektoren an den Laufschuhen.

»Fischer?«

»Frau Thelen, nicht wahr?«

Sie lachte wie ein junges Mädchen. Etwas Warmes breitete sich in Fischers Magen aus.

»Ich jogge immer, um Abstand vom Tag zu bekommen.«

»Ja, ein fieser Fall.«

Er fing ihren Blick auf, sah Interesse aufleuchten.

»Hören Sie … wir haben ja noch keine Zeit gehabt uns bekannt zu machen … hätten Sie, ich meine … ich wohne gleich hier um die Ecke …«

Er war sich nicht ganz sicher, ob das wirklich eine Einladung war.

»Haben Sie dort etwas Kaltes zu trinken?«

Sabine Thelen nickte.

Schweigend gingen sie nebeneinander her.

»Ich war früher …«

»Was hat Sie nach …«

Beide begannen gleichzeitig zu sprechen und brachen ab.

»Sie waren früher …?« Sabines Stimme war immer noch ein wenig atemlos. Entweder, dachte Fischer, läuft sie nur gelegentlich oder sie hat sich sehr verausgabt.

»Ich war früher oft in Krefeld. Meine Tante wohnte hier. Als ich von der Stellenausschreibung las, dachte ich, das wäre ein Zeichen.«

Er blickte zu ihr und bemerkte verwundert, dass sich ihre Zähne in die Unterlippe gruben, sie zischend Luft einzog.

»Habe ich etwas Falsches gesagt?«

Sie schüttelte stumm den Kopf, zog einen Schlüsselbund aus der Tasche.

»Hier. Hier wohne ich.«

Großer Kirschlorbeer säumte die Platten, die zur Haustür führten. Ein schmales Backsteinhaus, drei Namensschilder aus Messing neben den Klingeln. Thelen, las Fischer. Daneben eine Stelle, die zerkratzt war. Jemand hatte einen weiteren Namen mit aller Macht von dem Schild gekratzt. Ein Akt, der von Gewalt zeugte, von Wut. Es wäre doch einfacher gewesen, das Schild zu erneuern. Doch dies war eindeutig ein Zeichen. Er schüttelte den Kopf. Ich habe, dachte er, letztes Jahr zu lange mit Psychologen zu tun gehabt. Ein bitterer Geschmack stieg in ihm hoch, eine unbeglichene Schuld.

Das Licht im Hausflur flackerte unruhig auf, ging kurz aus und dann wieder an. Die schmale Holztreppe knarrte bedenklich. Sabine ging vor ihm her bis ganz nach oben. Sie schloss die Wohnungstür auf, blieb einen Moment stehen, als ob sie sich erst überwinden müsse einzutreten.

»Etwas Kaltes?« Sie wies nach links. »Da ist die Küche, schauen Sie im Kühlschrank nach. Keine Hemmungen, bitte, dort ist nichts Geheimnisvolles. Ich zieh mich schnell um, ja?«

Es war keine Frage, auch wenn sie es so formuliert hatte. Fischer sah ihr hinterher. Sie zog sich mit einem Schwung die Jacke über den Kopf und warf sie auf einen Stuhl im Flur. Für einen Moment konnte er ihre nackte Haut sehen und das verstörte ihn.

Im Kühlschrank fand er zwei Flaschen Bier, die kurz vor dem Ablaufdatum waren. Ein wenig Obst, Milch, zwei Joghurt und ansonsten gähnende Leere. Es erinnerte ihn an seine Wohnung. Ein Platz zum Schlafen, mehr nicht.

Jürgen Fischer hängte seine feuchte Jacke bedächtig über die Stuhllehne und setzte sich an den schmalen Tisch.

KAPITEL 8

»Ist Karin bei dir?«

»Daniel?«

»Ist sie?«

Irene Wegener nahm den Telefonhörer vom Ohr und musterte ihn, als hätte er sich gerade erst in ihrer Hand materialisiert. Sie schüttelte den Kopf und hielt den Hörer dann wieder an ihr Ohr.

»Warum fragst du?«

»Bekomm ich nun eine Antwort auf meine Frage oder kommt erst der Werbeblock?«

Daniel Steinbachs Stimme klang dunkel und aggressiv. Karin Steinbach war Irenes beste Freundin. Dass sie vor ein paar Jahren Daniel geheiratet hatte, kam für alle überraschend. Wenn es stimmt, dass Gegensätze sich anziehen, musste zwischen Karin und Daniel ein unbezwingbarer

Magnetismus herrschen. Irene hatte sich nie wirklich mit ihm anfreunden können.

»Nein, ist sie nicht. Was ist passiert?«

»Ich habe keine Ahnung.«

»Das ist eine ziemlich vage Antwort, Daniel.«

Irene spürte eine seltsame Unruhe in sich. Sie lauschte dem Wind, der in heftigen Stößen gegen die Türen und Fenster drückte und um den Dachfirst heulte. Plötzlich legte er sich und hinterließ eine beängstigende Stille, in der das atmosphärische Rauschen des Telefons überlaut klang, bevor er mit neuer Kraft lostobte.

Das Klicken, als er ohne ihr eine Antwort zu geben auflegte, überraschte sie.

»Daniel?« Sie wusste, dass er sie nicht mehr hören konnte, musste sich aber trotzdem versichern.

Das Display hatte die Festnetznummer angezeigt, also war er zu Hause. Irene nahm ihre Jacke und verließ das Haus. In den letzten Jahren waren eine Menge Neubauten zu horrenden Preisen in der Dykgegend gebaut worden. Karin und Daniels Haus gehörte zu den ältesten in der Siedlung. Es war nur ein paar Straßen weiter, doch nach wenigen Schritten bereute Irene ihren Entschluss. Sie musste sich hart gegen den eisigen Wind stemmen.

Normalerweise brauchte sie keine fünf Minuten für den Weg, diesmal war es doppelt so lang.

Den ganzen Tag war es nicht richtig hell geworden. Überall in den Häusern leuchtete gelbes Licht warm und einladend aus den Fenstern, nur das Haus der Steinbachs war dunkel.

Irene schellte trotzdem. Nach dem dritten Mal wollte sie sich schon abwenden, als die Tür aufgerissen wurde.

»Irene?«

Daniel Steinbachs Gesicht sah aus wie ein Trümmerfeld aus Narben und Falten.

Sie drückte sich an ihm vorbei ins Haus. Sie war überrascht, dass es anheimelnd warm war. Irgendwie hatte sie mit Kälte gerechnet.

»Warum machst du kein Licht?« Sie betätigte den Schalter und das Wohnzimmer wurde von kaltem, hellem Licht geflutet.

»Nicht!« Daniel schaltete die Deckenbeleuchtung aus und eine kleine Stehlampe neben dem Sofa an.

»Willst du etwas trinken?«

Er ließ die Silben etwas verschleifen und sein Atem roch nach Alkohol.

»Nein, muss ich?«

»Was willst du, Irene?«

»Ich will wissen was mit Karin ist.«

»Karin. Ja. Das wüsste ich auch gerne.«

Sie ging zu dem kleinen Sessel gegenüber dem Sofa und setzte sich ohne die Jacke auszuziehen. Irgendwie wäre sie sich dann schutzloser vorgekommen.

Daniel ging zum Barschrank und schenkte sich zwei Finger breit Bourbon ein. Er ließ die bernsteinfarbene Flüssigkeit in dem Glas kreisen, trank es dann mit einem Schluck leer.

»Wo ist Karin? Hattet ihr Streit?«

»Karin ist verschwunden.«

»Verschwunden?«

»Ja.«

»Was meinst du mit: sie ist verschwunden?«

»Welche Arten der Definition gibt es? Es ist doch eine ganz klare Aussage. Sie ist verschwunden, weg. Nicht mehr hier.«

»Sie hat dich verlassen?«

»Ich habe nicht die geringste Ahnung.«

Er lehnte sich mit dem Rücken an den Barschrank. Seine ganze Haltung drückte eine innere Anspannung aus, auch wenn er sich alle Mühe zu geben schien das zu übertünchen.

»Du hast nicht die geringste Ahnung?«

»Sag mal, Irene, spreche ich so undeutlich oder warum wiederholst du jeden meiner Sätze?«

Sie konnte die Welle der Wut, die ihr entgegen schwappte beinahe körperlich spüren.

»Bitte, erklär es mir. Wann ist sie verschwunden und wohin?«

»Ich habe Sonntag entdeckt, dass sie nicht mehr da ist. Wann genau sie … nun … gegangen ist, weiß ich nicht. Und auch nicht wohin.«

»Hattet ihr Streit?«

Er drehte sich um und schenkte sich noch mal ein. Ein Gefühl von Unwirklichkeit überkam Irene. Daniel setzte sich ihr gegenüber auf das Sofa und starrte sie an, ohne weiter auf ihre Frage eingegangen zu sein. Es war an sich schon das deutlichste JA das Irene sich vorstellen konnte.

Lange Minuten versickerten wie Sirup ohne dass einer etwas sagte. Das Schellen der Türglocke zerriss unangenehm die Stille.

Daniel umklammerte sein Glas, rührte sich aber nicht.

»Willst du nicht aufmachen?«

Es schellte wieder, irgendwie noch lauter als beim ersten Mal.

Da Daniel sich nicht rührte, stand Irene auf und ging zur Haustür, öffnete sie. Ein seltsames Gefühl der Vorahnung kroch ihr wie eine Gänsehaut den Rücken hoch.

»Polizei. Sind Sie Frau Steinbach?«

Sie schüttelte den Kopf und umklammerte das kalte Metall der Türklinke.

KAPITEL 9

Irene schob die Terrassentür einen Spalt breit auf und zwängte sich hindurch. Hinter ihr war das Haus mit hektischer Betriebsamkeit erfüllt, doch hier konnte sie für einen Moment stehen und den tanzenden Nebelschwaden zusehen. Sie atmete die feucht-kalte Luft tief ein und versuchte so zu tun, als hätte sie mit all dem nichts zu tun.

Es waren zwei oder drei Wagen gekommen, nach dem sechsten Beamten hatte Irene aufgehört zu zählen. Das Telefon, den Esstisch, die Stühle und selbst die Kaffeetassen, alles nahmen sie in Beschlag.

Es fielen Ausdrücke, die sie bisher nur in Krimis gehört hatte und das machte ihr Angst.

Die Tür hinter ihr wurde etwas weiter geöffnet und ein Mann trat auf die Terrasse.

Er schien das Ganze irgendwie zu leiten. Ohne sich dessen bewusst zu sein, nahm Irene jede Einzelheit wahr.

Aus der Entfernung hatte er jugendlich gewirkt, trotz seiner angegrauten Haare, aber nun sah sie, dass er weit über 40 sein musste.

»Macht es Ihnen etwas aus?« Er zog eine Zigarettenpackung aus der Tasche und sah sie fragend an.

»Mir? Nein.«

Sie hörte ein ratschendes Geräusch, dann vermischte sich Tabakgeruch mit dem abgebrannter Streichhölzer.

»Sie sind die Freundin, nicht wahr?«

»Karins Freundin.« Irene wurde sich erst in dem Moment, in dem sie es aussprach bewusst, was sie damit sagte. Sie spürte heiße Röte den Hals hochsteigen.

»Wie lange kennen Sie Frau Steinbach schon?«

»Was ist eigentlich genau passiert?«

Fischer zog hörbar an seiner Zigarette.

»Das wissen wir noch nicht. Herr Steinbach hat seine Frau als vermisst gemeldet. Gestern.«

»Er hat sie gestern schon als vermisst gemeldet?«

Panik machte sich in Irene breit.

»Ja. Weshalb verwundert Sie das so?«

»Weil er mich … heute … nun …« Sie suchte nach den passenden Worten, einem Anfang, schluckte hart.

»Sehen Sie … Kommissar Fischer, nicht wahr?«

Der Mann nickte.

»Sehen Sie, Irene ist meine beste Freundin. Sie ist seit dem Wochenende verschwunden, richtig? Das hat Daniel mir jedenfalls gesagt.«

Wieder nickte Fischer stumm.

»Er war also gestern schon bei der Polizei und hat sie als vermisst gemeldet. Mich hat er erst heute Abend angerufen um zu fragen, ob sie bei mir ist.«

Die Worte schwebten einen Moment zwischen ihnen.

»Sie haben recht, das ist seltsam.« Noch einmal zog er hörbar an der Zigarette, ließ sie dann auf die nassen Steine der Terrasse fallen, wo sie zischend erlosch. »Und? Ist sie bei Ihnen?«

»Natürlich nicht. Würde ich dann hier so stehen?«

»Und Sie haben keine Ahnung, wo Ihre Frau sein könnte, Herr Steinbach?«

Sabine Thelen blickte den Mann an, der ihr gegenüber am Tisch saß. Sie bemerkte seine Blässe, die geröteten Augen, dass er unrasiert war und aus allen Poren nach Alkohol stank.

»Nein!«

Sie wartete. Er blickte zur Decke, als könne er dort eine bessere Antwort finden. Es gab keine andere Antwort.

»Hatten Sie Streit?«

»Das habe ich Ihnen doch alles schon gesagt.«

Jürgen Fischer kam von draußen herein und brachte einen Schwall kalter Luft mit. Er zog sich einen Stuhl neben Sabine.

»Dann sagen Sie es eben noch mal. Und ein weiteres Mal, falls wir Sie fragen. Und ein drittes Mal, wenn wir immer noch nicht zufrieden sind mit der Antwort.«

»Was soll das hier sein? Ein Verhör? Meine Frau ist verschwunden und anstatt nach ihr zu suchen, belästigen Sie mich. Die Polizei, Ihr Freund und Helfer. Dass ich nicht lache.«

»Es fehlt nichts, sagten Sie. Keine Kleidung, kein Koffer. Ist Ihre Frau schon öfter weggefahren ohne Ihnen Bescheid zu sagen?«

»Hören Sie. Ich mache mir große Sorgen um meine Frau.«

»Das tut mir leid. Ist das die Antwort auf meine Frage?«

»Verdammt! Warum habe ich das Gefühl, dass Sie mir eine Schuld anhängen wollen? Dass etwas passiert ist, was Sie mir nicht sagen? Sie durchsuchen mein Haus. Dürfen Sie das überhaupt? Braucht man nicht einen Durchsuchungsbefehl dafür?«

»Wir sind hier nicht in einem amerikanischen Krimi. Wir durchsuchen Ihr Haus nicht, sondern suchen nach Spuren, die uns sagen, was mit Ihrer Frau passiert ist.«

»Nichts ist mit ihr passiert. Sie ist weg.«

»Sie nehmen also an, dass sie Sie verlassen hat? Dann hatten Sie doch Streit?«

»Herr im Himmel. Nein!« Steinbach schrie die Worte heraus und zuckte dann zusammen.

»Was machen Sie eigentlich beruflich?« Fischer griff über den Tisch und zog die Unterlagen, die Sabine ausgefüllt hatte, zu sich, blätterte darin.

»Was hat das denn mit irgendetwas zu tun?« Steinbach schnaubte. Jemand hatte eine dampfende Tasse Kaffee vor ihn gestellt. Er starrte sie an, als hätte er noch nie in seinem Leben etwas Ähnliches gesehen. »Ich bin Verkaufsleiter für ein großes Bekleidungshaus in Düsseldorf. Mode. Hauptsächlich Damenmode.«

»Wo waren Sie am Samstagabend?«

»Samstagabend?« Steinbach zog die Kaffeetasse zu sich heran, trank aber nicht. »Samstag war ich im Krefelder Hof. Wir hatten ein Geschäftsessen. Wollen Sie jetzt auch die Namen der anderen Anwesenden? Werden Sie die Kellner befragen?«

»Ja.«

Fischer sah den provozierenden Blick, den Steinbach ihm zuwarf, reagierte aber nicht darauf.

»Wieso haben Sie erst heute Abend die beste Freundin Ihrer Frau angerufen?«

»Es ist mir nicht vorher eingefallen.«

»Das ist seltsam.« Fischer rieb sich über das Gesicht, die Bartstoppeln knisterten unter seinen Handflächen. Gestern Nacht hatte er lange mit Sabine Thelen geredet. Der ganze Tag war mit fieberhafter Arbeit angefüllt gewesen. Trotzdem verspürte er keine Müdigkeit.

»Wenn meine Frau nicht zu Hause ist, dann rufe ich als erstes ihre beste Freundin an. Meistens ist sie dort. Danach ihre Mutter. Sie sind erst heute auf den Gedanken gekommen Frau Wegener anzurufen. Das finde ich seltsam.«

Stille breitete sich aus, in der Fischer sich zurücklehnte. Er verharrte auf seinem Stuhl, zog an seiner Zigarette und wagte nicht einen Schluck von dem Kaffee zu trinken, der vor ihm stand.

»Die Polizei war da.« Daniel Steinbach umklammerte den Telefonhörer als wäre er ein Rettungsanker.

»Was wollten sie?«

»Sie suchen nach Karin und haben mir jede Menge Fragen gestellt.«

»Du wirst verdächtigt?«

»Ich glaube schon.«

»Aber … soll ich vorbeikommen?«

»Nein, besser nicht.«

»Ich liebe dich.«

»Ich liebe dich auch.«

Langsam ließ er den Hörer auf die Gabel zurückgleiten. Einen Moment verharrte er, drehte sich dann um und sah Irene ins Gesicht. Sie sah bleich aus.

»Du? Was machst du noch hier?«

»Ich … ich …«

Überall im Zimmer drohten auf einmal Schatten.

KAPITEL 10

»Warum?« Sabine Thelen ließ sich auf den Beifahrersitz fallen und strich die Haare aus dem Gesicht. »Warum haben Sie ihn nicht mitgenommen, um die Leiche zu identifizieren?«

Fischer kniff die Augen zusammen und öffnete sie dann weit, pumpte mit einem Atemzug Sauerstoff in seine Lunge. Die Müdigkeit erfüllte ihn plötzlich, machte seine Glieder schwer.

»Das wollten wir doch eigentlich, oder? Dafür waren wir gekommen.« Sie zog die Tür zu und starrte durch die beschlagene Windschutzscheibe in die Dunkelheit.

»Ursprünglich, ja.« Fischer drehte sich zu ihr. »Danke, dass Sie mich unterstützt haben.«

»Nun, es hat mich überrascht, aber Sie haben doch eine Absicht, nicht wahr? Irgendetwas ist heute im Laufe des Abends passiert. Was?«

Fischer ließ den Motor an.

»Ja, es ist etwas passiert. Ich kann noch nicht den Finger darauf legen.«

Sein Handy klingelte unangenehm laut in dem kleinen Wagen. Mit einem mürrischen Brummen zog er es aus der Tasche, warf einen kurzen Blick darauf.

»Meine Frau ...« Er sah Sabine an. »Entschuldigen Sie einen Moment.«

Ohne auf ihre Antwort zu warten, stieg er aus dem Wagen.

»Susanne.«

»Ich habe dich gestern Abend angerufen.« Es war eine Feststellung, kein Vorwurf.

»Mein Akku war leer.«

»Das habe ich mir schon gedacht.«

Die Stimme seine Frau klang vertraut und doch so fern.

»Geht es dir gut, Jürgen?«

»Ja, sicher. Warum?«

Susanne antwortete nicht.

»Alles klar bei euch?« Er fragte nur, um seine Stimme zu hören und das Schweigen zu überbrücken.

»Ja. Sebastian schreibt in den nächsten Wochen drei Klausuren und lernt fleißig.«

»Du fehlst mir.«

»Du fehlst mir auch, Susanne.«

»Hast du viel zu tun?«

Fischer zögerte. »Nein, nicht wirklich.«

»Ach.« Es lag ein deutliches Fragezeichen in ihrer Stimme.

Er belog sie und sie wusste es.

»Tja, dann ...«

Pause.

»Jürgen ...«

Längere Pause.

»Ich habe das Gefühl«, sagte er, »du bist sehr weit von mir weg. Und nimm das jetzt bitte nicht wörtlich.«

»Also soll ich es metaphorisch nehmen?«

Fischer schluckte hart.

»Susanne. Du bist sauer.«

»Nein. Ich liebe dich.«

»Du fehlst mir wirklich.«

»Du kommst doch am Wochenende, oder?«

»Wenn nicht irgendetwas Großartiges passiert, ja.«

»Gut. Ich ruf dich wieder an. Ich liebe dich, Jürgen.«

»Ich-liebe-dich-auch.«

Gute Arbeit, Fischer, dachte er und schloss die Augen. Mühsam versuchte er seinen Kopf von allen Gedanken und Gefühlen zu leeren und ihn dann mit den Schnappschüssen der Erinnerung zu füllen.

Es wollte ihm nicht gelingen und der bittere Nachgeschmack von Galle lag in seinem Mund. Plötzlich wurde ihm bewusst, dass er an das Auto gelehnt stand, der Motor lief und Sabine Thelen darauf wartete, nach Hause gefahren zu werden.

»Es tut mir leid.« Vorsichtig wendete er in der schmalen Straße.

»Ist schon gut. Manche Dinge haben Priorität. Was macht Ihre Familie?«

»Oh, gut. Gut. Alles gut. Mein Sohn hat Klausurenstress.«

Sabine rutschte in sich zusammen, zog die Schultern nach vorne. Eine Schutzhaltung.

»Söhne brauchen ihre Väter.« Sie murmelte fast unhörbar.

Fischer erstarrte.

»Wie hält Ihre Familie es aus, dass Sie auf einmal so weit weg sind?«

»Wer sagt denn, dass sie es aushält?«

Schweigen breitete sich zwischen ihnen aus, nur das schmatzende Geräusch der Reifen auf der regennassen Straße und das Brummen des Motors waren zu hören.

Die Frau an seiner Seite weckte Assoziationen in ihm, die Fischer verlegen machten.

Jakob Schink strich seinem Hund über den Kopf. Ben sah erwartungsvoll die Leine an.

»Einen Augenblick noch, Ben.«

Der Hund warf ihm einen Blick zu, was gar nicht so einfach war, weil seine Augen vollkommen von Haaren bedeckt waren. Er hatte diesen hundetypischen Gesichtsausdruck, der die zwei Hauptdinge in seinem Leben bestimmte: fressen, Gassi gehen, fressen, Gassi gehen. Hunde sind sehr beständige Wesen, dachte Schink.

Eigentlich war er kein Tierfreund. Seine Frau hatte den Hund vor ein paar Jahren aus dem Tierheim geholt. Kurz darauf war sie an Krebs gestorben. Seitdem mochte er Ben. Die Routine hielt ihn am Leben.

Die kühle Luft würde ihm gut tun. Im Grunde fand er spazieren gehen sterbenslangweilig, doch er beobachtete Ben gerne dabei. Einen Hund macht diese einfache Tätigkeit unglaublich glücklich.

Langsam wurde Schink wieder etwas ruhiger. Gestern hatte er die Leiche gefunden und in dieser Nacht kaum schlafen können. Überraschenderweise waren sein Blutdruck und der Puls erst gestiegen nachdem die Polizei weg war. Erst nach und nach war ihm klar geworden, dass er einen toten Menschen gefunden hatte. Eine tote Frau.

Hatte sie einen Mann gehabt? Vermisste sie jemand nun so schmerzlich wie er seine Gerlinde vermisste? Würde dieser Mann auch die nächsten Jahre das leere Bett neben sich anstarren, das leere Kissen sehen?

Jakob bekam das Bild der fächerförmig ausgebreiteten Haare seiner Frau nicht aus dem Kopf. Selbst nach sechs Jahren konnte er sich noch an den Geruch erinnern und wie es sich anfühlte, wenn er seine Finger dadurch gleiten ließ.

Diese Frau hatte keine Haare gehabt. Jedenfalls sah er keine. Ihr fehlte der Kopf.

Wie grausam können Menschen sein?

Automatisch schlug er den Weg ein, den er immer ging. Hoch zur Mühle. Erschrocken blieb Schink stehen. Dort hatte der Tod einen Menschen heimgesucht. Ben drehte sich um, zog an der Leine.

»Nein, mein Junge, das ist keine gute Idee.«

Andererseits, dachte er, hatte ihn die Polizei gefragt, ob ihm etwas aufgefallen wäre. Etwas, was anders war als sonst. Ihm war nichts eingefallen. Er schloss die Augen und öffnete sie dann wieder. Wenn er den Weg noch mal ging und versuchte sich ganz genau an gestern zu erinnern, vielleicht würde er etwas entdecken. Entschlossen setzte er seinen Weg fort.

KAPITEL 11

Daniel Steinbach zog den Haustürschlüssel aus der Manteltasche. Der kurze Gang durch die kalte Novembernacht hatte seinen Kopf wieder etwas klarer gemacht.

Er schloss auf, öffnete die Tür und verharrte einen Moment.

Die Stille und Leere, die ihm entgegenschlugen waren wie ein Schlag ins Gesicht.

»Karin?«

Es war ein hilfloser Versuch der Wirklichkeit zu entkommen. Sie war nicht da, nicht überraschend zurückgekommen. Sein Verstand wusste es, doch irgendwo in ihm war so etwas wie ein Funken Hoffnung.

Hörbar zog er die Luft ein, sein Magen krampfte sich zusammen. Sie war nicht da. Natürlich war sie nicht da, denn dann würde die Luft knistern.

Daniel Steinbach warf seine Jacke auf den Stuhl in der Diele und wanderte langsam durch das Haus. Überall waren noch Spuren, die von dem Besuch der Polizei zeugten. Kaffeetassen, Aschenbecher, zerknülltes Papier, Bücher, die aus den Regalen herausgenommen und wieder zurück gestellt worden waren.

Warum, zum Teufel, hatten sie das getan? Was dachten sie, würden sie in den Schränken finden? Spuren von Karin?

Daniel schenkte sich einen weiteren Bourbon ein. Er wusste, dass er zu viel trank, aber es war ihm egal. Mit einem müden Seufzer ließ er sich auf das Sofa fallen, nahm die Zigaretten hervor.

Der Alkohol brannte scharf in seinem leeren Magen. In ihm war eine große Leere und nichts, was als Trost oder Erklärung herhalten konnte. Dazu war zu viel schiefgelaufen. Wahllos drückte er auf die Knöpfe der Fernbedienung.

Er wachte irgendwann verfroren und mit steifem Nacken auf. Das bläuliche Licht des Fernsehers füllte den Raum schemenhaft. Ohne ihn auszuschalten, wankte er nach oben und legte sich ins Bett.

Am nächsten Morgen war er nicht in der Lage aufzustehen.

Das ist er also, der größte Verlust. Handlungsunfähigkeit. Die Gedanken legten sich wie eine schwarze Wolke über ihn.

Das hartnäckige Läuten der Türglocke vermischte sich mit den Alarmsignalen seiner verworrenen Träume. Daniel Steinbach hatte das Gefühl unversehens in tiefem Wasser aufgewacht zu sein und schlug erschrocken um sich. Es schellte immer noch. Er hatte keine Erinnerung an seine Träume, aber die Beine taten ihm weh, als wäre er die ganze Zeit vor etwas davongelaufen.

Er wankte die Treppe hinunter. Ihm war schwindelig, alles verzerrte und verwischte vor seinen Augen. Außer dem durchdringenden Klingelton hörte er nur das hohe Sirren des Blutes in seinen Ohren.

Mit einem heftigen Ruck riss er die Tür auf. Augenblicklich verstummte der quälende Ton. Steinbach starrte Fischer an.

»Herr Steinbach, wir haben noch … was ist mit Ihnen? Geht es Ihnen nicht gut?«

Daniel Steinbach merkte, dass Jürgen Fischer ihn am Arm fasste und zum Sofa führte. Er setzte sich und vergrub das Gesicht in den Händen.

»Sie sehen furchtbar aus. Soll ich einen Arzt rufen?«

Steinbach schüttelte den Kopf. »Mir ist nur etwas schwindelig.«

»Wann haben Sie das letzte Mal etwas gegessen?« Es war eine andere Stimme, die nun zu ihm sprach, eine weibliche.

»Ich weiß nicht. Vorgestern?«

Sabine Thelen seufzte und ging in die Küche. Auf dem Weg stellte sie den Fernseher aus, der immer noch lief.

Klirren von Geschirr, Öffnen und Schließen von Schranktüren vermischten sich mit dem lauten Pochen in Daniels Ohren.

Wenig später hatte Sabine Kaffee gekocht, ihm einen dampfenden Becher in die Hand gedrückt und einen Teller mit belegten Broten auf den Tisch gestellt.

Daniel brauchte beide Hände, um die Tasse zum Mund zu führen. Der Kaffee war bitter und zu heiß, hinterließ einen brennenden, roten Geschmack in seinem Mund.

Langsam kehrten seine Lebensgeister zurück. Er nahm ein Brot, kaute. Sein Blick hob sich und traf auf den Fischers.

Der Hauptkommissar saß zurückgelehnt in seinem Sessel und sah ihn nachdenklich an.

»Haben Sie etwas herausgefunden? Etwas über Karin?«

»Wir haben eine Leiche gefunden.«

»Karin?« Daniel schrie den Namen seiner Frau. Die Tasse rutschte ihm aus der Hand, zersprang auf den Fliesen. Eine dunkelbraune Pfütze entstand.

»Das wissen wir nicht. Wir müssen Sie bitten mitzukommen. Um sie eventuell zu identifizieren.«

KAPITEL 12

»Ich bin gefangen, lebendig begraben.«

Der Gedanke hatte etwas Bleiches, Schemenhaftes. Die Angst meldete sich wieder mit kaltem Schweiß und Herzklopfen. Sie hatte jeden Bezug zur Zeit verloren, wusste nicht, ob sie Stunden oder Tage hier lag. Dann schlief sie mit der Angst ein und fand, als sie aufwachte, dass sie sich in verzehrende Furcht verwandelt hatte.

Anfangs spürte sie Schmerzen, Hunger, die Kälte. Dann verwischte alles miteinander und ihre Empfindungen wurden taub. Ich darf die Hoffnung nicht verlieren, dachte sie, wusste aber nicht, worauf sie hoffen sollte. Sie hatte versucht zu schreien, doch ihre Stimme klang dumpf und klein.

»Wenn ich aufgebe, bin ich tot.« Mit der Zeit verlor sich der Schrecken dieses Gedankens.

»Ich will tot sein, lieber Gott, lass mich tot sein.«
Doch dieser Wunsch erfüllte sich nicht.

KAPITEL 13

Sabine Thelen beobachtete Steinbach. Er zögerte den kalten Raum zu betreten. Die Rollliege mit der Leiche war mit einem Laken bedeckt. Dr. Maier sah zu Fischer, als warte er auf ein Zeichen. Fischer nickte und Sabine hielt den Atem an. Langsam zog der Pathologe das Laken beiseite. Der kopflose Körper der toten Frau hatte etwas Unwirkliches.

Daniel Steinbachs Adamsapfel machte drei deutliche Sprünge, als sei der Mann kurz davor sich zu übergeben.

»Scheiße!«, sagte er halberstickt in seine Handflächen hinein, dann drehte er sich abrupt um, lief hinaus.

»Soll ich …?« Sabine sah Fischer an.

»Nein. Der läuft uns nicht weg.«

Aus dem Flur konnte man verzweifelte Würgegeräusche hören.

»Das ist nicht meine Frau. Das ist nicht Karin.«

Steinbach saß bleich und in sich zusammen gesunken auf dem Stuhl. Vor ihm stand ein Glas Wasser, das er nicht anrührte.

»Sind Sie sich sicher?«

»Tausendprozentig.«

Fischer nickte. »Ist es jemand, den Sie kennen?«

Steinbach hob den Kopf, starrte den Kommissar an.

»Gott, woher soll ich das wissen? Die Frau hat ja keinen Kopf mehr.«

»Nun, Sie wissen ja auch, dass es nicht Ihre Frau ist.«

»Das ist doch etwas ganz anders. Ich kenne den Körper meiner Frau. Ich würde sie an den Füßen erkennen, an den Fingern.«

Fischer rieb sich mit der flachen Hand über das Kinn.

»An den Füßen? Ist irgendetwas mit den Füßen Ihrer Frau?«

»Wie bitte?«

»Ob etwas besonders mit den Füßen Ihrer Frau ist, will ich wissen.«

»Nein. Nein, sie hat ganz normale Füße.«

Fischer spielte mit einem Kugelschreiber. Die ganze Unterhaltung war bedeutungslos. Er hatte von Anfang an gewusst, dass die Leiche nicht Karin Steinbach sein konnte. Nichts stimmte überein, weder die Größe noch das Gewicht.

Das war ihm klargeworden, als er ein Foto von ihr in Steinbachs Haus gesehen hatte. Trotzdem war da etwas, eine Verbindung. Etwas denkbar Unehrliches in Steinbachs Verhalten. Ihn zur Identifizierung mitzunehmen war ein Test. Er wollte die Kruste des Mannes aufbrechen, herausfinden, was er verbarg.

Es war noch etwas. Irgendetwas war ihm unter die Hirnrinde gekrochen und hatte sich dort festgesetzt. Es war noch nicht recht fassbar, saß aber da und war höllisch lästig. Nur wusste er nicht, was es war.

Vielleicht beruhten seine Gedanken auf so etwas Unzuverlässigem wie Intuition. Fischer war kein Anhänger dieses Aspektes, das überließ er lieber den Frauen. Doch er war schon zu lange im Geschäft, um nicht ein sicheres Gespür für Verbindungen zu haben. Diese beiden Fälle, die verschwundene Frau Steinbach und die Leiche ohne Kopf, sie hatten eine Verbindung.

Sabine Thelen kam in das Zimmer, blieb aber in der

Tür stehen. Sie machte ihm ein Zeichen nach draußen zu kommen.

»Irgendetwas herausgefunden?«

Fischer schüttelte den Kopf.

»Ich habe da einen Anruf in der Leitung. Eine Frau, Anwältin, ziemlich bekannt in Düsseldorf.«

Fischer zog die Augenbrauen hoch. »Ja?«

»Sie sagt, sie vertritt Daniel Steinbach.«

»Sie vertritt ihn? Woher weiß sie denn, dass er hier ist? Hatte er irgendwann die Gelegenheit zu telefonieren?«

»Ich weiß nicht. Die fünf Minuten, als er sich fertig gemacht hat, bevor wir gefahren sind.«

»Er wusste, dass er eine Leiche identifizieren sollte. Ist das ein Grund den Anwalt anzurufen? Doch nur wenn man eindeutig Dreck am Stecken hat. Wo ist das Telefon? Ich spreche mit ihr.«

»Roth. Mit wem spreche ich?«

Fischer hörte die resolute Frauenstimme zu laut an seinem Ohr.

»Hauptkommissar Jürgen Fischer. Womit kann ich Ihnen helfen?«

»Ich weiß nicht, ob Sie mir helfen können. Es geht um meinen Mandanten, Daniel Steinbach.«

»Ja?« Fischer zögerte, dann riskierte er etwas. »Er ist hier.«

»Er ist wo?«

»Hier. Hier im Präsidium. In Krefeld. Nordwall 1-3, die Adresse kennen Sie sicher.«

»Und weshalb ist er dort?« Der Tonfall ihrer Stimme sank um mehrere Grad.

»Weshalb rufen Sie eigentlich an?«

»Mein Mandant hat seine Frau als vermisst gemeldet.

Heute lese ich in der Presse, dass eine tote Frau gefunden wurde. Ich wollte wissen, ob ein Zusammenhang besteht.«

»Ach? Nein, besteht nicht.«

»Sind Sie sicher?«

»Ja, Herr Steinbach hat die Frau gerade gesehen, die tote Frau. Es ist nicht Karin Steinbach.«

»Und weshalb ist er dann noch bei Ihnen?«

Der Vorwurf war nicht zu überhören.

»Wir hatten noch ein paar Fragen.«

»Haben Sie die Fragen klären können?«

»Nun ...«

»Schicken Sie Herrn Steinbach nach Hause. Das nächste Mal wenn Sie etwas von ihm wollen, und sei es auch nur über den Krefelder Eishockey Verein sprechen, rufen Sie zuerst mich an.«

Fischer zog die Augenbrauen hoch. Holla, dachte er, da ist aber jemand mehr als vorsichtig.

Er legte den Hörer zurück und blickte in Sabine Thelens Gesicht. Das Fragezeichen dort war nicht zu übersehen.

»Wir sollen Steinbach nach Hause schicken. Jeder weitere Kontakt soll ab jetzt über diese Dame laufen. Was ... was hat das wohl zu bedeuten?«

»Stille Wasser sind tief und Steinbach ist zu still.«

»Den Eindruck habe ich auch.«

»Ich bringe ihn zurück und werde noch mal bei Irene Wegener vorbeischauen. Vielleicht kann sie etwas Licht in das Dunkel bringen.«

KAPITEL 14

Sie wurde wach und versuchte die Augen aufzuschlagen. Es wollte ihr nicht recht gelingen. Um sie herum war es düster. Im ersten Moment wusste sie nicht, wo sie war, doch dann vernahm sie ein konstantes Piepen rechts von ihr. Sie rührte sich nicht, lauschte nur den Tönen. Das Bedürfnis, das sie verspürte war elementar: Durst. Sie wollte Wasser. Nie hätte sie geglaubt, dass sich ein Mund so trocken anfühlen konnte. Sie wollte einen Laut hervorstoßen, aber die Zunge klebte am ausgedörrten Gaumen.

Jemand betrat den Raum und sie versuchte sich aufzurichten, die Gestalt zu fokussieren. Ein Schmerz, wie ein scharfes Messer, fuhr durch ihren Körper und sie versank wieder in Dunkelheit.

Als sie das nächste Mal erwachte, war es hell. Das Licht blendete sie, sie blinzelte. Ihre Kehle war noch immer staubtrocken.

Eine Frau beugte sich über sie. Eine Krankenschwester.

»Frau Brandt?«

Der Name klang vertraut in ihren Ohren, langsam sickerte er durch ihr Bewusstsein. Brandt, Renate Brandt, das war sie und sie war in einem Krankenhaus. Etwas war passiert. Nur was? Außer, dass sie fast verdurstete.

Die Schwester musste ihre Gedanken gelesen haben, denn sie hielt einen Becher in der Hand, schob einen Strohhalm vorsichtig zwischen ihre aufgesprungenen Lippen.

Renate saugte gierig.

»Schön langsam. Ganz ruhig.«

»Wo … was …?«

»Ich hol den Doktor«, sagte die Krankenschwester und ging zur Tür. »Ganz ruhig bleiben.«

Stephan Mertens fand einen Parkplatz direkt vor den Städtischen Kliniken. Ein Ereignis, das normalerweise von der Teilung des Meeres, einem brennenden Dornbusch oder anderen biblischen Geschehnissen begleitet wurde.

Der Anruf hatte ihn überrascht. Vor zehn Tagen war eine junge Frau schwer verletzt in die Klinik eingeliefert worden. Sie war offensichtlich Opfer eines Verbrechens. Wegen der Schwere ihrer Verletzungen war sie in ein künstliches Koma versetzt worden und nun erst langsam wieder daraus aufgetaucht. Es gab keine Spuren, keine Hinweise auf den oder die Täter. Er war gespannt, ob sie nun eine Aussage machen konnte.

Der Pförtner wies ihm den Weg zur Intensivstation. Er schellte an einer Glastür, wurde eingelassen. Heiße, feuchte Luft schlug ihm entgegen, ein antiseptischer Geruch, Desinfektionsmittel vermischt mit Angst und Krankheit. Hitze, die in seinen Kopf eindrang und die Stirnhöhlen schmerzen ließ.

Sabine Thelen war mit Jürgen Fischer unterwegs. Es irritierte ihn, dass sie ihren Dienst so schnell wieder angetreten hatte. Dass sie sich auch noch mit diesem Neuen zusammentat, war ein Gedanke, der quälend in seinem Kopf saß wie ein Tumor. Warum das so war, traute er sich nicht zu fragen.

»Sie ist wach. Ich weiß aber nicht, wie ansprechbar sie ist.«

Der junge Arzt sah übermüdet aus, in etwa so, wie Stephan sich fühlte.

»Ich habe aber keine Wahl. Ich werde ihr ein paar Fragen stellen müssen.«

Der Arzt nickte. Gemeinsam betraten sie das Zimmer.

»Frau Brandt?«

Stephan ließ dem Arzt den Vortritt, lehnte sich abwartend an die Wand.

»Frau Brandt, Sie sind in den Städtischen Kliniken, ist Ihnen das bewusst?«

Die junge Frau nickte fast unmerklich.

»Hatte … hatte ich einen Unfall?« Ihre Stimme klang heiser.

»Können Sie sich an nichts erinnern?«

Sie zögerte und Stephan trat einen Schritt nach vorne. Ihre Blicke trafen sich.

»Frau Brandt, Stephan Mertens, Kripo.« Er sah das Erschrecken in ihrem Blick.

»Regen Sie sich nicht auf«, mahnte der junge Arzt.

»Nein«, beschwichtigte auch Stephan. »Regen Sie sich nicht auf. Ich muss Ihnen nur ein paar Fragen stellen. Sie wissen wer Sie sind und wo Sie sind?«

Die Frau nickte wieder.

»Was ist Ihre letzte Erinnerung?«

Sie furchte die Stirn. Er konnte die Anstrengung sehen.

»Ich war … ich war joggen. Am Stadtwald. Das mache ich fast jeden Abend.«

Stephan Mertens betrachtete die junge Frau. Ihre dunkelblonden Haare lagen strähnig auf dem Kissen. Das Gesicht wirkte schwammig, was er auf die vielen Medikamente zurückführte, die unablässig durch Schläuche in ihren Körper tropften.

Ihre Lippen waren aufgerissen, voller Schrunden und Krater. Sie leckte mit der Zunge darüber und er erinnerte sich an das Aufwachen nach seiner Blinddarmoperation. Auf dem metallenen Nachttisch stand ein Becher mit einem Strohhalm. Er reichte ihn ihr und sie trank dankbar. Alles in allem sah sie krank und furchtbar verletzlich aus, trotzdem konnte man die gute, durchtrainierte Figur erkennen und dass sie hübsch gewesen sein musste. Anziehend, auffällig.

»Sie joggen regelmäßig? Am Stadtwald? Allein?«

»Oft kommt meine Freundin mit, aber nicht immer. Diesmal nicht.«

»Sie waren also alleine?«

Stephan hörte ihr konzentriert zu. So rücksichtsvoll wie möglich vorzugehen war der einzige Weg an sie heran zu kommen.

»Ja … ich war schon fast an meinem Wagen, ich habe ihn gesehen, das weiß ich noch.«

»Und dann?«

»Dann wurde alles schwarz. Was ist passiert?«

Stephan kaute an seiner Unterlippe. »Sie sind überfallen worden. Jemand hat Ihnen mit einem Messer in den Rücken gestochen. Das erstaunliche ist jedoch, dass Sie auch Schnittverletzungen an den Händen und Unterarmen haben.«

Ihr Blick wanderte hinunter. Verwundert hob sie ihre Arme, die dick bandagiert waren.

»Das deutet auf einen Kampf hin. Erinnern können Sie sich nicht?«

Ihr Gesicht wurde noch bleicher.

»Das reicht fürs Erste.« Der junge Arzt schob Stephan sanft, aber nachdrücklich zur Seite.

Mertens nickte. »Wenn Ihnen noch etwas einfällt, sagen Sie Bescheid. Ich komme ganz sicher wieder.« Als er das

Zimmer verließ, fiel ihm auf, dass das wie eine Drohung klang. Er grinste.

»Sie ist noch sehr schwach. Es ist normal, dass Opfer von Gewalttaten sich erst mal nicht erinnern.«

Der junge Arzt war ihm gefolgt.

»Bekommt sie Besuch?«

»Ihre Eltern waren ein paar Mal da, ja. Wieso?«

Mertens überlegte. Die Täter bei Gewalttaten kamen meistens aus dem Umfeld der Opfer. Natürlich könnte es diesmal auch ein purer Zufall gewesen sein. Ein Junkie, der jemanden ausrauben wollte. Die junge Frau war allerdings nicht ausgeraubt worden. Ihr Portemonnaie befand sich in ihrer Jackentasche, ebenso wie der Schlüsselbund. Sie hatte vermutlich einfach Glück gehabt und der Täter war gestört worden bevor er zugreifen konnte.

Er dachte an die Leiche der Frau an der Mühle und die verschwundene Frau Steinbach. Manchmal blieb es wochenlang ruhig und dann häuften sich die ungelösten Fälle.

»Denken Sie«, fragte Mertens den Arzt, »dass Sie sich noch genauer erinnern wird?«

»Schwer zu sagen. Im Moment bekommt Sie noch eine heftige Dröhnung Schmerzmittel. Sehen Sie, die Klinge ist oberhalb der Nieren in den Körper eingedrungen, hatte eine der Hauptarterien angeritzt und die Lunge …«

»Ersparen Sie mir die Details. Sie wird durchkommen, nicht wahr?«

»Wenn keine unerwarteten Komplikationen auftreten, ja.«

»Gut.«

Mertens nickte dem Mann zu und verließ die Intensivstation.

Auf der Lutherstraße holte er tief Atem. Obwohl Abgase

die Luft verpesteten, roch es köstlich frisch im Gegensatz zu dem Krankheitsgeruch im Klinikum.

KAPITEL 15

Ben hüpfte wie ein verrückt gewordener Zirkusclown herum. Für ihn, das wurde Jakob Schink bewusst, waren es die einfachen Dinge im Leben, die zählten. Er konzentrierte sich auf die übermütigen Schritte des Hundes, das Wedeln des Schwanzes, dabei wollte er doch seine Umgebung beobachten, nach Hinweisen und Spuren suchen.

Ben bellte, als sich in einem Busch etwas bewegte. Ein Hase rannte über den Weg, schlug einen Haken. Der Hund knurrte und stellte den Schwanz hoch, drehte sich dann kurz zu Schink um, zog an der Leine.

Der alte Mann lachte leise. »Wenn du meinst, dass ich glaube, dass du das Vieh erlegst, hast du dich getäuscht. Du bist ein reinrassiger Feigling und im Leben nicht schnell genug.«

Trotzdem löste er den Karabinerhaken und das Tier rannte los.

Nachher konnte er nicht mehr sagen, ob er sich die Schritte im Unterholz und das Geräusch eines wegfahrenden Wagens nur eingebildet hatte oder nicht.

Ben bellte, ein aufgeregtes, hohes Bellen, das in ein tiefes Knurren überging.

»Ben.« Schink pfiff. Jetzt jaulte das Tier. »Ben?«

Er wurde unruhig. Das gefiel ihm nicht. Er suchte den Hund und fand ihn im Gebüsch an einer blutigen Tüte zerrend.

»Großer Gott. Nicht schon wieder ...« Er zog den Hund zurück und kramte hastig in seiner Jackentasche nach dem Handy, fand es nicht.

»Was machen wir denn jetzt, mein Junge? Was machen wir nur?« Unruhig schaute er sich um. War da jemand? Sein Atem ging in kurzen, schnellen Stößen. »Wenn wir das hier liegen lassen, dann gehen die Tiere womöglich daran ... aber wir können es doch unmöglich mitnehmen, oder?«

Schink hatte die Leute immer verachtet, die ihr Tier personifizierten. Natürlich sprach er mit dem Hund, bisher hatte er sich jedoch eingebildet, dass es nicht über gewöhnliche Befehle hinausging. Nun wurde ihm schmerzlich bewusst, dass er von Ben eine Antwort erhoffte, die dieser nicht geben konnte.

Jakob bückte sich und fühlte Ekel. Seine Hand streifte einen Efeuzweig und plötzlich hatte er das seltsame Gefühl, die Pflanze wolle sich um seine Finger schlingen und ihn festhalten.

Er zog die Plastiktüte aus dem Gestrüpp, tat es mit angehaltenem Atem, sodass es sich anfühlte als wäre er gar nicht daran beteiligt. Sie war mit Paketband verschnürt, klebrige, dunkle Flüssigkeit hatte sich als Lache darunter angesammelt.

Ben fiepte aufgeregt, sprang um ihn herum. In der einen Hand hielt Schink die Tüte so weit wie möglich von seinem Körper entfernt, mit der anderen versuchte er den Hund zu bändigen.

Eilig begab er sich auf den Heimweg. Im Hof legte er die Tüte auf die Bank vor dem Haus, brachte Ben nach drinnen und überhörte dessen Protest. Schink lehnte sich mit dem Rücken gegen die Haustür, ließ die Tüte nicht aus dem Blick und versuchte Klarheit in seine Gedanken zu bekommen.

Es war falsch die Tüte mitzunehmen und irgendwie wusste er auch ganz sicher, was dort drin war. Er hatte ein Gefühl von nassem Sand in seinem Magen.

Ich muss die Polizei anrufen, dachte er. Trotzdem war er nicht in der Lage sich zu rühren.

Die letzten gelben, braunen und roten Blätter fielen von den Bäumen vor dem Haus. Der Wind trieb sie raschelnd über die Straße.

Seit dem Tod seiner Frau hatte er sich in sich zurückgezogen und war sonderbar geworden, das wusste niemand besser als er selbst.

Jetzt war der Punkt gekommen das Richtige zu tun, um wieder in Kontakt mit dem Leben zu treten. Er konnte die Polizei rufen und die Tüte melden oder auf eigene Faust ermitteln.

KAPITEL 16

Sabine Thelen fuhr langsam am Botanischen Garten vorbei. In diesem Viertel war sie groß geworden. Seit damals hatte sich in den kleinen Straßen nicht viel verändert. Manche Häuser hatten einen frischen Anstrich bekommen.

Sie parkte vor ihrem Elternhaus, blieb noch eine Weile im Wagen sitzen. Die einzige Möglichkeit nicht zu verzweifeln, war, sich nicht mit der Vergangenheit abzugeben. Sabine verspürte einen leichten Druck etwas unterhalb der Magengegend. Es half nichts, das Leben ging weiter, so oder so.

Sie stieg aus und ging die drei Stufen zur Tür. Ihre Mutter öffnete bevor sie schellen konnte.

»Sabine, Kind. Komm rein.«

Warmer, vertrauter Geruch schlug ihr entgegen. Sie versank in der weichen Umarmung ihrer Mutter und schluckte mühsam die aufsteigenden Tränen hinunter.

»Komm in die Küche, ich koch uns einen Tee.«

Mehrere Tüten türmten sich auf der Arbeitsplatte neben dem Herd.

»Setz dich, Kind. Ich bin gerade erst vom Einkaufen zurückgekommen.«

»Gute Güte, Mama. Was hast du denn alles eingekauft? Kriegsvorräte?«

Regina Thelen lachte. Ein warmes Lachen, das den Raum erfüllte.

»Nein. Süß.« Sie packte die Tüten aus, riss Verpackungen auf und schüttete viele kleine Schokoriegel in eine große Glasschüssel.

»Was ist los? Willst du irgendjemanden mästen? Seit wann esst ihr so viel Süßes?«

Ihre Mutter drehte sich zu Sabine um und maß sie mit einem nachdenklichen Blick.

»Sabine, es ist November. Hast du nicht auf die Häuser geachtet in der Nachbarschaft? Sankt Martin. Morgen ist hier der Martins-Zug von Schule und Kindergarten. Die Kinder werden singen kommen, so wie jedes Jahr.«

Sabine tauchte ein in die Erinnerungen ihrer Kindheit. Sankt Martin war immer eine Art Meilenstein gewesen. In der Schule wurden Laternen gebastelt und dann zogen sie in kleinen Grüppchen singend durch die Straßen. Anschließend wurden die erbeuteten Süßigkeiten begutachtet und aufgeteilt. In ihrer Erinnerung lag immer der würzige Duft von Äpfeln und Holzfeuer in der Luft.

Damals schon hatten fast alle in der Siedlung ihre Häuser mit Kerzen und Laternen geschmückt. Sie hatte es wohl gesehen, als sie langsam durch die Straßen gefahren war, aber nicht darüber nachgedacht.

Nach Sankt Martin kamen ein paar Wochen, die sich hinzogen wie Gummi, aber dann war Dezember. Nikolaus und Weihnachten. Feste Leuchtfeuer im Ablauf der Jahre.

Weihnachten. Der Gedanke daran traf sie wie ein Tiefschlag. Es würde das erste Mal seit Jahren ohne Martin sein. Wieder spürte sie die Tränen hochsteigen.

»Weißt du noch«, plauderte ihre Mutter im Hintergrund und kramte durch die Tüten. »Weißt du noch, wie ihr immer singen gegangen seid? Loop, Müller loop …« Sie summte die Melodie.

»Ich habe den Text nie verstanden, trotzdem oder vielleicht gerade deshalb war es eins unserer Lieblingslieder. Onn Du löpps wie Du löpps, Follemente! Wie Du löpps.«

Sabine rieb sich die Tränen aus den Augen. Ihre Mutter durfte auf keinen Fall mitbekommen, dass sie traurig war. Trauer war eine von etwa 20 Emotionen, die sie sich im Moment nicht erlaubte, und auch Mitleid konnte sie nicht ertragen.

Vor ihr auf dem Tisch lag die Tageszeitung. Abwesend griff sie danach und überflog die Schlagzeilen.

»Tja«, murmelte sie. »Wir können nur hoffen, dass wir schnell herausfinden, wer die Tote ist.«

Ihre Mutter drehte sich zu ihr um und runzelte die Stirn.

»Was interessiert dich das denn im Moment?«

»Wir arbeiten an dem Fall, Mama.«

»Seit wann arbeitest du wieder?« Regina Thelen strich den Rock glatt und setzte sich ihrer Tochter gegenüber an den Tisch.

Sabine fingerte an der Ecke der Zeitung. Sie wagte nicht ihrer Mutter in die Augen zu schauen.

»Seit ein paar Tagen, wieso?«

»Aber du brauchst doch noch nicht wieder zu arbeiten, oder?«

»Was soll ich denn Zuhause rumsitzen? Es hat mich verrückt gemacht. Lieber gehe ich arbeiten, das lenkt ab.«

»Es lenkt ab? Wovon? Ich verstehe das nicht. Dass du so weitermachst, nach all dem was passiert ist.«

»Das hat doch nichts mit meiner Arbeit zu tun.«

»Ich sehe das anders und nicht nur ich. Martin …«

»Martin!« Sabine schrie den Namen fast heraus, merkte es und schlug die Hand vor den Mund. Sie stand auf und schaute aus dem Fenster, wandte ihrer Mutter demonstrativ den Rücken zu.

»Martin hat damit überhaupt nichts zu tun. Ich will nicht über ihn reden.«

»Sabine, ich weiß, wie weh dir das alles tut. Aber du hast eine Verantwortung und Martin …«

»Martin ist tot.«

Sie drehte sich um, konnte nun die Tränen nicht mehr zurückhalten. Heiß liefen sie ihr über die Wangen, hinterließen einen salzigen Geschmack.

»Martin ist tot und nichts wird ihn wieder lebendig machen. Ob ich nun Zuhause rumsitze oder wieder arbeiten gehe.«

»Na ja, aber …«

»Kein ABER, Mama. Ich will nicht mehr darüber reden.«

»Manchmal hilft es …«

»Welchen Teil von: *Ich will nicht mehr darüber reden* hast du nicht verstanden?«

Sie hörte die Bitterkeit in ihrer Stimme und hasste sich dafür.

»Es tut mir leid, Mama.«

Regina Thelen nickte und stand auf, strich sich wieder über den Rock als könne sie damit etwas geraderücken.

Sie räumte die Schüssel mit den Süßigkeiten in den Flur, in Erwartung der Kinder, die singen würden.

Dann verstaute sie schweigend die restlichen Einkäufe. Sabine sah ihr zu, kaute auf ihrer Unterlippe und suchte verzweifelt nach einem belangloseren Gesprächsthema.

»Wo ist eigentlich Papa?« Sabine hörte ihre Stimme und war erleichtert überhaupt noch eine Stimme zu haben.

KAPITEL 17

Stephan Mertens zog das Papier aus dem Faxgerät. Es waren die neusten Untersuchungsergebnisse der Pathologie. Er öffnete die Tür zu Sabines Büro, aber offensichtlich war sie schon gegangen.

Aus Fischers Zimmer fiel ein Lichtschein in den Flur.

»Noch hier?« Stephan trat ein.

Jürgen Fischer schaute hoch. Sein Gesicht war voller Furchen und Falten.

»Ich versteh das nicht. Ich soll mein Passwort eingeben, damit ich mich anmelden kann, aber wenn ich das tue, sagt dieser verdammte Computer mir, dass das Passwort schon vergeben sei.«

»Computer sind auch nur Menschen, irgendwie. Zeigen Sie mal.«

Fischer überließ ihm den Stuhl. Mertens' Finger flogen über die Tastatur.

»Ich bin schon drin, war ganz einfach.« Stephan grinste wie ein kleiner Junge. Er zeigte auf das Fax.

»Das kam gerade aus Duisburg. Es scheint unsere Theorie zu untermauern.«

Fischer nahm das Blatt und überflog die Zahlenreihen. Er rieb sich über das Kinn.

»Wir haben immer noch keine Ahnung wer sie ist, oder?«

»Nein, und vermutlich werden wir mit den Ermittlungen auch nicht weiterkommen, bevor wir das nicht herausgefunden haben. Es sind keine brauchbaren Hinweise aus der Bevölkerung gekommen.«

»Ich kann mir nicht vorstellen, dass eine junge Frau hier einfach so verschwinden kann, ohne dass sie irgendjemand vermisst.«

Mertens zuckte mit den Schultern.

»Dass wir ihren Kopf nicht haben, macht es irgendwie schwerer.«

»Er wird auftauchen, ganz bestimmt.«

»Wie können Sie sich da so sicher sein?«

»Der Täter spielt mit uns. Er inszeniert diesen Mord. Wenn es eine Tat im Affekt gewesen wäre, ein Wutanfall, häusliche Gewalt oder so was, dann hätte er sie im Wald verbuddelt oder irgendwo im Wasser versenkt. Es hätte ewig dauern können, bis sie jemand findet. Wer weiß, wie viele Leichen so in den Wäldern unentdeckt vermodern.«

Fischer setzte sich auf die Schreibtischkante und zündete sich eine Zigarette an, inhalierte tief.

»Diese Leiche aber sollte gefunden werden. Und ich bin mir auch sicher, dass es einen Zusammenhang mit den Schaufensterpuppen gibt. Es ist zu ähnlich. Die Puppengeschichte hat wahrscheinlich wenig Aufruhr in der Presse gemacht, oder?«

»Wir haben es mehr oder weniger für einen Streich gehalten. Es gab nur eine kurze Notiz, wenn mich nicht alles täuscht.«

»Also nehmen wir mal an, dass er geübt hat. Dann wusste er, wie und wo er am besten sein Opfer platziert. Es ist ein Zeichen, es soll uns etwas sagen. Nur fehlen uns noch zu viele Puzzlestücke, um das Ganze zu entschlüsseln.«

»Ein Psychopath?«

Fischer deutete auf das Fax.

»Keine Spuren von sexuellem Missbrauch. Kein Sperma, keine Verletzungen in der Vagina, keine Abschürfungen, keine blauen Flecke. Aber sie war nackt. Und sie lag auf dem Bauch, die Beine gespreizt. Eine Stellung, die erniedrigt. Das ist ganz sicher kein Zufall. Wie lagen die Puppen? Auf dem Rücken oder dem Bauch?«

»Das weiß ich nicht mehr.«

»Denken Sie nach. Es ist wichtig.«

»Ich hab die Akte auf meinem Schreibtisch.« Mertens stand auf. Er warf einen Blick auf den Monitor. »Sie sind jetzt eingeloggt. Es dürfte keine weiteren Probleme geben und wenn doch, helfe ich gerne.«

»Vielen Dank.« Zweifel standen Fischer ins Gesicht geschrieben. »Ich bin ein kompletter Versager was Computer angeht. Meine Söhne sind da sehr viel versierter. Ist wahrscheinlich eine Generationsfrage.«

»Vermissen Sie Ihre Familie?«

»Ich bin doch erst ein paar Tage hier.« Er sah auf seine Uhr. »Ich kam früher nicht eher aus dem Büro. Manchmal habe ich meine Söhne tagelang nicht wirklich gesehen, meine Frau auch nicht.«

»Tja, heftiger Einstand, da gebe ich Ihnen Recht. Wollen Sie noch einen Blick auf die Akte werfen?«

»Es ist schon spät.«

Mertens nickte, fuhr sich durch die Haare, die dringend einen Schnitt benötigten.

»Sie haben doch bestimmt noch nichts gegessen, oder? Mögen Sie Chinesisch? Es gibt um die Ecke ein kleines Restaurant.«

Fischer überlegte. Es gab nichts, was ihn in sein Appartement zog, und er war tatsächlich hungrig. Nichts ist so schlimm wie alleine zu essen.

»Es steht wirklich nicht viel drin.« Fischer blätterte in der Akte, die vor ihm auf dem Tisch lag. Die typischen roten Lämpchen mit den Troddeln spendeten nur gedämpftes Licht. Wenige andere Gäste hielten sich im Restaurant auf.

»Keine Bilder, nichts, was wirklich auf einen Zusammenhang hindeutet.«

»Bis auf die Tatsache, dass die Puppen auch keine Köpfe hatten und auch nicht bekleidet waren.«

»Das Kunstblut ...« Fischer überlegte, zog an seiner Zigarette.

»Das hat es so real, so unheimlich gemacht.«

»Wir sollten versuchen heraus zu finden, wo diese Puppen hergestellt werden.«

»Ja. Und wer unsere Leiche ist. Dann sind da noch Karin Steinbach und Renate Brandt.«

»Renate Brandt? Wer ist das?«

»Eine junge Frau. Sie wurde vor einigen Tagen am Stadtwald niedergestochen und liegt auf der Intensivstation.«

»Niedergestochen? Von wem?«

Mertens lachte. »Keine Ahnung. Lauter nebulöse Vorgänge in der letzten Zeit.« Er hob die Hände mit den Handflächen nach oben.

»Es geht hier weiß Gott nicht immer so zu, glauben Sie mir. In manchen Monaten beschäftigen wir uns ausschließlich mit Banden, die Sättel aus Reitställen klauen.«

»Klingt beruhigend.« Fischer rieb sich über das Kinn. »Die junge Frau wurde am Stadtwald niedergestochen?«

»Ja, sie war dort joggen. Das tut sie wohl regelmäßig.«

Irgendetwas an dieser Antwort ließ Jürgen Fischer aufhorchen, er wusste nur nicht, was.

KAPITEL 18

Er stand lauschend in der Schwärze der Nacht. Am Anfang hatte sie geschrien, um Hilfe gebettelt, geweint. Nun war alles ruhig. Hier konnte sie keiner hören, das hatte er vorher geprüft.

Sicherheit war immer schon ein wichtiges Thema in seinem Leben gewesen. Alles bis ins Kleinste auszuprobieren, immer wieder zu überprüfen. Fehler konnte er sich nicht erlauben, wollte er sich nicht erlauben.

Ein Käuzchen stieß einen Alarmschrei aus, wahrscheinlich zog der Marder wieder seine Kreise.

Der Mond tauchte langsam, fast zögerlich am Rande des Horizontes auf, so als sei er noch nicht bereit dazu.

Lange würde es nicht mehr dauern.

Er musste den richtigen Zeitpunkt abwarten. Sie war schon geschwächt, aber noch nicht am Ende ihrer Kraft. Eine kleine Weile noch.

Vorfreude kribbelte in seinem Bauch und ein Grinsen stahl sich auf seine Lippen.

Sie hatte es verdient. Wirklich verdient. Sie wusste es nur noch nicht.

Ihr geschwollen wirkender Bauch verstörte ihn. Damit hatte er nicht gerechnet. Doch auch damit würde er fertig werden.

KAPITEL 19

Die Zeitung lag noch ungelesen auf dem Esstisch. Daniel Steinbach überflog die Schlagzeilen. Die Welt war mehr oder weniger dieselbe – warum fühlte er sich dann so anders?

Das Telefonklingeln riss ihn aus seinen Gedanken.

»Ja?« Er merkte, dass er atemlos klang.

»Wobei habe ich dich denn gestört? Beim Fitnesstraining?« Er hörte den Sarkasmus in ihrer Stimme.

»Andrea?«

»Wer sonst? Hast du gedacht, dass Karin anruft?«

»Nein, natürlich nicht.«

»Ich bin ganz bei dir in der Nähe.« Ihre Stimme klang nun weicher. »Ich würde gerne vorbeikommen, wenn du nichts dagegen hast.«

»Ist das ein Höflichkeitsbesuch?«

»Nein, eigentlich nicht.«

Er hörte seinen Atem, wollte etwas sagen, fand aber keine Worte.

Sie schien darauf zu warten, dass er antwortete, den Gefallen tat er ihr nicht.

»Passt es dir jetzt?«

»Kannst du mir sagen, worum es geht?«

»Mir wäre es lieber, wenn ich dir das direkt …«

»Mir nicht.« Seine Hand umklammerte den Hörer fester.

»Na gut. Ich habe heute mit der Polizei gesprochen. Ich denke, es gibt gewissen Erklärungsbedarf.«

»Wann willst du kommen?«

»Ich bin in zehn Minuten da.«

Steinbach starrte auf die große Wanduhr. Die Zeiger bewegten sich, als müssten sie sich durch dicken Sirup kämpfen.

Ein Wagen hielt in der Einfahrt, Steinbach riss die Haustür auf. Als Andrea ausstieg, nahm er sie in die Arme und küsste sie fest auf den Mund.

»He«, sagte sie lachend und schob ihn ein wenig von sich weg. »Ich freu mich auch, dich zu sehen.«

Daniel führte sie ins Haus.

»Du hast mit der Polizei gesprochen? Warum?«

»Du hast Karin als vermisst gemeldet und ich habe mitbekommen, dass eine Frauenleiche gefunden wurde. Ich wollte wissen, ob ein Zusammenhang besteht. Mir war ja nicht klar, dass sie dich schon abgeholt hatten.«

»Es war nicht Karin.«

»Natürlich nicht. Was wollten sie von dir wissen?«

»Nur, ob das meine Frau sei.«

»Ich habe diesem Kommissar gesagt, dass sie mich fragen sollten, bevor sie wieder mit dir reden oder sich auch nur umsehen.«

»War das klug?«

Andrea Roth versank in Nachdenken. Ihr Gesicht wurde flach, ausdruckslos. Sie strich sich eine der roten Haarsträhnen hinter das Ohr.

»Es geht …«, sagte sie dann leise. »Es geht darum, möglichst schnell Positionen zu klären. Ich habe meine Kontakte. Daher wusste ich, dass es unmöglich Karin sein konnte. Die Frau hat eine ganz andere Figur. Die Kripo wird das auch wissen. Sie haben dich aus einem anderen Grund geholt.«

»Aus welchem?«

»Das weiß ich eben nicht. Aber ich werde es herausbekommen.«

Sie drehte sich zu ihm um, nahm sein Gesicht in ihre Hände, zog ihn zu sich. Nur kurz zögerte sie, dann saugte sie sich an ihm fest.

Mit geübten Fingern öffnete sie die Knöpfe seines Hemdes, zog ihn mit sich nach oben ins Schlafzimmer.

Sie liebten sich und er merkte, dass sie es beide verzweifelt taten. Sie kämpften ums Vergessen. Andrea biss ihn in die Lippe und er wusste, es war Leidenschaft und Wut.

Der Ober legte die Karten mit einem seltsamen Gesichtsausdruck vor Fischer und Mertens auf den Tisch.

»Schön, Sie mal wieder hier zu sehen, Herr Mertens.«

»Ja«, Mertens räusperte sich verlegen. »Ist schon eine Weile her.«

»Wie geht es Ihrer Kollegin? Kommt sie klar?«

Mertens nickte kaum merklich. Er griff zur Karte und grinste Fischer schief an, nachdem der Ober gegangen war.

»Wir sind früher regelmäßig zum Mittagstisch hierhergekommen. Eine ganze Gruppe Kollegen.«

»Die Kollegin, die er meinte, das ist Sabine Thelen, oder? Ich habe schon mitbekommen, dass irgendetwas Tragisches passiert ist. Ich will aber nicht neugierig wirken.«

»Nein, schon in Ordnung. Sie werden es bestimmt irgendwann erfahren. Am liebsten wäre es mir allerdings, Sabine würde Ihnen das selbst erzählen.«

»Es geht mich nichts an.«

»Stimmt, aber es würde Ihre Arbeitssituation ein wenig erleichtern. Oder auch nicht.« Mertens strich sich nachdenklich durch die Haare. »Ihre Stelle, sie gehörte vorher einem Kollegen, der mit Sabine Thelen zusammen war.«

»Ach so.« Fischer überlegte. »Ich verstehe, sie haben sich getrennt. Und ich sitze jetzt auf seinem Stuhl.«

»Tja, sie haben sich nicht getrennt. Nicht in dem Sinne. Er ist tot.«

Fischer spürte, wie das Blut zuerst seinen Kopf verließ, ihn ganz leer machte und dann mit einem heißen Schwall zurückfloss. Er senkte den Kopf, starrte auf die Karte, wusste nichts zu sagen.

Sabine Thelen schloss die Tür zu ihrer Wohnung auf, tauchte in die Stille ein. Sie lauschte auf ihren Herzschlag, ihren Atem. Hörte den Regen, der leise gegen die Scheiben rieselte. Draußen sirrten die Reifen eines vorüberfahrenden Autos über den Asphalt.

Ein Gefühl stieg in ihr auf, eine Saite, die langsam immer fester gespannt wurde. Sie hatte Angst, dass sie zerreißen würde.

Sie ließ die Tür hinter sich ins Schloss fallen, ging langsam den dunklen Flur entlang. Es gab nichts, was diese Wohnung zu ihrem Zuhause machte. Kaum ein Geräusch drang von draußen zu ihr vor. Im Frühjahr und im Herbst konnte man die Kirmes auf dem Sprödentalplatz hören, doch nun war alles still.

Wie ein Tier lauerte die Einsamkeit in den Ecken und Winkeln.

Sabine schüttelte sich, ging ins Schlafzimmer. Sie wusste wo alles stand und lag, zu oft war sie nachts im Dunkel durch die Räume gewandert, hatte nach einem Sinn gesucht.

Sie zog sich mit automatischen Bewegungen aus und streifte die Joggingsachen über. Der Bund der Hose kniff unangenehm.

Ihre Laufschuhe waren noch im Hausflur vor der Wohnungstür, voller Dreck. Sie hatte sie säubern wollen.

Was soll es, dachte sie und zog die Schuhe an. Auf der Straße atmete sie tief ein, es roch schon ein wenig nach Winter, der würzige Geruch des Herbstes war der Kälte gewichen.

Nach ein paar Dehnübungen lief sie los, langsam erst und dann immer schneller. Wenn sie lief, konnte sie alle Gedanken an ihr Leben verdrängen. Sie konzentrierte sich auf die gleichmäßigen Schritte, auf ihren Atem, den Puls.

Hin und wieder tauchten Gesprächsfetzen in ihrem Kopf auf. Der Abend bei ihren Eltern war beruhigend normal verlaufen. Ihr Vater kam gerade rechtzeitig und unterbrach das zu lange andauernde Schweigen. In leichtem Tonfall plauderte er über die Nachbarn und seine Arbeit, ignorierte die besorgten Blicke seiner Frau. So war es ihr am liebsten, einfach mit dem Leben weitermachen und nicht an den Wunden rühren. Sie betrog sich damit und wusste es auch. Doch wenn sie die Gedanken an die Vergangenheit zuließe, würde ein Damm brechen, den sie mühsam aufgebaut hatte. Auch über die Zukunft wollte sie sich noch keine Gedanken machen. Sie lebte im Hier und Jetzt, das war die einzig erträgliche Möglichkeit.

Ihre Gedanken wanderten weiter während ihre Füße rhythmisch durch die Pfützen klatschten.

Sie hatte Daniel Steinbach nach Hause gebracht und war dann bei Irene Wegener vorbei gefahren. Ein Wagen stand in der Einfahrt, der auf die Frau angemeldet war, aber sie öffnete nicht.

Sabine rief noch mehrmals im Laufe des Tages bei ihr an ohne sie zu erreichen. Morgen würde sie es wieder versuchen.

Fischer glaubte an eine Verbindung der beiden Fälle. Ein intuitiver Gedanke, dem Sabine nichts abgewinnen konnte.

Erstaunt stellte sie fest, dass sie ihre übliche Runde beendet hatte und wieder vor dem Haus stand. Sie ging ins Bad und ließ Wasser in die Wanne laufen. Der Dampf wälzte sich durch den Raum, beschlug das kalte Fenster, lief hinunter und hinterließ klare Streifen. In Schwaden lag bald der Wasserdampf in dem kleinen Raum, bewegte sich, wenn sie sich bewegte. Langsam stieg sie aus den durchgeschwitzten Sachen, ließ sich in das heiße Wasser gleiten.

Auf dem Wannenrand stand eine Flasche mit Badeöl. Es war nur noch ein winziger Rest drin. Das letzte Geschenk von Martin. Sie hatte immer nur sparsam davon genommen, in dem Wissen es doch irgendwann aufzubrauchen. Sabine schüttete die Tropfen in das Wasser, das etwa fünf Grad zu heiß war. Der Geruch von Vanille breitete sich aus, hüllte sie ein.

Martin.

Sie schluchzte und schlang die Arme um sich, weil es sonst keiner tat und aus Angst sich selbst in der Trauer vollständig zu verlieren.

Draußen wachte der Wind auf, Regen prasselte wieder in Böen gegen die Fenster und das Dach. Das gelbe Licht der Straßenlaternen wurde unwirklich, verwischte.

Stephan Mertens zog seinen Mantelkragen höher, stopfte seine Hände zu Fäusten geballt in die Taschen. Sein Blick war starr auf ein beschlagenes Fenster im dritten Stock gerichtet. Der Lichtschein durchbrach die Dunkelheit. Nach einer Weile konnte er die Silhouette einer Frau erkennen. Sabine war zu Hause und alleine. Zufrieden ging er die Straße hinunter. Auf seinem Gesicht lag ein Lächeln. Es sah nicht freundlich aus.

KAPITEL 20

Stephan Mertens scrollte mit der Maus weiter nach unten. Fasziniert las er die verschiedenen Einträge.

Das Internet mit seinen Suchmaschinen war eine unglaubliche Wissensquelle und manchmal fragte er sich, wie die Kollegen vorher ohne zurechtgekommen waren.

»Möchtest du einen Kaffee?«

Erschrocken hob er den Kopf. Sabine stand vor ihm, zwei Tassen Kaffee in den Händen.

»Ich habe dich gar nicht kommen hören.«

»Das habe ich gemerkt.« Sie lächelte. Unter ihren Augen waren immer noch dunkle Ringe, und zwei scharfe Falten zogen sich von der Nase zu den Mundwinkeln. Die waren früher nicht zu sehen gewesen, da war er sich ganz sicher.

Er mochte seine Kollegin, hatte sie schon immer gemocht. Nein, wenn er ehrlich war, war es sogar mehr. Er war sich allerdings nicht sicher, ob nur ein Beschützerinstinkt reagierte. Vielleicht wollte er es auch nicht so genau wissen.

»Nach was suchst du denn da?«

Sie trat hinter ihn und blickte auf den Bildschirm. »Gute Güte, bist du zu den Wissenschaftlern abgewandert? Was ist das?«

»Das sind Formeln von Polymeren. Glasfaserverstärkter Polyester.«

»Kunststoff?«

»Ja, im Grund ist es Kunststoff.«

»Weshalb schaust du dir das an?«

»Hmm … es ist nur eine Idee, ein Gedanke. Es hat etwas mit den Schaufensterpuppen zu tun. Schau mal hier.« Er öffnete ein neues Fenster und ein eingeschlagener Kopf war zu sehen.

»Der tote Körper in der Kunst? Was ist das denn?« Sabine zog sich den zweiten Stuhl heran und setzte sich neben ihn. Interessiert las sie den Text unter dem Bild.

»Die Puppe ist nichts anderes als ein totes Ding, aber durch ihre anthropomorphe Gestalt weist dieses Ding auf den Menschen hin. Sie verweist sowohl auf den, der sie herstellt, als auch auf den, der sie in ihrer Eigenart erfasst. Dieses harmlose Spielzeug Puppe mutiert so gelegentlich zum Fetisch und wird zur Inkarnation unüberwindbarer Obsession beziehungsweise zur Projektion sexueller Zwangsvorstellung.« Leise murmelnd las sie den Text. »So viele schwierige Worte.«

Nachdenklich nippte sie an ihrem Kaffee.

»Schau dir mal diese Bilder an.« Stephan öffnete ein weiteres Fenster.

»Die Schaufensterpuppe als Kunstobjekt? Wie krank ist das denn?«

Angewidert verzog Sabine das Gesicht. »Aber die Puppen hier waren doch nicht irgendwie entstellt, oder?«

»Ihnen war der Kopf abgetrennt und Kunstblut am Hals ausgekippt worden.«

»Kunstblut?«

»Nun, das habe ich zumindest angenommen. Um ehrlich zu sein, kam mir das Ganze wie ein dummer Jungenstreich vor.«

»Jetzt nicht mehr?«

»Jetzt … nicht mehr. Jetzt könnte ich mich dafür beißen, dass ich noch nicht einmal habe überprüfen lassen, ob es Kunstblut oder echtes war. Gar nichts habe ich gemacht, nur die Puppen auf die Müllkippe karren lassen. Aber es hat mich nicht losgelassen und bei der Suche nach Informationen bin ich auf diese Seite gestoßen.«

Er nahm den Kaffeebecher, den Sabine ihm mitgebracht hatte, trank vorsichtig.

»Projektion sexueller Zwangsvorstellungen. Hmm. Hattest du im Rückblick auch den Eindruck?«

»Ich weiß nicht. Sie lagen auf dem Bauch. Die Beine lassen sich bei dieser Art von Puppen nicht bewegen. Aber das heißt ja auch nichts. Sexuelle Projektion muss ja nicht unbedingt etwas mit Penetration zu tun haben.«

»Ein Puppenfetischist, der seine Lust an ihnen auslebt?«

»Das, oder ein Mörder, der übt. Beides halte ich für möglich.«

»Die Puppe verweist auf den Menschen, der sie geschaffen hat. Deshalb die Seite über die Polymere?«

»Ja. Es gibt verschiedene Arten von Schaufensterpuppen. Von einfachen, die sich auch bewegen lassen bis hin zu Abbildern von Models. In allen Preisklassen. Schau mal hier.«

Wieder drückte er ein paar Tasten.

»Hier ist eine Preisliste. Mehrere tausend Euro für eine Puppe.«

»Ein wenig zu teuer für einen Streich, oder? Sind denn irgendwo Puppen gestohlen worden?«

Mertens stellte seine Tasse mit einem Knall auf den Schreibtisch, sodass sie überschwappte.

»Daran habe ich noch gar nicht gedacht.« Er schüttelte den Kopf. Seine Finger rasten über die Tastatur.

»Was machst du jetzt?«

»Eine Anfrage an das Raubdezernat. Sie sollen im ganzen Bundesgebiet nachforschen.«

»Gute Idee.« Sabine schob den Stuhl zurück. »Ich werde noch mal versuchen Irene Wegener zu erreichen. Auch in dem Fall gibt es immer noch ein paar offene Fragen, die ich gerne beantwortet hätte.«

Mertens nickte abwesend. Ihre letzten Worte hörte er schon nicht mehr richtig.

Sabine wählte die Nummer schon zum dritten Mal, ließ es klingeln bis das Amt sie unterbrach. Kopfschüttelnd drückte sie eine Tastenkombination.

»Thelen, Kripo Krefeld. Würden Sie bitte eine Nummer für mich überprüfen?«

Immer wieder drückte sie auf ihren Kugelschreiber bis sie das Klack-Klack-Geräusch wahrnahm. Sie legte den Stift zur Seite, zog die Packung mit den Zigaretten hervor und drehte sie in der Hand, während sie auf das Rauschen in der Leitung lauschte.

»Die Nummer stimmt mit dem Namen überein? Und ist auch nicht gestört? Gut, danke.«

Sie ließ das Telefon auf die Ladestation gleiten. und starrte das Telefon an. Irgendetwas war faul, aber was?

Noch einmal nahm sie sich die Akte hervor. Es waren die ganz normalen Angaben: Irene Wegener, geboren, wohnhaft, nicht verheiratet, Beruf.

Vorgestern hatte sie mit ihr gesprochen, und zwar bei Daniel Steinbach. War Frau Wegener vor ihnen gegangen? Sabine konnte sich nicht mehr erinnern.

Sabine stand auf und suchte Fischer. Vor seiner Bürotür blieb sie stehen. Sie hob die Hand, um die Türklinke herunterzudrücken. Bemerkte, dass ihre Hand unbeherrscht zitterte, ballte sie zur Faust.

»Scheiße!« stieß sie zwischen zusammengebissenen Zähnen hervor.

Mit aller Macht und ganz langsam streckte sie die Finger wieder, biss sich in die Wange, versuchte das Zittern zu kontrollieren. Eine Woge des Entsetzens und der Übelkeit schwappte über ihr zusammen.

Fischer öffnete die Tür zum Flur. Er hatte den ganzen Morgen mit lästigem, bürokratischem Kram verbracht und fühlte sich steif. Ein leichter Kopfschmerz zog von seinem Nacken bis in die Stirnhöhle.

Fast hätte er Sabine umgerannt.

»Frau Thelen!«

Ihr Gesicht war schweißnass und sehr bleich.

»Ist Ihnen nicht gut? Kommen Sie, kommen Sie …« Er fasste sie am Ellenbogen und führte sie in sein Büro. Sabine schwankte und stützte sich schwer auf ihn. Einen Moment befürchtete er, dass sie umfallen und er sie nicht würde halten können.

Sie ließ sich auf den Stuhl fallen, sackte in sich zusammen und vergrub das Gesicht in den Händen.

»Kann ich Ihnen etwas bringen? Ein Glas Wasser?«

Ihr entwich ein Schluchzen, als versuche sie genügend Luft zu schöpfen um die bevorstehende Antwort herauszubringen, als reiche ihr normaler Atem dafür nicht aus.

»Frau Thelen«, seine Stimme war ganz leise und weich, die Besorgnis deutlich zu hören.

»Es geht schon. Kleinen Augenblick noch«, brachte sie endlich hervor. Ihr Kopf war immer noch gesenkt, die Schultern nach vorne gefallen.

Am liebsten hätte Fischer sie in den Arm genommen und hin und her gewiegt wie ein kleines Kind, aber das traute er sich nicht.

Vielleicht, dachte er, braucht sie einen Moment für sich. Was auch immer sie derart betroffen macht, ich werde es wohl kaum lösen können. Auf seinem Schreibtisch stand die leere Kaffeetasse. Er beschloss sein Vorhaben auszuführen und frischen Kaffee zu holen, für sie auch.

Als er mit zwei dampfenden Tassen zurückkehrte, hatte Sabine sich gefangen.

»Wir brauen hier den schlechtesten Kaffee der Welt, haben Sie das schon bemerkt?« Ihr Lächeln war sehr dünn, aber sie bemühte sich.

»Ich habe noch kein Präsidium erlebt in dem das anders wäre.« Fischer reichte ihr die Tasse, froh, dass sie mit ihm redete. Nervös suchte er nach einer weiteren Bemerkung, um das Gespräch aufrecht zu erhalten.

»Aber die Polizei ist ja auch nicht Tchibo, oder? Ich muss zugeben, dass ich es Zuhause auch nicht besser hinbekomme. Es gibt Dinge, die sind mir einfach nicht gegeben. Dazu gehört Kaffee kochen … und die Arbeit am Computer. Dauernd habe ich Sorge den falschen Knopf zu drücken und einen Supergau zu veranstalten.«

»Ja, aber die Dinger sind doch sehr praktisch.« Sabine

nippte an dem heißen Gebräu, das an dickflüssige Farbe erinnerte. »Ich muss mich entschuldigen, Herr Fischer.«

Jürgen Fischer hob abwehrend die Hände. »Nein, das müssen Sie nicht.«

»Zumindest bin ich Ihnen eine Erklärung schuldig. Schließlich wäre ich beinahe vor ...« sie zögerte, biss sich auf die Unterlippe, »... vor Ihrer Tür zusammengebrochen. Das hat nichts mit Ihnen zu tun.«

Fischer hätte schwören können, dass es ihr ebenso unangenehm war wie ihm.

»Sie wollten aber zu mir, nicht wahr? Ging es um den Steinbach Fall?«

Sabine sah ihn dankbar an, nickte.

»Ich habe gestern versucht Irene Wegener noch mal zu befragen. Sie war nicht zu Hause. Ihr Auto stand aber vor der Tür. Dann habe ich gestern und auch heute versucht sie telefonisch zu erreichen. Auch das ist mir nicht gelungen. Ihre Nummer habe ich überprüft, sie stimmt.«

Fischer runzelte die Stirn. »Sie hat nichts von einem bevorstehenden Urlaub gesagt, oder? Nicht dass sie jemand gefragt hätte, schließlich ist sie ja nicht verdächtig.«

»Nein. Vielleicht fragen wir mal bei ihrem Arbeitgeber nach.« Sabine massierte ihren Nasenrücken. »Aber ... sie ist Bürokauffrau, ich weiß allerdings nicht wo.«

»Vielleicht sollten wir einfach noch mal vorbeifahren. Es könnte ja sein, dass sie das Telefon ausgesteckt hat.«

»Ich hole meine Jacke.«

KAPITEL 21

Andrea Roth war aufgestanden und ins Bad gegangen, aber das Bett war auf ihrer Seite noch immer angenehm warm. Daniel Steinbach rollte sich auf ihren Platz und legte das Gesicht auf das Kissen wo ihr Geruch noch zu spüren war.

Ihre Seite, dachte er und lachte rau. Es war Karins Seite oder einfach die Seite der Frau. Wie war es so weit gekommen? Er liebte Karin immer noch. Trotzdem hatten sie sich auf ihrem Weg irgendwo vollständig verloren. Mit Andrea verbanden ihn viele Dinge – Leidenschaft, Sex, Humor, Geschäftliches –, aber dass Liebe auch dazugehörte, bezweifelte er. Sowohl bei sich wie auch bei ihr.

Im Badezimmer rauschte das Wasser. Ein Wagen fuhr vor das Haus und der Motor erstarb stotternd. Daniel Steinbach runzelte die Stirn. Karin? Es war immer der erste Gedanke, ob er nun einen Wagen hörte oder das Telefon klingelte, dabei war er sich sicher, dass sie es nicht sein konnte.

Die Bebauung im Viertel war früher eher großzügig gewesen, aber der Bauplatz derartig beliebt, dass nun ein Haus neben dem anderen stand.

Es sind sicher die Nachbarn. Gleich werden die Türen klappern und laute Kinderstimmen erklingen.

Die Nachbarin hatte eine laute Stimme, mit der sie oft nach ihrer Tochter rief. Daniel erinnerte sich an einen Sommerabend im letzten Jahr, an dem das grelle »Jaqueline« immer wieder durch die Siedlung geschallt war. Karin hatte sich auf die Terrasse gestellt voller Wut. Ein Wust Kinder hatte auf der Wiese hinter ihrem Garten gespielt.

»Jaqueline!«, hatte Karin gerufen. »Geh nach Hause! Sofort! Sonst komm ich.«

Ein kleines, pummeliges, blondes Mädchen hatte sich in aller Eile aus der Gruppe gelöst und war zum Nachbarhaus gelaufen. Daniel wusste noch, wie sehr ihn die Situation erheitert hatte.

Es schellte.

Steinbach fuhr hoch, schlüpfte in seine Jeans und zog sich eilig den Pullover über den Kopf. Auf dem Weg zur Haustür warf er einen schnellen Blick in den Flurspiegel. Er war unrasiert und das Haar stand hoch wie in einem Lehrbuch für Comiczeichner zum Eintrag »Gerade aus dem Bett gefallen«. Mit allen zehn Fingern fuhr er hindurch, war sich aber nicht sicher, ob das Ergebnis nun besser ausfiel. Im Grunde war es ihm egal.

»Herr Steinbach, wir stören doch nicht.« Die kleine Kripobeamtin machte sich nicht die Mühe den Satz als Frage zu formulieren.

»Was wollen Sie?«

»Mit Ihnen reden.«

»Schon wieder?«

»Ja. Eigentlich haben wir nur eine Frage. Wissen Sie wo Frau Wegener ist? Wir haben seit gestern erfolglos versucht sie zu erreichen.«

»Frau Wegener?« Das Blut wich aus Steinbachs Gesicht.

Er wusste nicht, was er antworten sollte. In seinem Kopf ging er die verschiedenen Antworten durch. Sie gefielen ihm alle nicht.

Plötzlich verschwand der kleine Anflug des Lächelns

aus Sabine Thelens Gesicht. Sie drehte sich zu Fischer um. »Ist die Frage zu kompliziert?«

»Nein, ich glaube nicht.«

»Das glaube ich auch nicht.« Nun sah sie Daniel wieder an, er wich ihrem Blick aus. »Vielleicht gefällt Ihnen die Formulierung ja nicht. Das sagen diese Anwälte in den amerikanischen Filmen doch immer. Sie erheben Einspruch gegen die Formulierung.«

»Stimmt.« Jürgen Fischer nickte. »So machen die das.«

Daniel Steinbach meinte eine gewisse Häme in der Stimme des Hauptkommissars zu erkennen.

»Na«, Sabine Thelen sog an ihren Zähnen. »Das können wir auch. Das ist hier zwar kein amerikanischer Krimi, trotzdem können wir die Frage anders stellen. Wann haben Sie Frau Wegener zuletzt gesehen?«

»Meinen Sie zuletzt oder letztens?« Daniel Steinbachs Stimme krächzte.

»Herrgott noch mal!« Fischers Gesicht lief rot an. »Wollen Sie jetzt Semantikspielchen mit uns spielen?«

»Kann ich Ihnen vielleicht weiterhelfen?«

Eine Frau in einem eleganten und sicherlich sehr teuren Hosenanzug kam die Treppe herunter. Während Steinbach so aussah, als hätte er die letzten Tage auf der Straße zugebracht, wirkte diese Frau unglaublich gepflegt.

Ihre dunkelroten Haare steckten in einem ordentlichen und strengen Knoten im Nacken. Sie war sorgfältig geschminkt und ein Lächeln lag auf ihren Lippen. Mit ausgestreckter Hand ging sie an Sabine Thelen vorbei direkt auf Fischer zu.

»Roth, Andrea Roth. Anwältin.«

»Hauptkommissar Jürgen Fischer.« So wie sie Sabine Thelen ignoriert hatte, übersah er nun ihre ausgestreckte Hand.

Das Lächeln auf Andrea Roths Gesicht vertiefte sich.

»Darf ich fragen, was Sie von meinem Mandanten wollen?«

»Wir haben ihm nur eine einfache Frage gestellt.«

Frau Roth zog die Augenbrauen in die Höhe. »Ach?«

»Wir stecken mitten in Ermittlungen und hatten eine Frage an Herrn Steinbach.«

»Ich bin mir ganz sicher, dass ich Ihnen mitgeteilt habe, vorher mit mir zu sprechen.«

»Wir ermitteln in einem Mordfall. Da muss man manchmal flexibel sein.«

Andrea Roth sah Jürgen Fischer mit einem mitleidigen Blick an.

»Warum werde ich das Gefühl nicht los, dass Herr Steinbach von Ihnen verdächtigt wird? Eine ziemlich dumme Annahme, nicht wahr? Selbst Ihre Mutter würde Ihnen das sagen können.«

»Meine Mutter ist tot.« Fischers Stimme blieb ernst und gelassen.

»Wie bitte?«

»Ich sagte, meine Mutter ist tot.«

»Ach, und Sie wollten Herrn Steinbach zu dem Tod Ihrer Mutter befragen?«

»Nein!« Fischer rieb sich über das Kinn, die Haare, es knisterte. »Wir wollten wissen, wann er die Freundin seiner Frau das letzte Mal gesehen hat.«

»Daran kann er sich nicht erinnern.« Sie blickte Daniel Steinbach noch nicht einmal an, sprach so, als wäre er vollkommen unmündig.

»Er kann sich nicht erinnern? Sie war vorgestern hier. Wir haben sie hier angetroffen und seitdem ist sie verschwunden.«

»Ist das so? Na, dann haben Sie wohl einen weiteren Fall. Aber ich sehe nicht, dass Herr Steinbach etwas damit zu tun haben soll. Dieser Mann steht unter großem seelischem Stress. Seine Frau ist verschwunden. Eine weitere Frau ist in dieser Stadt ermordet worden und die Kriminalpolizei hat nichts Besseres zu tun, als diesen armen Mann zu belästigen.«

Wunderbares Plädoyer, dachte Fischer und überlegte, ob er applaudieren sollte. Er ließ es.

»Ich bin noch nicht fertig«, sagte er stattdessen.

»Sieht mir aber verdammt danach aus.«

»Frau Roth«, mischte sich Sabine Thelen ein. »Ich weiß nicht, warum Sie unsere Ermittlungen derart erschweren. Gibt es dafür einen bestimmten Grund? Etwas, was wir wissen sollten?«

»Ich erschwere Ihre Ermittlungen nicht. Es gibt Regeln, und auch Sie müssen sich daran halten.«

»Das …«, Sabine trat vor die Anwältin. »Das klingt ein bisschen wie eine Drohung. Versuchen Sie uns Angst einzujagen? Und im Übrigen, er ist Ihr Mandant? Ich dachte Ihr Schwerpunkt ist das Patentwesen?«

»Das ist nur einer meiner Schwerpunkte. Ich bin vielfältig.« Andrea Roths Lächeln wurde sichtbar dünner.

Sabine Thelen drehte sich zu Fischer um und nickte ihm zu. »Wenn er Dreck am Stecken hat, bekommen wir es raus und sie steckt dann mit drin. Komm!«

»Grundgütiger!« Fischer umklammerte das Lenkrad. »Was für ein Schrapnell.«

»Sie ist berühmt-berüchtigt. Jane Roth, die Mafia Anwältin, wird sie in manchen Kreisen genannt. Ich bin mir sicher, wenn man sie aufschneidet, findet man eines dieser elektronischen Bauteile an Stelle des Herzens. Einen Computerchip. Eiskalt die Frau.«

»Sie haben mich aber auch überrascht.«

»So?«

Ja, dachte Fischer, gab aber keine Antwort, sondern startete den Wagen. Das kleine Mäuschen, das vor ein paar Stunden bleich und zitternd in seinem Büro saß hatte so gar nichts mit der kaltschnäuzigen Beamtin von gerade gemeinsam.

KAPITEL 22

Jutta Schink stieg aus dem Wagen. Einen Moment blieb sie im Hof stehen. Sie hatte als Kind viel Zeit bei ihren Großeltern verbracht und das Haus am äußersten Rand von Traar immer geliebt. Seit ihre Großmutter vor ein paar Jahren verstorben war, waren die Besuche allerdings zu einer lästigen Pflicht geworden.

»Kommst du?«

Der junge Mann am Steuer schüttelte den Kopf. Er sah sie nicht an, sondern suchte scheinbar konzentriert einen anderen Radiosender.

»Ich warte im Auto. Es wird ja nicht lange dauern, oder?«

»Da wird Opa aber enttäuscht sein. Was ist denn los?«

»Komm, Jutta. Lass mich. Ich habe keine Lust. Dein Großvater ist so komisch in der letzten Zeit.«

Jutta wusste, dass Thomas Recht hatte.

Sie war sich nicht sicher, ob das Verhalten des alten Mannes mit seiner Einsamkeit zusammenhing oder ob es die ersten Vorboten von Senilität waren. Er erinnerte sie an ein altes Schwarz-Weiß Fernsehgerät mit einer verbogenen Zimmerantenne. An manchen Tagen funktionierte er besser als an anderen.

Sie schellte, aber er öffnete nicht. Noch nicht einmal der Hund bellte. Jutta zuckte mit den Schultern und schloss die Tür auf. Opa war sicher mit Ben auf seiner Runde. Eigentlich hoffte sie immer darauf, dass er nicht da war, wenn sie vorbeikamen, um ihm Lebensmittel zu bringen und nach dem Rechten zu schauen.

Ein kalter Geruch schlug ihr entgegen als sie die Haustür öffnete. Der Geruch, der sich in ein Haus einschleicht, wenn es nur noch oberflächlich sauber gemacht wird, wenn Ecken und Ritzen, Regale und Polstermöbel vernachlässigt werden.

Sie rümpfte die Nase.

»Opa?« Auch wenn er nicht geöffnet hatte, sie rief immer, nur zur Sicherheit. Manchmal erwischte sie sich dabei, wie sie sich gruselige Szenen ausmalte. Ihr Opa, der tot in der Küche lag oder in seinem abgewetzten Ohrensessel. Eine Gänsehaut kroch dann wie kalte Finger ihren Rücken hoch.

Seltsam kalt war es in dem Haus. Normalerweise heizte er stark, es war meistens stickig und die gusseisernen Rohre der alten Heizung gluckerten und rauschten. Eine trockene, eine unangenehme Hitze. Nun aber war es klamm. Außerdem lag ein seltsamer, fremder Geruch in der Luft. Nicht der nach Staub und alten Leuten, irgendwie metallisch.

»Opa?«

Ihre Stimme hallte zwischen den kahlen Fußböden und den scharfkantigen Flächen der Möbel. Schnell brachte sie die Tüte mit den Lebensmitteln in die Küche, räumte sie ein. Dann schrieb sie ihrem Großvater eine Nachricht und verließ das Haus wieder.

»Das ging aber schnell.« Thomas Becker, Juttas Freund, ließ den Motor aufheulen.

»Ja, er ist nicht da.« Sie schauderte. »Lass uns fahren.«

»Er ist nicht da?« Der Motor erstarb wieder. »Echt nicht?«

»Nein. Und es war komisch da drin.«

»Komisch? Was meinst du damit?«

»Na, halt komisch. Sonst ist es immer viel zu heiß, jetzt ist es aber kalt. Und es riecht seltsam.«

»Gib mir mal den Schlüssel.«

Wortlos reichte sie ihm den Schlüsselbund. Im letzten Jahr noch hatte Thomas viel mit ihrem Großvater zusammen in der Werkstatt gebastelt. Aus irgendeinem Grund waren diese Aktivitäten eingeschlafen in der letzten Zeit. Jutta hatte nie nach dem Grund gefragt.

Thomas ging ins Haus, kam wieder, ging um das Haus herum. Sie folgte ihm mit den Blicken, zog die Beine an, legte die Arme darum. Jetzt machte er sich Sorgen, aber vorhin wollte er nicht mitkommen. Sie merkte, dass sie ärgerlich wurde und drückte auf die Hupe.

»Ich komm doch schon!« Thomas stieg wieder in den Wagen.

»Und?«

»Nichts und. Er ist nicht da.«

»Sag ich doch.« Jutta grinste zufrieden. »Lass uns fahren.«

Auf Stephan Mertens' Schreibtisch herrschte das Chaos. Stapel von Zetteln, Computerausdrucken und Faxsendungen. Dazwischen mindestens fünf Kaffeetassen. Vergessen und kalt geworden.

»Gute Güte, was ist das denn?« Sabine Thelen grinste.

Mertens hob den Kopf, runzelte die Stirn. »Sabine. Hallo.«

»Wir haben Besprechung, hast du das vergessen?«

Stephan warf einen hastigen Blick auf die Uhr und sprang fluchend auf, stieß einen der Kaffeebecher um. Ein dunkelbrauner Bach ergoss sich über die Papiere.

»Scheiße, scheiße, scheiße!«

»Stephan?«

Kopfschüttelnd ging Sabine zum Schreibtisch, zog Papiertaschentücher hervor und breitete sie auf dem Kaffeebach aus.

Stephan nahm die Papiere hektisch auseinander und legte sie einzeln auf den Fußboden.

»Scheiße«, murmelte er wieder.

»Nein, Kaffee.« Sabine lachte leise.

»Wie bitte?«

»Ach komm, nun reg dich nicht so auf. Es ist nur Kaffee. Und diese Ausdrucke sind keine Original Unterlagen. Du kannst sie dir jederzeit wieder besorgen, oder?«

»Weißt du eigentlich …«, seine Stimme schwoll an, wurde wütend. Er merkte es und unterbrach sich. »Entschuldigung. Du hast natürlich Recht. Ich komme wieder an die Informationen.«

»Worum geht es denn?« Sabine nahm eines der Blätter, bewegte beim Lesen lautlos die Lippen. »Immer noch das Thema? Damit hast du dich den ganzen Tag beschäftigt?«

Er nahm ihr das Blatt aus der Hand, las laut. »Der dargestellte Körper wird zu einem Konstrukt und verliert so im Zuge seiner programmatischen Eingrenzung an Stabilität. Er ist somit zu einer verfügbaren Sache des Künstlers geworden und der Kunst so ausgeliefert, indem er willkürlich als Objekt der Deformierung, Transformierung, Demontierung, Digitalisierung oder Eliminierung dient, um auf eine neue beziehungsweise andere Art wieder zu entstehen.« Stephan sah sie an. »Das ist faszinierend, Sabine. Du weißt gar nicht, was ich alles zu dem Thema gefunden habe.«

»Den Täter hast du damit nicht gefunden.«

Er schluckte und zerknüllte das Papier in seinen Händen.

»Wir haben Besprechung?«

»Ja.«

»Also, hier noch mal der ausführliche Bericht der Pathologie.«

Der Polizeichef Guido Ermter sah in die Runde, versicherte sich, dass alle aufmerksam zuhörten.

»Die Frau war etwa Mitte 30. Sie hat einige Tage nichts zu essen bekommen, der Magen war vollständig leer und schlauchförmig. Ansonsten gibt es keine Veränderung an den Organen. Es wurden weder Alkohol noch Drogen nachgewiesen. Vermutliche Todesursache: Schnitt durch die Kehle. Vermutlich deshalb, weil der Schädel bis jetzt nicht gefunden wurde. Sie könnte auch an einer Kopfverletzung, an einem Schlag oder ähnlichem gestorben sein.

Plötzlichen Herztod oder Verhungern schließt der Pathologe aus. Wasser ist ihr wohl gegeben worden, denn sie war nicht ausgetrocknet.«

Wieder schaute er in die Runde. Die Gesichter der Kollegen waren ernst, betroffen. Niemand befasste sich gerne mit solchen Scheußlichkeiten.

»Reste von Gewebeband deuten darauf, dass sie gefesselt wurde und zwar längere Zeit. Die Spuren sind quer über der Brust und den Armen, dem Bauch und auch an der Oberseite der Beine zu finden. Nicht auf dem Rücken. Also ist sie wahrscheinlich irgendwo fixiert worden.«

»Wie kann ich mir das vorstellen? Sie wurde mit Gewebeband auf einem Tisch festgebunden oder so?«

»Ja, so in etwa.«

Schweigen breitete sich aus, während alle versuchten sich das Szenario vorzustellen. Sabine Thelen stieß einen Seufzer aus, wobei sie sich viel Zeit zum Ausatmen nahm.

»Die Haut an ihren Schulterblättern und ihrem Po wies Druckstellen auf, so wie sie Menschen bekommen, die lange auf dem Rücken liegen. Auch das deutet darauf hin, dass sie in dieser Stellung gefesselt wurde. Es gibt keine Hinweise auf sexuelle Handlungen, kein Sperma, nichts.«

»Schon seltsam, dass wir den Kopf nicht gefunden haben.«

»Wie …«, schaltete sich Fischer ein. »Wie war das eigentlich bei den Schaufensterpuppen? Sie wurden auch kopflos deponiert. Ist dort der Kopf in der Nähe gefunden worden?«

»Scheiße!« Stephan Mertens wurde blass.

»Mertens!« Der Polizeichef sah ihn strafend an.

»Wir haben nie nach einem Kopf in der Nähe der Puppen gesucht. Wir haben nach gar nichts gesucht, keine Spurensicherung, nichts dergleichen. Für uns war es ja ein dummer Jungenstreich. Nichts, was ein Ermittlungsverfahren gerechtfertigt hätte.«

»Wir wissen aber, wo die Puppen gefunden wurden. Vielleicht wäre es einen Versuch wert dort noch mal die Umgebung abzusuchen. Ich sehe immer noch eine Verbindung zwischen den Fällen. Da mag ich mich täuschen, aber viel mehr haben wir nicht und manchmal sind es die Strohhalme, die einen weiterbringen.«

»Richtig, Fischer.« Polizeichef Ermter nickte. »Na gut. Zwei kleine Teams. Wir nehmen ein paar Leute von der Streife dazu. Möglichst ohne großes Aufsehen. Die Presse trommelt schon, wir wollen ihnen keinen Anlass für einen Buschbrand bieten.«

»Aber die Umgebung an der Elfrather Mühle ist doch abgesucht worden, oder? Nach dem Kopf.«

»Ja.« Fischer strich sich mit der flachen Hand über die Wange. »Doch irgendwie sieht mir das Ganze inszeniert aus. Der Täter hält sich für schlau. Er hat geübt. Mit den Puppen, alles sorgfältig durchdacht und geplant. Die Stellung der Leiche, auf dem Bauch und ohne Kopf ist eine Art Sprache mit der er etwas zum Ausdruck bringen will. Ganz sicher hat er den Kopf auch irgendwo positioniert. Na ja, oder auch nicht, vielleicht ist der auch bei ihm zu Hause in der Kühltruhe. Aber wenn wir die Puppenköpfe in der Nähe der Fundorte finden, dann können wir sicher sein, dass der Kopf der Frau auch irgendwo dort draußen liegt. Noch verstehen wir seine Zeichen nicht. Wir werden aber dahinterkommen.«

Mertens dachte an die Dinge, die er im Internet gefunden hatte. Noch war es nur eine vage Idee und er wollte sie nicht der gesamten Mannschaft mitteilen, dazu hatte er nicht genug Informationen.

»Etwas anderes ist auch seltsam. Auf der Haut der Toten wurden Reste von Gips gefunden. Und Faserpartikel, wie von Gipsbinden, die man im Krankenhaus für Verbände verwendet.« Der Polizeichef sammelte die Unterlagen zusammen und legte sie zurück in den Ordner, griff nach dem nächsten.

»Irgendetwas Neues im Fall Steinbach?«

Allgemeines Kopfschütteln.

»Wir haben versucht die Freundin der Frau, Frau Wegener, noch mal zu befragen.« Sabine Thelen nahm ein paar Blätter aus dem Aktendeckel vor ihr. »Allerdings habe ich sie nicht erreichen können.«

»Dann rufen Sie halt auf ihrer Arbeitsstelle an.«

»Das habe ich schon getan, sie ist seit zwei Tagen nicht zur Arbeit erschienen.«

»Zuletzt haben wir sie bei Daniel Steinbach angetroffen. Als wir bei ihm waren, um ihn zu fragen, wann er sie das letzte Mal gesehen hat, hat uns diese Furie von Anwältin erwischt.« Jürgen Fischer grinste, obwohl es im Grunde nicht lustig war. »Andrea Roth, sagt Ihnen das was?«

»Aber Hallo! Mit der müsst ihr verdammt vorsichtig sein, sie ist ein scharfer Hund. Schlimmer noch, sie nutzt jeden Formfehler gnadenlos aus.« Polizeichef Ermter zog die Stirn kraus.

»Nun ja, im Grunde hat sie uns verboten, Steinbach Fragen zu stellen.«

Der Chef schüttelte den Kopf. »Na so was. Was glauben Sie denn, was das zu bedeuten hat?«

»Keine Ahnung.« Sabine sammelte die Haare im Nacken, schlang sie zu einem losen Zopf. »Er öffnete uns die Tür

und sah so aus, als wäre er gerade aus dem Bett gefallen …
ungewaschen, ungekämmt … ein wenig verquollen. Wir
haben ihn nach Frau Wegener gefragt und er hat sich um
eine Antwort gedrückt. Als wir nachhakten, kam sie die
Treppe herunter, gestylt und mehr als ordentlich. Sie hat
sofort auf den Angriffsmodus geschaltet.«

»Ich gehe aber davon aus, dass die beiden zusammen im
Bett waren.« Alle Blicke richteten sich auf Fischer.

»Ach?«

»Ja«, bestätigte Sabine. »Die beiden hatten etwas Ver-
trautes, Intimes. Außerdem ist das Schlafzimmer oben …«

»Er hat also eine Affäre mit seiner Anwältin. Nun, an
sich ist das nicht strafbar.« Ermter räusperte sich. »Aber
der Mann hat sich bei der Befragung verdächtig benommen, oder wie war das? Seine Frau hat er als vermisst
gemeldet … hmmm … wir haben bisher keine Spur von ihr,
oder?« Er sah in die Akte. »Kleidung fehlt keine, aber ihre
Handtasche, Bankkarte, Personalausweis und so weiter.
Haben wir schon Kontoabhebungen überprüfen lassen?«

»Ja, da ist nichts. Die Bank wird mich sofort informieren, falls sich da etwas tut.« Oliver Brackhausen war froh,
auch endlich etwas zu den Fällen beisteuern zu können
und grinste wie ein kleiner Junge.

»Gut, gut, gut. Nun, falls nicht irgendwo eine verwirrte
Frau oder eine weitere Leiche auftaucht, gehen wir den
üblichen Weg.«

Wieder räumte Ermter eine Akte zur Seite, griff die
nächste.

»Renate Brandt. Sie waren bei ihr, Mertens?«

»Ja. Noch keine brauchbaren Informationen. Ich werde
sie heute noch einmal befragen. Vielleicht erinnert sie sich
jetzt an irgendetwas.«

»Sie war joggen? Am Stadtwald?«

»Ja, das macht sie fast jeden Abend, sagte sie.«

Fischer kratzte sich am Kinn. »Joggen«, murmelte er. Da war etwas bei diesem Gedanken, das ihn stutzen ließ. »Die Akte«, er zeigte auf den blauen Pappdeckel. »Kann ich die noch mal sehen? Die von der Leiche.«

Der Chef schob sie zu ihm über den Tisch. Fischer schlug sie auf, blätterte. Er fand was er suchte und schlug mit der flachen Hand auf den Tisch.

»Die ganze Zeit habe ich schon überlegt, ob es nicht eine Verbindung gibt. Da war irgendetwas, ich weiß nicht … aber das könnte es sein. Die Brandt war joggen. Unsere unbekannte Leiche hatte eine ausgeprägte Beinmuskulatur, macht einen sportlichen Eindruck, vielleicht war sie auch Joggerin.« Er hob den Kopf, sah in die Runde. »Was ist eigentlich mit Karin Steinbach? Ging sie auch joggen?«

KAPITEL 23

Kommissar Oliver Brackhausen stocherte lustlos mit der langen Stange im Brombeergestrüpp. Obwohl es nasskalt war, schwitzte er. Der Schweiß drang ihm durch das Brusthaar und legte sich als klebriger Film auf die Bauchmuskeln. Unter den Armen und am Rücken war er auch klitschnass. Leise verfluchte er die wasserdichte Dienstkleidung, die alles andere als atmungsaktiv war.

Er war nur froh, dass sie hier nicht im Hochsommer suchen mussten. Die Gegend um die Niepkuhlen war dann immer mit Milliarden von Mücken und kleinen, schwarzen Fliegen bevölkert. Besonders diese Fliegen hasste er. Sie krochen gnadenlos in alle Körperöffnungen und quälten einen.

Die drei Männer gingen in einer Reihe, jeder hatte eine Holzstange in der Hand und versuchte die widerspenstigen Ranken beiseite zu schieben. Die zertretenen Blätter rochen feucht und modrig nach Erde und Brackhausens Stiefel hatten sich bis weit über die Sohle hinauf dunkel verfärbt.

Jedes Mal, wenn er den Holzstock aus dem Unterholz zog, war er voller Moder und Kletten. Alle paar Minuten musste er stehen bleiben, um ihn am Boden oder an einem Holzstamm abzuklopfen. Die Kopfweiden hier waren schon viel zu lange nicht beschnitten worden und drohten auseinander zu brechen.

Den anderen Männern erging es ebenso und das dumpfe Klopfen unterbrach immer wieder das Gespräch.

»Ob diese Suche hier überhaupt Sinn macht? Wir wissen noch nicht einmal genau, wonach wir suchen sollen.«

»Natürlich«, Stephan Mertens tat vom gebückten Gehen der Nacken weh. »Wir suchen nach dem Kopf einer Schaufensterpuppe.«

»Hoffentlich finden wir ihn bald. Ich wollte noch zum Eishockey.«

Brackhausen schlug mit Wucht auf einen Weidenschössling ein, sodass dieser zu Boden gedrückt wurde und dann federnd wieder hochschnellte. Schlamm spritzte auf. Er trat auf den Schössling und das Holz zerbrach knackend. Falls es irgendwelche Beweisstücke gab, konnte Mertens nur hoffen, dass sie gefunden wurden bevor Brackhausen in ihre Nähe kam. Stephan ging zwei Schritte schneller und überholte den Mann. Er sah ihn an und musste lächeln. Brackhausen meinte es nicht böse. Diese ganze Aktion mochte den Kollegen sinnlos und überflüssig erscheinen.

Seine Gedanken wanderten zurück. Nach der Dienstbesprechung war er ins Städtische Krankenhaus gefahren und hatte die junge Frau noch einmal befragt. Sie sah schon ein wenig besser aus und konnte sich klarer an den Abend erinnern.

»Ich habe«, sagte sie und versuchte ein Lächeln, das ihr unter Schmerzen gelang. »Ich habe mehrere Kurse in Selbstverteidigung besucht. Sehen Sie, ich laufe fast jeden Abend. Im Sommer ist das halb so wild, aber im Winter wird es ja schon früh dunkel. Morgens schaffe ich es nicht vor der Arbeit, also muss ich danach laufen.«

Sie schluckte hart. Mertens sah den Becher auf dem Nachttischchen stehen und reichte ihn ihr. Dankbar trank sie mit kleinen Schlucken.

»Ich habe Selbstverteidigung gelernt, weil ich auch immer Sorge hatte von so einem Verrückten überfallen zu werden. Natürlich war mir klar, dass ein wirklicher Kampf in keiner Weise mit dem zu vergleichen ist, was man im Fernsehen sieht. Das hat der Trainer auch immer gesagt. Man hat aber trotzdem diese Bilder im Kopf.«

Der Becher war leer. Sie drehte ihn mit den Händen, sah hinein als könne sie dort irgendwelche Nachrichten ablesen.

»Wenn es darauf ankommt, sagte mein Trainer, würde man sich nie mit so was wie einem Tritt ins Gesicht aufhalten.«

Mertens nickte. Erfolgreiche Kampftechniken, das wusste er aus seiner Ausbildung, zielten auf wenige Punkte. Man versuchte die empfindlichen Körperteile zu treffen. Die Nase war hervorragend, da tränen dem Gegner sofort die Augen. Die Augen selbst waren auch gute Angriffspunkte. Dann die Kehle und natürlich der Schritt.

Als hätte sie seine Gedanken gelesen, fuhr Renate Brandt fort.

»Den Schritt zu treffen ist gar nicht so einfach. Wahrscheinlich weil ihr Männer ihn instinktiv gut schützt.« Ein dünnes Lächeln zeigte sich auf ihren Lippen. »Aber antäuschen dort kommt gut. Man tut so als wolle man dorthin treten und nimmt dann eine andere Stelle.«

Ihr Gesichtsausdruck wurde wieder ernster. »Aber all das ist nur graue Theorie. Die Wirklichkeit sieht ganz anders aus. Was ich nicht wusste, war, dass ich eine solche Panik empfinden könnte. Das taube Kribbeln, der Adrenalinstoß, der sich mit nackter Angst mischte. Es war furchtbar.«

Sie biss sich auf die Lippen, schaute einen Moment schweigend aus dem Fenster, blickte dann wieder zu Mertens.

»Er kam von hinten und war größer als ich. Ich habe ihn nicht kommen hören.«

»Sie sind sich sicher, dass es ein Mann war?«

»Ja. Er umfasste mich, legte seine Hand auf meinen Mund und drückte mich an sich. Ich hätte … hätte sofort nach hinten treten müssen, sein Knie oder den Fuß treffen sollen, aber ich … ich bekam keine Luft mehr. Also versuchte ich seine Hand von meinem Mund zu ziehen und das war natürlich falsch.«

Wieder schwieg sie. Mertens dachte nach, stellte sich die Szene vor. Fragenfragmente tauchten in seinem Kopf auf, aber er bekam sie nicht zu fassen. Er beschloss abzuwarten und sie weiter erzählen zu lassen.

»Er drückte mich also an sich und seine Hand lag über meinem Mund, eigentlich über meinem Gesicht. Mit der anderen Hand tastete er über meinen Körper …«

Sie brach ab, schluckte mehrmals hintereinander.

»Möchten Sie noch etwas trinken?«

»Oh ja, das wäre nett.« Sie schaute zum Nachttisch, aber die Flasche dort war leer. »Im Flur …«

Mertens nickte und ging Wasser holen. Nachdem sie ein wenig getrunken hatte, schien sie sich wieder beruhigt zu haben.

»Er tastete also über meinen Körper … es war ganz seltsam.«

»Seltsam?« Mertens zog das Wort in die Länge, überlegte. »Unsittlich?«

»Eben nicht. Irgendwie eben nicht. Eher so, als würde er meine Maße nehmen oder … oder nach etwas suchen. Aber nicht lüstern. Das ist komisch, nicht wahr?«

»Das ist es in der Tat. Und was passierte dann?«

»Dann zog er etwas aus der Tasche und danach weiß ich nichts mehr.«

»Er zog etwas aus der Tasche?«

»Ja, er hielt mich immer noch an sich gedrückt mit der einen Hand, mir war schon fast schwarz vor Augen, weil ich keine Luft bekam, die andere Hand ließ mich aber wieder los, und dann griff er in seine Jackentasche und zog etwas hervor.«

»Das Messer?«

»Ich weiß es nicht. Das nächste woran ich mich erinnere ist, dass ich hier aufwachte und unglaublichen Durst hatte.«

Mertens überlegte. Irgendetwas war an der Beschreibung nicht stimmig.

»Mit welcher Hand hat er Sie festgehalten?«

Sie zog die Stirn kraus. »Mit seiner rechten, denk ich. Ja, doch, es war seine rechte Hand.«

»Können Sie sich an sonst noch etwas erinnern?«

Frau Brandt schüttelte den Kopf.

Er hatte danach den Arzt gesucht und noch mal nach den Verletzungen gefragt. Der Arzt war sich sicher, dass diese mit der rechten Hand verübt worden waren.

Mertens drang tiefer in das Unterholz ein, allerdings war er nicht so recht bei der Sache, seine Gedanken kreisten immer noch um Renate Brandts Aussage. Wenn sie sich richtig erinnerte, dann war sie ohnmächtig geworden und der Täter hatte zugestoßen als sie am Boden lag. Dafür war aber die Wunde sehr seltsam. Von unten in den Rücken und dann innen nach oben hoch ging der Stich. Wenn sie bewusstlos geworden war und der Täter mit der linken Hand das Messer aus der Jackentasche gezogen hatte, musste er die Hände wechseln, sie also gegen sich drücken, das Messer in die rechte Hand nehmen und sie mit der linken festhalten, dann nach vorne schieben und zustoßen. All das machte keinen Sinn.

Er machte einen weiteren Schritt nach vorne und versank bis über die Knöchel in einem Schlammloch. In diesem Moment meldete sich sein Funkgerät. Er zog es aus der Jackentasche, drückte auf den Antwortknopf und versuchte gleichzeitig den Fuß aus dem Schlamm zu ziehen. Sein Schuh blieb stecken.

»Scheiße!« Mertens fluchte laut.

»Mertens?« Die Stimme seines Chefs klang nicht erheitert.

»Ja?«

»Wir haben einen Fund.«

»Das …« Polizeichef Guido Ermter hob eine Plastiktüte mit spitzen Fingern hoch, so als hätte er Sorge sich an irgendeiner furchtbaren Krankheit anstecken zu können. Dabei, dachte Mertens und grinste, trägt er doch extra zwei Paar Latexhandschuhe übereinander.

»Das hat ein Mann gefunden. Ein Mann mit seinem Hund.« Er betonte jedes einzelne Wort. »Die Leiche …« Ermter machte eine theatralische Pause und sah in die Runde. »Die Leiche wurde auch von einem Mann mit einem Hund gefunden.«

»Die Schaufensterpuppe wurde auch von einem Mann mit einem Hund gefunden, oder?« Brackhausen sah ehrlich erstaunt aus. Ermter bekam zwei rote Flecken dicht unter den Augen. Alle die ihn kannten, wussten, dass sein Blutdruck gefährlich stieg.

»Richtig. Völlig richtig.« Der Polizeichef holte tief Luft. »Männer mit Hunden. Sie finden Leichen. Und Schaufensterpuppen und …dies!« Wieder hielt er die Tüte hoch. »Können Sie mir das erklären? Männer mit Hunden machen sich auf den Weg und finden wichtige Beweisstücke. Man könnte fast annehmen, dass sie sich absichtlich auf den Weg machen mit ihren Hunden, um uns bloßzustellen, oder etwa nicht?«

Noch immer klang seine Stimme relativ ruhig. Umso ruhiger er sich anhörte, das war allen bewusst, umso wütender und gefährlicher wurde er.

»Jupp geht also mit Waldi Gassi und findet eine Leiche. Kalle geht mit Bello raus und findet wichtige Beweisstücke. Und wenn ein Überfall geschieht wird sich Schorsch, der mit Wauzi unterwegs ist, sicherlich die Autonummer merken.« Er hob den Kopf und lachte. Sein Lachen hätte ein Beutetier lähmen können. »Jupp, Schorsch und Kalle stehen gar nicht auf der Gehaltsliste der Polizei. Aber wir können ja die Polizei am Niederrhein auflösen und durch die Hundebesitzer ersetzen. Was meinen Sie, ist das eine gute Idee?«

Alle schwiegen betreten.

»Chef«, meldete sich Sabine Thelen schließlich zu Wort. »Können wir jetzt erfahren, was in der Tüte ist, bevor wir alle loslaufen und uns einen Hund kaufen?«

Gelächter löste die angespannte Stimmung ein wenig.

Vorsichtig legte Ermter die Tüte auf eine Plastikfolie und öffnete sie. Er zog etwas Verklebtes, dreckig Braunes hervor, einen Kopf mit verfilzten Haaren. Entsetzt wichen alle ein Stück zurück, nur um sich gleich darauf wieder nach vorne zu beugen.

»Das … das ist kein echter … Kopf … oder?«

»Nein, obwohl er täuschend echt aussieht. Dieser Kopf, meine Damen und Herren Kollegen, gehört zu einer Schaufensterpuppe.«

»Ist er so gefunden worden? Ich meine, in dieser Tüte?«

Ermter nickte. »Ungefähr 300 Meter von dem Platz, an dem die Puppe lag.«

»Wenn wir«, Fischer kratzte sich über das Kinn. »Wenn wir von einem Täter ausgehen, der sowohl die Puppen als auch die Frau an der Mühle zu verantworten hat, dann muss also der Frauenkopf dort auch zu finden sein.«

»Mir wäre es lieb, wenn Sie den Kopf der Leiche finden würden und nicht ein Mann mit Hund.« Der Chef räusperte sich. »Haben Sie das verstanden?«

»Okay, dann mal los.« Mertens trat einen Schritt zurück. Sein Fuß war immer noch unangenehm nass und schlammig. Er meinte, den süßlichen Geruch der Verwesung riechen zu können. Es war nicht genug Zeit, um nach Hause zu fahren und das Schuhwerk zu wechseln, er würde bis heute Abend aushalten müssen. Leise fluchte er vor sich hin.

»Welche Laus ist dir denn über die Leber gelaufen?« Sabine Thelen schob ihren Arm unter den seinen.

»Keine Laus. Schlamm. Ich bin in ein Schlammloch getreten.« Er hob seinen Fuß an. »Ziemlich blöd.«

Sabine lachte. »Du Armer, du hast mein vollstes Mitgefühl.« Sie stockte und überlegte einen Moment, während sie gemeinsam weitergingen. »Glaubst du, dass es ein und derselbe Täter ist?«

»Ja. Ich bin mir ganz sicher«, er warf ihr einen verstohlenen Blick zu. Sabine schaute nachdenklich nach vorne. »Fischer hat Recht. Der Täter will uns etwas sagen. Es hat etwas mit den Puppen zu tun, nur wissen wir nicht was.«

»Meinst du, es wird noch mehr Leichen geben? Solange, bis wir es herausgefunden haben?«

»Ich habe keine Ahnung. Vielleicht liegt die Lösung ja bei der Frau und wir müssen nur herausfinden, wer sie ist. Vielleicht aber auch nicht. Wir wissen zu wenig, um uns ein Urteil zu erlauben.«

»Gibt es inzwischen einen Hinweis, wer sie ist?«

Stephan Mertens schüttelte den Kopf.

»Nein, aber ich nehme an, dass er sie eine ganze Weile gefangen gehalten hat, bevor er zur Tat schritt. Das kann bedeuten, dass es auch noch eine ganze Weile dauert, bevor die nächste Leiche auftaucht.«

»Außer er hat schon ein weiteres Opfer irgendwo gefangen.«

Sabine Thelen blieb stehen und starrte ihn an. Ein Name tauchte in ihrem Kopf auf, Karin Steinbach.

KAPITEL 24

Daniel Steinbach wachte auf, tastete um sich, öffnete die Augen und kniff sie gleich wieder zusammen, weil die Sonne so hell schien.

Er hatte am Abend vorher vergessen die Rollläden herunter zu lassen. Der Blick auf den Wecker zeigte ihm, dass er verschlafen hatte.

Er sprang aus dem Bett und ging ins Bad. Der schwere Duft von Andrea Roths Parfum lag immer noch in der Luft. Daniel atmete keuchend ein und stellte die Dusche an. Wenn er an Andrea dachte, an ihren Körper, ihre Haare, die weiche Haut, zerrte eine Sehnsucht in seinem Bauch. Er hasste sich dafür.

Das Wasser war noch nicht warm, aber er stellte sich trotzdem unter den prasselnden Strahl.

Daniel Steinbach war sicher, dass er von Karin geträumt

hatte. Von Karin, nicht Andrea. Der Traum war mit dem Tageslicht verflogen, die Details entschwunden, nur das Gefühl war zurückgeblieben. Eine seltsame Mischung aus Liebe und Hass.

»Und wenn sie nie mehr wieder kommt?« Andrea stellte ihm die Frage am Abend zuvor lächelnd. »Wenn sie verschwunden bleibt und nicht mehr auftaucht?«

»Wie meinst du das?«

»So wie ich es gesagt habe. Was, wenn Karin für immer weg bleibt? Würde das etwas zwischen uns ändern?«

Er antwortete ihr nicht, aber die Frage irritierte ihn.

Andrea war auf eine andere Art aufregend als Karin. Sie war wie ein wildes Tier, wie eine exotische Insel. Und wie ein Eisblock.

Während Karin nur aus Gefühlen zu bestehen schien, war Andrea berechnend und kalt. Nicht im Bett, nein, da war sie die leidenschaftlichste Frau, die er kannte. Doch bei allen anderen Dingen hatte er immer den Eindruck, dass sie nie etwas fragte ohne vorher die Antwort zu kennen. Sie überließ nichts dem Zufall.

Er begehrte Andrea, aber Karin liebte er. Zumindest glaubte er das, bis er das Gefühl nicht loswurde, jedes Mal den Boden unter den Füßen zu verlieren, wenn sie miteinander sprachen. Sein Traum von einer glücklichen Ehe und einer Familie hatte sich nicht erfüllt. Seine Affäre mit Andrea war eine Flucht aus der Realität und er war sich dessen sehr wohl bewusst.

Was würde sich ändern, wenn Karin tatsächlich verschwunden blieb?

Daniel nahm das Duschbad und seifte sich ein. Das Wasser rauschte gluckernd durch das Abflussrohr und mit ihm schienen seine Gedanken zu verschwinden. Er war spät dran und durfte es sich nicht leisten im Job zu versagen. Auf persönliche Katastrophen wurde keine Rücksicht genommen, genug andere, jüngere lauerten auf seine Stelle.

Er spülte die Seife ab, nahm das Handtuch und rubbelte sich trocken.

Zehn Minuten später saß er im Wagen und fuhr nach Düsseldorf.

Sabine Thelen schlug die Augen auf. Von ihrem Bett aus konnte sie nach draußen sehen. Der Himmel war wie dunkles Glas und die Sonne verbreitete goldene Strahlen, die nicht wärmten. Im Wind zitterte ein Spinnennetz, darin glitzerten viele kleine Tautropfen, winzige Diamanten.

Sie streckte sich und machte eine mentale Liste, was heute alles zu erledigen war. Der gestrige Tag war anstrengend gewesen, aber hatte sie nicht wesentlich weitergebracht. An der Mühle war kein Kopf gefunden worden. Heute würden sie zwei Suchhunde aus Düsseldorf bekommen, die auf Leichenfunde abgerichtet waren.

Hunde. Sie musste grinsen. Ermter hatte natürlich Recht, es warf in der Öffentlichkeit ein schlechtes Licht auf die Polizei, je länger die Fälle ungeklärt blieben, und schlechte Presse konnten sie sich nicht leisten.

Stephan hatte gestern extrem schlechte Laune gehabt. Das wird wohl an seinem durchweichten Schuh gelegen haben, dachte sie. Oder war er einfach nur nachdenklich gewesen? Im Gegensatz zu anderen Tagen bekam er die Zähne nicht auseinander.

Sie mochte ihn, er war nicht nur ein angenehmer und guter Kollege, sondern auch ein Freund. Hin und wieder glaubte sie, dass er ein wenig in sie verliebt sei, aber solche Gedanken schob Sabine meist schnell weg.

Draußen starben die Bäume in trotzigen Farben. Das entsprach ihrer Stimmung. Nun war die Zeit für Nebel und feuchte Tage, zu viel Sonnenlicht konnte sie nicht vertragen. Arbeit, dachte sie, hob die Decke an und stieg aus dem Bett. Arbeit lenkt ab, ich werde arbeiten.

Ihr Blick vermied wie immer die andere Hälfte des Bettes, das sie immer noch nicht neu bezogen hatte. Eine ganze Weile war der Geruch von Martin noch zu ahnen gewesen, aber inzwischen nicht mehr. Sie hatte jede Nacht ihr Gesicht in sein Kissen gedrückt und es mit ihren Tränen getränkt. Dass ein Mensch so viele Tränen hat, war ihr fast unglaublich erschienen.

Auch seine Kleider hingen noch im Schrank, auf dem Nachttisch das Buch, das er zuletzt gelesen hatte. Ihr fehlte die Kraft diese Zeichen seiner Existenz zu beseitigen, es erschien ihr wie ein Frevel.

Ich werde es am Wochenende angehen, Mutter wird mir sicher helfen. Oder besser Papa. Er stellt keine unnötigen Fragen, schenkt mir keine mitleidigen Blicke, er handelt einfach.

Es gab noch mehr Dinge, die sie ignorierte, denen sie aber bald nicht mehr aus dem Weg gehen konnte. In der Dusche wurde ihr das deutlich bewusst. Sie schloss die Augen, ließ das Wasser an sich herunterströmen, versuchte ihren Kopf ganz leer zu machen. Es wollte ihr nicht gelingen.

»Gehen wir die Fakten durch.« Das grelle Sonnenlicht des Novembermorgens schien nur nebelig durch die schmutzigen Scheiben des Besprechungszimmers.

Es roch nach Staub und kaltem Zigarettenqualm. Eine leichte Übelkeit beschlich Sabine.

»Die Hundestaffel kommt in einer Stunde. Wir werden das Gelände noch mal durchkämmen. Gibt es inzwischen irgendeinen Hinweis auf die Identität der Frau?«

Keiner sagte etwas, aber Polizeichef Ermter schien das auch nicht erwartet zu haben.

»Thelen, Sie fahren mit und unterhalten sich noch mal mit dem Mann …« Er blätterte in den Unterlagen. »Mit …«

»Schink. Jakob Schink.« Sabine lächelte. Wie hatte Ermter nur Polizeichef werden können ohne ein Gedächtnis für Namen zu haben?

»Genau. Der Mann mit dem Hund.«

»Der Hund heißt Ben.« Sabine erntete Gelächter für diese Bemerkung. Nur Jürgen Fischer runzelte die Stirn.

Stephan Mertens meldete sich zu Wort. »Ich habe gestern Renate Brandt noch mal befragt. Ihr geht es inzwischen ein wenig besser und ihre Erinnerungen kommen zurück. Allerdings gibt es einige Ungereimtheiten.«

»So?« Guido Ermter griff zu einem anderen Aktendeckel, schlug ihn auf, überflog kurz das Geschriebene. »Brandt. Ach ja, ja. Die Frau, die am Stadtwald überfallen wurde. Hat sie den Täter gesehen? Ihn erkannt?«

»Nein. Überhaupt nicht. Er kam von hinten, sie hat ihn weder gesehen noch gehört.«

»Sie war joggen und ist überfallen worden?«

»Hmm …« Stephan zog sein Notizbuch aus der Tasche. »Sie geht regelmäßig joggen, immer die gleiche Strecke, fast jeden Abend. Sie hat einige Selbstverteidigungskurse mitgemacht, konnte sich aber trotzdem nicht wehren. Der Mann – sie ist sicher, dass es ein Mann war – hat sie unerwartet von hinten gepackt, völlig überraschend für sie. Er hielt ihr die Hand vor den Mund, sie bekam keine Luft, hat das Bewusstsein verloren.« Er stockte, sammelte seine Gedanken. »Er hielt sie von hinten mit der rechten Hand fest, sie erinnert sich daran, dass er etwas mit der linken Hand aus der Jackentasche zog. Ihre Verletzungen sind aber von rechts ausgeführt worden. Das ist seltsam, denn es erscheint so umständlich.«

Alle schwiegen und stellten sich in Gedanken die Szene vor.

»Die Frau ist von Spaziergängern gefunden worden, oder? Haben die etwas gesehen?« Fischer rieb sich über das Kinn. Er war schlecht rasiert an diesem Morgen, sah bleich und verschlafen aus. Trotzdem schien er sehr konzentriert zu sein.

»Nein, leider nicht. Ich habe sie zwei Mal befragt. Sie fanden Frau Brandt in einer riesigen Blutlache neben ihrem Wagen auf dem Parkplatz am Stadtwaldhaus. Buchstäblich im letzten Moment. Es war ein dunkler, nasser Abend. Sie hätten sie wahrscheinlich gar nicht gesehen, wenn nicht …«, Mertens grinste plötzlich wie ein kleiner Junge. »Wenn ihr *Hund* nicht angeschlagen hätte.«

Polizeichef Ermter verdrehte die Augen und bemühte sich, die Heiterkeitsausbrüche zu ignorieren.

»Das bedeutet also, dass die Spaziergänger den Mann nicht unmittelbar gestört haben. Er hatte seine Tat schon vollbracht und die Frau liegen gelassen. Sie war nicht ausgeraubt worden, nur niedergestochen. Von hinten. Warum auch immer. In ihrem persönlichen Umfeld gibt es keine Tatverdächtigen, soweit ich weiß. Sie hat ihrer Meinung nach keine Feinde und auch keine Beziehungsprobleme.«

»Wenn wir davon ausgehen, dass es einen Täter gibt, der joggende Frauen gefangen nimmt, um sie später umzubringen, passt die Brandt einerseits in dieses Szenario, andererseits aber auch nicht. Die tote Frau an der Mühle wies keine Stichwunden auf, keine anderen Verletzungen.«

»Vielleicht«, fuhr Fischer dazwischen. »Vielleicht liegt die Verbindung ja woanders. Eine Verbindung, die wir noch nicht kennen. Möglicherweise hat es etwas mit den Schaufensterpuppen zu tun.«

»Dazu habe ich einige interessante Informationen im Internet gefunden. Die Puppe als Kunstobjekt. Moment.« Mertens stand auf und verließ das Besprechungszimmer. Die anderen nutzten die Pause, um Kaffee einzuschenken. Fischer kramte seine Zigaretten hervor und zündete sich nachdenklich eine an.

Mertens kehrte mit einem Stapel Papieren in das Besprechungszimmer zurück und verteilte ihn.

Der zerschlagene Kopf einer Schaufensterpuppe starrte die Beamten von schlechten Kopien aus an. Es wurde unruhig im Raum, die Atmosphäre war auf einmal drückend und stickig.

KAPITEL 25

Die Übergänge zwischen Schlaf und Wachsein waren fließend, die Zeit zersplitterte auf eine seltsame Weise.

Sie spürte die Kälte kaum noch. Das Schreien gab sie bald auf. Ihr blieb nur die gähnende Leere ihrer Ängste.

Nach und nach war ihr bewusst geworden, dass sie gefesselt irgendwo in einem Kellerloch lag. Es musste ein Keller oder ein Bunker sein. Nirgendwo drang Licht ein. Keine Ritze, kein Spalt, nichts.

Ein dumpfer, modriger Geruch lag in dem Raum und als sie noch geschrien hatte, hallte es merkwürdig. Der Raum war nicht besonders groß, schätzte sie, aber leer.

Ab und an, wenn sie wach wurde, spürte sie den Strohhalm genau an ihren Lippen. Zuerst sog sie aus wilder Verzweiflung.

Dann verweigerte sie eine Weile die Flüssigkeitszufuhr. Wie lange konnte sie nur schätzen, aber ihr Zeitgefühl verließ sie bald vollständig.

Dann überwog der unbändige und übermächtige Wunsch zu überleben, also trank sie wieder.

Wie lange würde es dauern? Was genau hatte er vor mit ihr? Warum sie? Die Fragen spielten Nachlaufen in ihrem Kopf.

KAPITEL 26

»Die Puppe ... Nach den logischen Gesetzen einer Traumwelt ist sie ein vielfältiges Gegenüber ... sie ist Spiegelung, Wunschbild, Ersatz oder Projektion einer anderen Wirklichkeit.«

Jürgen Fischer las murmelnd. Dann legte er die Blätter sorgfältig zusammen, zündete sich eine Zigarette an.

»Gibt es schon genauere Informationen über den Puppenkopf? Ich meine, zu seiner Herstellungsart? Kann man ungefähr bestimmen, wann und wo er produziert worden ist ... irgendetwas in diese Richtung? Vielleicht kommen wir ja so dahinter, was das Ganze soll.«

»Nein, er ist noch bei der Spurensicherung. Ganz sicher ist, dass die dunklen Verfärbungen kein echtes Blut sind. Es ist Farbe oder Kunstblut. Anders sieht es wohl mit den Haaren aus, das sind menschliche Haare.«

»Du lieber Himmel. Menschliche Haare auf einen Puppenkopf geklebt? Das wird ja immer schlimmer. Da ist ja ein ganz perverses Schwein zu Gange.« Oliver Brackhausen lehnte sich entsetzt zurück.

Stephan Mertens legte den Kopf schief und verkniff sich in Anbetracht der ernsten Lage ein Lächeln. »Es gibt sehr teure Schaufensterpuppen. Sehr, sehr teure Schaufensterpuppen. Die haben echtes Haar statt Kunstperücken. Sie sind Abbilder von bekannten Mannequins zum Beispiel.«

»Und man schneidet den Mannequins ihre Haare ab für eine Puppe?« Brackhausen sah ihn ungläubig an.

»Nicht doch. Es sind andere Haare, die dann verwendet werden.«

»Aber«, Jürgen Fischer blies den Zigarettenqualm in den Raum. »Aber das sind ja keine gewöhnlichen Schaufensterpuppen, keine Allerweltspuppen. Diese Art Puppen sind dann eher schon Kunstobjekte und davon wird es sicherlich nicht allzu viele geben, oder?«

»Das stimmt. Es gibt nur zwei Firmen in Europa, die so etwas herstellen und die Preise sind immens. Eine gute Schaufensterpuppe aus glasfasergestütztem Polyester kostet fast 1500 Euro und ...«

»Mertens«, Polizeichef Ermter unterbrach den Eifer des jungen Beamten. »Es hat wenig Sinn, wenn Sie jetzt einen Vortrag über die Herstellung von Schaufensterpuppen halten. Ich erkenne Ihre Leistung an und bin auch sehr stolz, dass Sie so viel herausgefunden haben. Aber das bringt im Moment nichts. Wir warten ab, was die Spurensicherung sagt, dann können wir uns gezielt auf die Suche machen.«

Er warf einen Blick auf die Uhr.

»Die Hundestaffel müsste bald kommen. Gibt es sonst noch etwas zu besprechen, bevor wir uns auf den Weg machen?«

»Nicht viel Neues im Fall Karin Steinbach. Wir haben immer noch keinen Kontakt zu ihrer Freundin Irene Wegener. Ich habe jetzt herausgefunden, dass die Steinbach letzte Woche 3.000 Euro von ihrem Geschäftskonto abgehoben hat. Das ist jedoch nichts Ungewöhnliches.« Sabine Thelen schlug die Akte zu. »Ich würde zu gerne noch mal mit Steinbach reden, ohne seine Anwältin.«

Polizeichef Ermter nickte. »Aber die Roth ist ein

scharfer Hund, passen Sie bloß auf. Wir können uns keine Fehler erlauben.«

Sabine Thelen fuhr in ihrem Golf hinter dem Einsatzwagen her. Sie würde nicht mit zur Mühle gehen müssen. Das kleine Haus von Schink lag etwas abseits der Bebauung. Früher hatte es hier nur wenige Höfe gegeben, aber die Stadt streckte sich krakengleich immer weiter aus.

Es war erst zehn Uhr morgens, doch sie war schon wieder müde. Im Hof vor Schinks Haus parkte ein kleiner Wagen, den sie zuvor nicht dort gesehen hatte.

Sabine stieg aus und schellte. Eine junge Frau öffnete die Tür.

»Guten Morgen. Sabine Thelen, Kriminalpolizei. Ich möchte Herrn Schink sprechen.«

»Das ist mein Großvater.«

Die junge Frau trug rosafarbene Gummihandschuhe und hatte einen Putzlappen in der Hand. Sie zog die Handschuhe nun mit ruckartigen Bewegungen herunter, wischte sich die rechte Hand an der Hose ab und reichte sie Sabine.

»Man schwitzt immer so in den Dingern«, sagte sie entschuldigend. »Schink, Jutta Schink. Ich weiß nicht wo Opa ist. Wahrscheinlich mit Ben spazieren.«

»Sie kümmern sich ein wenig um Ihren Großvater?« Sabine drückte Juttas Hand, war erstaunt über den festen und warmen Händedruck.

»Ja. Kommen Sie doch rein. Ich wollte gerade Tee kochen. Sie mögen doch Tee?«

Das Haus strahlte eine gemütliche Wärme aus, roch aber nach alten Leuten und nassem Hund.

Sabine zog ihre Jacke aus und folgte Jutta in die Küche. Der Raum war beklemmend klein. Dreckiges Geschirr stapelte sich auf der Spüle. Zwei dicke Stubenfliegen brummten durch den Raum. Ein kariöser, fauler Geruch lag in der Luft.

Sabine bemühte sich nirgendwo anzustoßen, nichts zu berühren. Ein Teller auf dem kleinen Tisch war mit Tomatensoße bedeckt, die eine stabile Oberflächenstruktur aufwies.

»Gute Güte«, murmelte sie.

»Ich schaue alle paar Tage nach Opa, gehe für ihn einkaufen und so. Er hat in den letzten Jahren immer mehr abgebaut, seit meine Oma gestorben ist. Aber so schlimm wie jetzt war es noch nie.« Jutta zuckte mit den Schultern, nahm einen Kessel und setzte Wasser auf.

»Ich habe Angst davor, dass es mit ihm so wird wie mit Oma.«

»Sie hängen an Ihren Großeltern?«

»Ja, schon. Ich war als Kind oft hier. Fast immer eigentlich. Meine Eltern sind beide berufstätig. Ich war auch immer gerne hier. Nur …« Sie zögerte, überlegte. »Oma hatte Krebs, wissen Sie? Einen Tumor im Kopf. Es war grauenvoll. Irgendwann war sie nur noch eine Hülle, kein Mensch mehr. Opa wollte nicht, dass sie im Krankenhaus stirbt. Er hat versucht hier alles alleine zu machen, aber das ging natürlich nicht. Ich konnte auch nicht immer da sein. Wir hatten dann einen Pflegedienst, aber es war trotzdem sehr schwierig.«

Das Wasser kochte, ein hoher, schriller Ton. Jutta nahm eine Kanne und Teebeutel aus dem Schrank. Der Gestank im Raum wurde von dem aromatischen Duft des Getränks überlagert.

»In den letzten Tagen vor dem Tod meiner Oma bin ich dann hier eingezogen. Sie brauchte Betreuung rund um die Uhr. Ich glaube nicht, dass sie noch etwas davon mitbekommen hat. Ich habe sie geliebt, wahrscheinlich mehr als meine Mutter. Es tat weh, sie so zu sehen … so leer. Verstehen Sie? Alle Lichter aus. Nur wenn ich ihr die Windeln gewechselt habe, entspannte sich ihr Gesicht. Manchmal lief ihr dann auch eine Träne aus dem Augenwinkel.« Sie nahm zwei Tassen aus dem Schrank, schenkte den Tee ein. »Gott hat schon eine seltsame Art von Humor.« Jutta sah Sabine Thelen an. »Milch? Zucker?«

Sabine schüttelte den Kopf.

Jutta Schink schob die Teller auf dem Tisch zur Seite und setzte sich, wies auf den Stuhl ihr gegenüber. »Ich habe Angst, dass es bei Großvater auch so werden wird. Bei ihm könnte ich das unmöglich tun.«

»Was? Ihn pflegen?«

»Ihn pflegen. Ihm die Windeln wechseln. Nein, das könnte ich nicht.«

»Glauben Sie denn, dass er das von Ihnen erwartet?«

»Ich weiß es nicht, wir haben nie darüber gesprochen. Aber ich brächte es auch nicht übers Herz ihn in ein Heim zu stecken.«

»Was ist mit Ihren Eltern? Wären die nicht erst mal in der Pflicht?« Sabine zog sich den Stuhl zurecht, er war sauber, das sah sie beruhigt. Sie setzte sich, griff mit beiden Händen nach der Tasse.

»Meine Eltern?« Jutta lachte. Es klang bitter. »Meine Eltern haben sich ihr Leben lang nur für sich selbst interessiert. Wobei ich mir sicher bin, dass mein Vater schon ausgerechnet hat, was das Grundstück wert ist. Nein, sie würden sich nicht kümmern.«

Sabine nickte. Sie hatte durch Martin eine ungefähre Ahnung wie schrecklich Familien manchmal sein konnten.

Martin. Sein Name blitzte in ihrem Kopf auf und sie schob ihn schnell zur Seite. Sie musste arbeiten. Sentimentalitäten konnte sie sich nicht leisten.

»Und Ihr Großvater … nun, er baut stärker ab in der letzten Zeit?«

»Ja, es scheint nun wirklich schlimm zu werden. Vielleicht ist es ja auch nur eine Phase und er fängt sich wieder. Ich habe öfters für ihn eingekauft und ihm ein wenig beim groben Saubermachen geholfen. Alles andere hat er immer alleine geschafft. Die Küche«, sie warf einen Blick um sich. »Die Küche war immer penibel sauber. Bis vor ein paar Wochen.« Jutta rieb sich über die Augen, sie wirkte erschöpft. Dann hob sie den Kopf. »Was wollen Sie eigentlich von ihm? Kriminalpolizei? Hat er etwas angestellt?«

Die Frage kam reichlich spät, fand Sabine.

»Nein, er hat nichts angestellt. Er hat eine Leiche gefunden, deshalb muss ich ihn noch mal befragen.«

»Eine Leiche? Wirklich?«

»Ja. Hat er das nicht erzählt? Anfang der Woche, als er mit seinem Hund draußen war. Es stand doch auch in den Zeitungen.«

»Das habe ich gar nicht mitbekommen. Und erzählt hat er es auch nicht. Ich habe ihn gar nicht gesehen. Ich war Anfang der Woche hier. Da war es ganz komisch. Opa war nicht da … aber es stank so seltsam und die Heizung lief nicht.«

»Das hat sich ja gegeben.« Sabine schob die Ärmel ihres Pullovers hoch. Es erschien ihr brüllend warm.

»Ja, heute war es dafür wieder so warm wie immer. Ich hatte gestern keine Zeit, mich zu kümmern. Heute sieht es noch schlimmer aus als vor ein paar Tagen. Als würde er nur zum Essen hierher kommen und dann wieder gehen.

Ganz seltsam. Gesehen habe ich ihn nicht. Und ans Telefon ist er auch nicht gegangen. Schon komisch.«

Irgendetwas an dieser Aussage stimmte Sabine nachdenklich.

Stephan Mertens stapfte hinter den beiden Kollegen aus Düsseldorf her. Sein Schuh war so gründlich durchweicht gewesen, dass er bis jetzt nicht getrocknet war. Er zog Turnschuhe an und erntete dafür ein paar mitleidige Blicke.

Irgendwie konnte er sich nicht vorstellen, dass es eine Stelle, einen Grashalm oder einen Zweig gab, den sie bisher nicht umgedreht hatten. Viel lieber hätte er weiter im Internet nach Spuren geforscht.

Die Hunde schnupperten aufgeregt, als ein Kaninchen aus dem Unterholz herausschoss, hoben sie allerdings noch nicht einmal den Kopf, sie waren gut abgerichtet. An der Mühle zeigte Stephan den Kollegen die Stelle, an der die Leiche gefunden worden war. Das hätte er gar nicht gebraucht, denn die beiden Hunde schlugen sofort an.

»Es hat geregnet und ich weiß nicht, wie viele Leute inzwischen hier entlanggegangen sind. Dass sie es trotzdem noch riechen, Respekt.«

»Hier hat also die Leiche gelegen und wir suchen jetzt was?«

»Ihren Kopf.«

Der Mann nickte. »Okay. Dann werden wir in immer größeren Kreisen um die Fundstelle herumgehen. Wenn der Kopf hier irgendwo sein sollte, finden wir ihn, keine Sorge.«

Stephan Mertens glaubte den beiden Düsseldorfer Kollegen aufs Wort. Sie konzentrierten sich auf die Hunde und sahen den Mann nicht, der sich hinter den Bäumen versteckt hielt. Nach einigen Minuten wandte er sich um und ging langsam die Straße hinunter.

»Ein Leiche ohne Kopf also. Mann oder Frau?«

»Frau.«

»Scheußlich.«

»In der Tat.«

»Wissen Sie schon wer es ist?«

»Nein. Jane Dow.«

»Jane Dow?«

»So nennen die Amerikaner doch immer unbekannte Leichen, John Dow oder Jane Dow, je nach Geschlecht.«

Der Kollege lachte verhalten. »Das ist immer dumm, nicht wahr? Wenn man kein Umfeld hat, in dem man suchen kann. Sie könnte ja überall her sein. Wir hatten mal eine, die war aus Osteuropa. Durch einen puren Zufall konnten wir sie nach zwei Jahren identifizieren.«

Stephan Mertens nickte geistesabwesend. Seine Gedanken waren woanders.

Jutta Schink trank den letzten Schluck Tee, starrte dann in ihre Tasse, als schwämme dort etwas Unappetitliches und stand auf.

Sie ließ heißes Wasser in die Plastikschüssel in der Spüle laufen und tat einen Spritzer Spülmittel dazu.

»Eine Leiche hat er gefunden? Wie grässlich. Mann oder Frau?«

»Eine nackte Frauenleiche ohne Kopf. Sie ist ganz sicher nicht hier ermordet worden, sie wurde hier nur abgeladen. Wir tappen noch ziemlich im Dunkeln bei diesem Fall.«

»Das ist aber keine schöne Arbeit, oder? Ich wusste gar nicht, dass auch Frauen so was machen.«

Sabine lächelte. Immer diese Vorurteile.

»Was machen Sie denn beruflich?« Sabine lehnte sich zurück, versuchte sich ein wenig zu entspannen. Sie wusste nicht, wann sie das letzte Mal einfach so geplaudert hatte.

»Ich arbeite in Düsseldorf als Perückenmacherin.« Jutta blickte lächelnd über ihre Schulter zu Sabine, die Hände in das seifige Wasser getaucht. »Mein Opa hat mir den Job besorgt. Er war Formgießer.«

»Das sagt mir gar nichts.«

Jutta lachte, das Lachen perlte durch die Küche.

»Heute nennt man das wohl Objektdesigner. Er hat ganz unten angefangen. Maschinenbau, Formen beim Stahlgießen. In den 50er-Jahren hat er sich auf Plastik spezialisiert. Er war sogar in den USA für Lehrgänge. Zuletzt hat er mit Glasfasern gearbeitet. Damit kann man eine Menge machen. Boote zum Beispiel.«

»Oder Schaufensterpuppen …« Sabine wurde ganz mulmig.

»Ja, genau. Die hat er auch mit kreiert. Daher habe ich auch meinen Job. Wir gestalten ganz besondere Mannequinpuppen. Schminken, frisieren, all das gehört dazu. Gelernt habe ich Maskenbildnerin am Stadttheater. Aber da habe ich keine Stelle bekommen … geht es Ihnen nicht gut?«

Der zweite Mann mit dem Hund war ein Stückchen weiter unten, den Hügel hinunter. Stephan Mertens sah die beiden im Gehölz verschwinden. Kurz darauf schlug das Tier an. Mertens eilte zu ihnen, blieb in einem Hasenbau hängen und verdrehte sich den Fuß. Der Schmerz schoss heiß und brennend das Bein hoch. Er krümmte sich zusammen, hielt sich den Knöchel, brachte keinen Ton heraus. Dann holte er japsend Luft.

Er zog das Bein aus dem Loch und versuchte vorsichtig den Fuß zu belasten. Es ging, wenn auch mühsam.

»Verfluchte Scheiße!« Seine Laune war auf dem Tiefpunkt angelangt.

Stephan Mertens humpelte die Wiese hinunter. Der andere Kollege wartete schon. Beide Hunde schnupperten aufgeregt. Stumm zeigte der Beamte auf eine Stelle im Unterholz. Dunkle, feuchte Flecken waren dort zu sehen.

»Dort war etwas. Sieht mir ganz nach Blut aus. Da sollte aber die Spurensicherung dran.«

»Aber was das war, können Sie nicht sagen, oder? Ein totes Kaninchen?« Stephan Mertens erntete einen beleidigten Blick für diese Bemerkung.

»Nein. Rex hat doch oben die Spur aufgenommen. Hier war ziemlich sicher der Kopf, den Sie suchen.«

»Und wo ist er jetzt?«

»Bin ich Jesus? Keine Ahnung. Entweder hat ihn jemand mitgenommen oder ein Tier hat ihn verschleppt.«

»Ein Tier. Hmmm.« Stephan zog das Funkgerät aus der Tasche und informierte das Präsidium, dass die Spurensicherung gebraucht würde.

»Was für ein Tier?«

»Das weiß ich doch nicht. Ein Hund, ein Fuchs … weiß der Teufel.«

»Scheiße.«

»Aber die Hunde können der Fährte folgen. Vielleicht finden wir ja die Reste.«

Mertens nickte.

Der Beamte gab seinem Tier einen Befehl und schon zog der Hund in eine Richtung, der andere folgte. Zu Mertens Überraschung ging es nicht tiefer in das Unterholz, sondern zurück zum Weg. Kläffend führten sie die

Männer weiter. Stephan Mertens humpelte mit schmerzverzerrtem Gesicht hinterher und hoffte, dass sie ihr Ziel bald erreicht haben würden. Er konnte das Blut in seinem Knöchel pochen spüren und auch wie dieser zusehends anschwoll.

»Möchten Sie ein Glas Wasser? Sie sehen so blass aus.«

»Nein, nein … es geht schon. Ihr Großvater hat also Schaufensterpuppen gebaut?«

»Nun ja, das ist schon ein paar Jahre her. Es hat ihm Spaß gemacht, er war fast ein Künstler.« Jutta schaute sich um. »Auch wenn es hier nicht danach aussieht, sondern wie in einem ganz gewöhnlichen Haus. Aber seine Werkstatt sollten Sie sehen. Dort sind noch einige seiner Werke. Hin und wieder bastelt er dort. Er hat ein naturgetreues Abbild meiner Oma gemacht … und es wirklich fast lebensecht hinbekommen. Mit all ihren Fältchen und so. Beim Anmalen habe ich ihm geholfen und beim Schminken. Ich habe ihn gefragt, ob er sie nicht jünger machen wollte, so wie sie früher als junge Frau ausgesehen hat.« Jutta erzählte unbekümmert. »Nein, hat er gesagt, sie soll so sein, wie sie jetzt ist. Ich liebe sie so wie sie ist. Hach, das ist wahre Liebe, oder? Das muss etwas ganz Besonderes sein.«

Jutta wischte sich die nassen Hände ab. »Er hat allerdings damit aufgehört nachdem meine Oma gestorben ist. Wollen Sie die Werkstatt sehen?«

Sabine überlegte, ob sie jemanden vom Team rufen sollte, entschied sich aber dagegen. Das konnte sie später immer noch tun.

»Klar, sicher will ich sie mir ansehen. Wo ist sie denn?«

»Gleich hinterm Haus in der alten Scheune.«

Der Weg führte abwärts um eine Kurve. Stephan Mertens verlor seine Kollegen aus den Augen, versuchte aufzuholen, kam ins Stolpern. Er fluchte lautstark.

Wohin, fragte er sich, wird dieses verdammte Viech den Kopf denn geschleppt haben und vor allem, warum den Weg entlang?

Der Täter hatte Spuren gelegt, denen die Polizei folgen sollte. Die ersten Stunden und Tage in einem Mordfall waren immer die wichtigsten und in diesem Fall war schon fast zu viel Zeit vergangen, die Spuren verwischt und erkaltet. Mertens ärgerte dieser Gedanke. Vor allem, weil irgendein Tier ihnen zuvorgekommen war.

KAPITEL 27

Daniel Steinbach saß wie benommen an seinem Schreibtisch. Der Computer war an und vor ihm lag die Aktenmappe mit der Post. Er unterschrieb die Memos ohne sie durchzulesen.

Immer wieder kehrten seine Gedanken zum gestrigen Abend und der Nacht zurück. Der Traum, den er gehabt hatte, ließ ihn einfach nicht los. Dabei konnte er sich nur an das Gefühl erinnern und an keine wirklichen Bilder.

Karin!

Himmel und Hölle hatte er für sie in Bewegung setzen wollen. Himmel und Hölle, ein imposanter Ausdruck.

Andrea tauchte auch in seinem Kopf auf. Sie spielte eine wichtige Rolle und er wusste genau, dass er auf eine gewisse Weise von ihr abhängig war. Etwas, was ihn nicht glücklich machte.

Sie hatte vor einiger Zeit seine Firma in einem schwierigen Rechtsfall vertreten. Erfolgreich vertreten, natürlich. Die Frau war wie ein Uhrwerk, das immer lief, präzise.

Gestern Abend liebten sie sich mit einer Entschlossenheit, die ihn im Nachhinein erschreckte.

Das schrille Läuten des Telefons riss ihn aus seinen Gedanken.

»Steinbach!«

»Guten Morgen, Herr Steinbach. Wischinzki hier. Es geht um die Weihnachtsdekoration.«

Steinbach seufzte. Das Leben ging weiter und er musste aufpassen, dass er den Anschluss nicht verlor.

»Ich komm gleich runter. Ich habe zwei verschiedene Entwürfe vorliegen, die bringe ich mit.«

Im Lager war es kalt. Es lag so viel Staub in der Luft, dass sie sich fast körnig anfühlte. Er schaltete das Licht ein, mit einem Summen flackerten die Neonröhren auf, gingen aus, um dann schließlich doch aufzuleuchten.

In ihrem kalten Licht sah Steinbach etwa 30 unbekleidete Schaufensterpuppen stehen.

»Unheimlich irgendwie, oder?« Wischinzki war hinter ihm aufgetaucht. »Aber trotzdem haben sie eine gewisse Ästhetik, finden Sie nicht?«

Daniel Steinbach nickte stumm.

»Manchmal erwisch ich mich dabei, dass ich sogar mit ihnen rede, als ob sie mich verstehen könnten.«

Steinbach lachte leise, fühlte, wie sich seine Schultern verkrampften und sich die Muskeln um seinen Hals zusammenzogen.

»Sie sehen aber auch zu echt aus«, fuhr Wischinzki fort. »Deshalb mag ich sie nicht so nackt hier stehen lassen. Ich habe immer das Gefühl sie frieren.«

»Ja.« Steinbach breitete die Entwürfe auf einem Tisch aus. »Zur Weihnachtsdeko. Schauen Sie mal … wir haben in Absprache mit der Werbegemeinschaft zwei Konzepte erarbeitet.«

Er wollte so schnell wie möglich das Thema wechseln, doch Wischinzki ließ nicht locker.

»Es ist schon seltsam. Eine andere Frisur, etwas anderes Make-up und schon werden ganz andere Typen daraus. Das sollte man nicht meinen, schließlich sind sie ja nach lebenden Vorbildern gefertigt worden. Da ist also etwas dran, wenn man sagt, dass ein paar Details reichen um das Aussehen komplett zu verändern.«

Wischinzki schaute sich um. »Eine davon ist doch sogar nach Ihrer Frau gemacht worden, oder? Wo ist sie denn?«

Steinbach spürte, wie ihm das Blut in den Kopf schoss und es in seinen Ohren rauschte.

»Die ist gestohlen worden … sie war bei denen, die vor ein paar Monaten bei dem Einbruch gestohlen wurden.« Seine Stimme klang gepresst, aber er war froh, überhaupt etwas herauszubekommen.

»Stimmt. Jetzt erinnere ich mich. Komische Geschichte, das mit dem Einbruch. Schaufensterpuppen, aber sonst nichts von Wert haben sie mitgenommen.«

»Nun ja. Die Puppen haben schon einen hohen Wert. Mehrere tausend Euro sind ja kein Klacks.«

Jürgen Fischer rieb sich müde die Augen. Gestern war er erst spät schlafen gegangen. Mühevoll hatte er versucht seinem kleinen Appartement so etwas wie eine persönliche Note zu geben, aber dann frustriert aufgegeben. Seine Frau Susanne war immer dafür zuständig gewesen und obwohl er sich manches Mal darüber geärgert hatte, dass schon wieder alles umgestellt worden war, so wusste sie doch, wie man Atmosphäre schafft.

Die Wohnung war ein Provisorium, deshalb hatte er anfangs nicht viel Wert auf die Einrichtung gelegt. Praktisch sollte es sein. Bett, Tisch, kleine Küche, Schrank ... die notwendigen Dinge.

Inzwischen kam es ihm unpersönlich und kalt vor. Hilflos schob er den kleinen Sessel von einer Ecke in die andere, doch das änderte nicht viel. Zuletzt zündete er zwei Kerzen an, setzte sich auf sein Bett und starrte in die flackernden Flammen. Er überlegte, ob er Susanne anrufen sollte, es war jedoch zu spät und sie vermutlich längst schlafen gegangen.

Die Sehnsucht nach Nähe und Zärtlichkeit nagte schmerzhaft an ihm, der Schlaf wollte nicht kommen.

Am Wochenende würde er nach Hause fahren. Und für Weihnachten würde er sich eine ganz besondere Überraschung ausdenken. Es musste einen Weg geben, wieder an Susanne heranzukommen.

Oliver Brackhausen steckte den Kopf zur Tür herein.

»Fischer? Mertens hat etwas gemeldet. Ich werde nicht ganz schlau daraus, aber der Chef meint, wir sollen hinfahren.«

Fischer seufzte und stand auf.

Sabine Thelen folgte der jungen Frau in den Hof. Im Gegensatz zu der düsteren Wohnung kam ihr das Herbstlicht grell vor. Fröstelnd zog sie die Jacke enger.

Das trockene Laub wirbelte und tanzte über die Pflastersteine, es roch nach Holzfeuer und seltsamerweise auch nach Äpfeln.

Jutta führte Sabine um das Haus herum. Der Garten war verwildert und ungepflegt. Eine wilde Kletterrose hatte einen alten Baum umschlungen und eine letzte Blüte leuchtete in trotzigem Rot.

Am anderen Ende der Wiese stand eine alte Scheune aus den gleichen dunkelroten Backsteinziegeln wie das Haus. Das Dach neigte sich bedrohlich.

»Hier ist es.« Juttas Stimme klang unbekümmert und fröhlich.

Auf Sabines Kopf bildete sich eine Gänsehaut, sie schauderte.

Die junge Frau zog heftig an der großen Schiebetür und mit einem ächzenden Geräusch öffnete sich diese, gab den Blick auf das Innere preis.

Was auch immer Sabine erwartet hatte, dies war es nicht. Der Raum war hoch, bis unter den Dachstuhl offen. Der hintere Teil war komplett verglast und schräge Sonnenstrahlen erhellten den Raum bis in den letzten Winkel. Es roch nach Staub und Heu, obwohl die Scheune aufgeräumt und sauber war.

An den Wänden reihten sich Metallspinde, die vermutlich die Arbeitsmaterialien enthielten. Werkzeuge standen ordentlich auf der einen Seite. In der Mitte des Raumes war ein großer Tisch.

Sabine starrte darauf. Der Schock nahm ihr die Luft. Ihr fiel buchstäblich der Unterkiefer herunter. Es rauschte gefährlich in ihren Ohren und sie merkte, dass ihr Gesichtsfeld sich verengte.

Plötzlich schien sich alles zu überschlagen. Lautes Hundegebell vermischte sich mit den hohen, spitzen Schreien von Jutta. Irgendwo schlug eine Tür im Wind hin und her, laute Männerstimmen ertönten. Sabine hörte die Worte, konnte ihren Sinn aber nicht erfassen.

Wie gebannt starrte sie auf den Kopf, der in der Mitte des Tisches lag, die Haare sauber gekämmt und ausgebreitet wie auf einem Kissen, die Augen geschlossen, der Mund leicht geöffnet.

Ein Teil ihres Bewusstseins erfasste das, was sie vor sich sah. In einem anderen Teil breitete sich gnädige Schwärze aus, nahm überhand. Sie sank in sich zusammen.

Stephan Mertens konnte sie im letzten Moment auffangen.

Hektische Betriebsamkeit breitete sich über den vormals so ruhigen kleinen Hof. Mehrere Einsatzfahrzeuge blockierten die Einfahrt, Flatterbänder sperrten den Weg ab.

Die beiden Hunde lagen im Hof, jemand hatte ihnen Wasser gegeben.

»Immer noch keine Spur von dem alten Mann?«

Fischer schüttelte den Kopf. »Wie geht es Frau Thelen?«

»Der Arzt ist bei den beiden Frauen, ich denke, sie werden sich schnell wieder erholen. Es war aber auch ein zu gruseliger Anblick. Mitten auf dem Tisch im Sonnenlicht, wie angestrahlt.«

»Schauderhaft. Die Spurensicherung wird noch eine ganze Weile zu tun haben.«

»Vermutlich. Sie werden das Haus und den Schuppen

auseinander nehmen. Die Scheune sieht ja wie geleckt aus, falls jedoch dort der Tatort war, werden wir es herausfinden.«

»Wieso waren Sie überhaupt hier?«

»Die Hunde haben uns hierher geführt. Sie hatten eine Witterung aufgenommen.«

»Ach?«

»Ja, der Kollege meinte, dass der Kopf dort oben im Gebüsch versteckt war und ihn jemand oder etwas von dort weggeschleppt hat. Wir sind den Hunden hierher gefolgt.«

Fischer rieb sich nachdenklich die Augen mit Daumen und Zeigefinger.

»Das macht doch keinen Sinn, oder?«

Mertens stopfte die Hände in die Jackentasche. Obwohl die Sonne schien und der Himmel leuchtete wie Gottes Geschenkpapier war es empfindlich kalt. Er zog die Stirn kraus.

»Was macht keinen Sinn?«

»Wenn Schink die Frau hier ermordet hat, weshalb sollte er dann den Kopf in den Wald gebracht und ihn dann anschließend wieder hierher getragen haben?«

»Keine Ahnung. Vielleicht hat er es bereut, wollte den Kopf lieber ordentlich … drapieren. Vielleicht war er aber auch enttäuscht, weil wir ihn nicht gefunden haben, oder er hatte Angst, dass ihn tatsächlich irgendwelche Tiere verschleppen. Wer weiß schon, was in so einem kranken Kopf vor sich geht.«

»Dissoziatives Verhalten?«

Mertens grinste. »Sie kennen aber schwierige Worte, Kollege Fischer.«

Der Arzt trat zu ihnen. »Sind Sie Stephan Mertens?«

»Bin ich. Warum?«

»Frau Thelen fragt nach Ihnen. Ich würde Ihnen raten, sie nach Hause zu bringen.«

»Ist etwas mit ihr?«

»Nur der Schock … aber in Anbetracht ihres Zustandes wäre es besser, sie würde sich schonen. Sie will allerdings nichts davon wissen. Haben Sie Einfluss auf die Frau?«

»Hat irgendein Mann Einfluss auf eine Frau?«

Sie lachten.

Fischer wandte sich ab und ging hinter das Haus zur Scheune. Er hatte bisher nur einen kurzen Blick auf das Szenario werfen können und wollte schauen, ob er den Kopf noch mal zu sehen bekam.

Die Kollegen von der Spurensicherung machten gerade eine Pause. Überall war der feine Staub des Fingerabdruckmittels zu sehen, Partikelchen tanzten im Sonnenlicht.

Mit zusammengekniffenen Augen näherte sich Jürgen Fischer der Scheune. Er versuchte das Gesamtbild in sich aufzunehmen, die Szene auf sich wirken zu lassen. Das Haus und der Garten machten einen heruntergekommenen Eindruck, vernachlässigt. Die Scheune aber nicht.

Hatte der alte Mann seinen Lebensmittelpunkt hierher verlagert?

Das Scheunentor war weit aufgeschoben. Fischer bemerkte die penible Ordentlichkeit und Sauberkeit. An der einen Wand standen die Metallschränke, blankpoliert und nun mit geöffneten Türen. Die Materialien darin waren alle sauber verpackt in Kisten und Kartons, welche sorgfältig beschriftet waren.

In der Ecke hinter den Schränken saß eine lebensgroße Puppe auf einem Stuhl. Sie war bekleidet und sorgfältig frisiert. Ein Tuch lag auf dem Boden vor ihr, er vermutete, dass sie damit abgedeckt worden war. Die Puppe war das Abbild einer älteren Frau.

Fischer hatte den Bericht der Kollegen gehört, wonach Schink Schaufensterpuppen fertigte. Er konnte aber keine weiteren Puppen entdecken.

In der anderen Ecke des Raumes stand ein gusseiserner Ofen und ein Stapel Holz lag daneben. Dahinter waren eine Werkbank und diverse Maschinen.

Der große Tisch nahm die gesamte Mitte des Raumes ein. Die Oberfläche war aus hellem Material, das die Sonnenstrahlen reflektierte.

Fischer blieb in der Tür stehen und konzentrierte sich auf den Kopf, der mitten auf dem Tisch lag. Es waren keinerlei Blutspuren zu sehen.

Verwunderlich fand er, dass sich keine Leichenflecke zeigten. Im Gegenteil, die Gesichtshaut sah rosig aus, fast lebendig.

Irgendetwas an dem Gesicht der jungen Frau kam ihm bekannt vor.

»Sie ist geschminkt. Unheimlich, oder?« Ein Kollege war zu ihm getreten.

»Ja. Sehr unheimlich.«

Auf einmal wurde ihm klar, was ihm so bekannt an dem Gesicht vorkam. Es sah Sabine Thelen erschreckend ähnlich.

Er drehte sich um und lief zurück zum Haus. Doch Stephan Mertens war schon mit ihr weggefahren.

KAPITEL 28

»Geht es?« Stephan Mertens blickte Sabine an, die auf dem Beifahrersitz saß und aus dem Fenster starrte.

»Natürlich«, sagte sie schnaubend mit einem bitteren, kleinen Lachen. »Welch ein Unsinn, mich nach Hause zu fahren, nur weil mir kurz schwarz vor Augen geworden ist. Jetzt geht es mir doch wieder gut.«

»Ja, sicher. Besser ist besser. Das meint der Chef auch.«

»Der Chef! Aber klar doch. Endlich kommen wir ein Stück weiter und schon werde ich vom Tatort verbannt. Verfluchte Scheiße!«

Die Schärfe ihres Tones ließ ihn zusammenzucken. »Sabine, reg dich nicht auf, das lohnt sich nicht.«

»Doch, ich rege mich auf. Ich werde diskriminiert, weil ich eine Frau bin. Das war schon immer so und es wird auch so bleiben.«

»Das glaubst du nicht im Ernst? Das kannst du nicht wirklich glauben.«

»Nein? Kann ich nicht? Warum nicht?«

»Ermter schätzt dich. Mehr sogar. Er hält unglaublich viel von dir.«

»Sicher. Und deshalb schickt er mich jetzt nach Hause.«

»Auf Empfehlung des Arztes. Du solltest überhaupt nicht arbeiten, das weißt du doch.«

»Es ist meine Entscheidung und ich wäre froh, wenn du sie auch mir überlässt.«

Alle Wärme und Freundschaft schien zwischen ihnen verschwunden zu sein. Stephan Mertens schluckte, er hatte einen bitteren Geschmack im Mund. Schweigend fuhren sie durch die von Bäumen gesäumten Straßen des Bismarckviertels. In der Dürerstraße, fast direkt vor ihrem Haus, fand Mertens eine Parklücke. Fragend sah er sie an.

Guido Ermter stand an dem Esstisch in Schinks Haus und beugte sich über die Unterlagen, die er auf dem schrundigen Holz ausgebreitet hatte.

Die kleinen, engen Räume waren überfüllt. Jeder schien jedem im Weg zu stehen und eine Gereiztheit lag wie Wintersmog in der Luft.

»Fischer?« Er bellte den Namen fast. »Fischer, was machen Sie im Moment?«

»Ich warte auf Ihre Anweisungen.« Jürgen Fischer konnte sich ein Grinsen nicht verkneifen.

Polizeichef Guido Ermter hob den Kopf und sah ihn an. Er schien zu überlegen, was er von der Antwort halten sollte, schüttelte dann den Kopf und zeigte auf eine Liste.

»Die Spurensicherung wird noch eine ganze Weile brauchen. Die Düsseldorfer Kollegen sind mit ihren Hunden und einer Suchmannschaft unterwegs um Schink zu finden. Wenn wir ihn haben ist der Fall hoffentlich gelöst. Zu blöd, dass wir in Krefeld keine eigene Hundestaffel haben. Ich hasse es, immer wieder aus Düsseldorf Unterstützung anfordern zu müssen.«

»Sie glauben aber nicht wirklich, dass der Fall so bald gelöst sein wird, oder?«

»Warum nicht?« Die Schärfe in Ermters Stimme war nicht zu überhören.

»Weil zu viele Fragen offen bleiben. Es macht doch keinen Sinn. Er hat die Frau umgebracht, die Leiche zur Mühle geschleppt, die Polizei gerufen. Dann hat er den

Kopf versteckt, nur um ihn später wieder hervorzuholen und derart zu präparieren? Wieso sollte er das tun?«

Guido Ermter versuchte die tiefen Kerben auf seiner Stirn glatt zu reiben.

»Die Fragen wird er uns wohl beantworten müssen.«

»Wir gehen davon aus, dass die junge Frau einige Zeit gefangen gehalten wurde. Hier?« Fischer zeigte um sich. »Gibt es hier irgendwelche Spuren davon? Hätte die Enkelin das nicht mitbekommen? Sie ist doch alle paar Tage hier.«

»Die Spurensicherung ist noch lange nicht fertig. Sie werden die Scheune und das Haus Stück für Stück auseinandernehmen.«

»Und warum hat er das gemacht? Wo sind die Puppen, von denen die Enkelin sprach?«

»Fischer«, Ermter sah ihn an, als hätte Jürgen Fischer gerade versucht zu erklären, dass der Hund seine Hausaufgaben aufgefressen hatte. »Die Puppen sind die, die gefunden worden sind. Die dann in Elfrath in der Müllverbrennung gelandet sind. Sicher werden wir herausfinden, dass der Puppenkopf und das Abbild seiner Frau aus demselben Material gefertigt worden sind. Das ist dann der erste Beweis.«

Jürgen Fischer schüttelte den Kopf. All das erschien ihm nicht wirklich fundiert. Doch er sagte nichts weiter dazu.

»Okay, Chef. Was soll ich tun?«

Ermter nahm ein Blatt Papier vom Tisch und reichte es Fischer.

»Hier stehen Sie nur im Weg rum. Wir haben ja noch ein paar andere Aufgaben. Dummerweise fällt Frau Thelen aus. Sie wollte nach Düsseldorf und Daniel Steinbach befragen. Sie übernehmen das. Sind Sie mit den Fakten vertraut?«

Einen kurzen Moment überlegte Fischer, ob er beleidigt sein sollte.

»Ja. Ich war mit Frau Thelen gemeinsam bei Steinbach. Ich habe auch schon Bekanntschaft mit der reizenden Frau Anwältin gemacht.«

Die Blicke der beiden Männer trafen sich und ein gegenseitiges Verständnis blitzte auf.

»Dann wissen Sie ja Bescheid.«

»Willst du … kommst du noch mit hoch?« Sabines Stimme klang nicht mehr wütend. Ein Anflug von Panik klang durch. Sie schien zu schwitzen, ihre Stirn glänzte feucht.

Stephan Mertens stieg hinter ihr die Treppe hoch. Er war früher oft hier gewesen, erinnerte sich an die Feiern, die langen Abende mit Gesprächen unter Freunden. Das alles hatte mit Martins Tod geendet.

Vor der Wohnungstür blieb sie stehen, zog den Schlüssel aus der Tasche und starrte ihn an. Ihre Hand zitterte.

»Soll ich?« Er nahm ihr den Schlüsselbund aus der Hand, schloss die Tür auf. Sabine stand mit hängenden Schultern neben ihm. Ihre Passivität rief eine seltsame Mischung an Gefühlen in ihm hervor. Mitleid, Dankbarkeit, Freude, dass sie ihn endlich brauchte.

Als er die Tür aufgeschlossen hatte, drängte sich Sabine an ihm vorbei in die Wohnung. Sie zog die Jacke aus, warf sie auf einen Stuhl, ging in die Küche, öffnete und schloss Schranktüren. Stephan folgte ihr langsam. Ihr wilder Tätigkeitsdrang erzeugte eine Spannung, dass es knisterte.

Plötzlich hielt sie inne, starrte aus dem Fenster. Er begriff wie furchtbar einsam sie war und es tat ihm weh. Stephan fühlte sich hilflos wie ein Kind und wusste keinen anderen Rat, als hinter sie zu treten und die Hände auf ihren Rücken zu legen.

»Sabine …«

Sie sog die Luft mit einem hastigen Atemzug ein.

»Sabine, ist alles okay?«

»Klar!«, sagte sie zu schnell und drehte sich zu ihm um.

»Sabine …«

Sie schüttelte den Kopf, ein Lichtstrahl traf ihren Ohrring und ließ ihn aufleuchten. Stephan merkte, dass er Gefahr lief sein Gleichgewicht zu verlieren.

Hinter ihnen begann der Wasserkocher zu summen. Ihre Blicke trafen sich, aber Sabines Augen waren glasig und Stephan wusste, dass sie woanders war.

»Was wolltest du kochen? Kaffee oder Tee?«

Sie zuckte mit den Schultern, senkte den Kopf.

Stephan sah sich um, fand die Kanne und die Teebeutel, goss den Tee auf. Dann öffnete er den Kühlschrank.

»Grundgütiger, Sabine. Isst du gar nichts mehr?«

»Doch, sicher. Warum?« Ihre Stimme klang dünn und zu hoch.

»Weil hier nichts im Kühlschrank ist. Wo bewahrst du deine Lebensmittel auf?«

»Unterm Bett.«

»Das war ein Scherz, oder?«

»Hahaha!«

Es gab eine lange Pause und Stephan wusste einfach nicht, wie er reagieren sollte.

Jürgen Fischer betrat das elegante Bekleidungshaus in Düsseldorf. Er fragte nach Daniel Steinbach. Doch erst nachdem er seine Marke gezückt hatte, war ein Angestellter willig ihm den Weg zu zeigen.

Die selbst im Herbst sonnengebräunten und edel gekleideten Menschen um ihn herum sahen ihn irritiert an. Fischer wusste, dass er sich in seinem schlecht sitzenden Anzug in einer eher undefinierbaren Farbe so neutral ausmachte wie die Schweiz. Der Gedanke erheiterte ihn. Früher hätte ihn so eine Situation wahrscheinlich verunsichert, aber darüber war er längst hinaus.

Daniel Steinbach hob den Kopf und starrte Fischer ärgerlich an.

»Jürgen Fischer, Kriminalpolizei.«

»Das weiß ich doch. Was wollen Sie schon wieder von mir?«

»Ich wollte noch mal über Ihre Frau sprechen.«

Steinbach kniff die Augen zusammen. »Haben Sie etwas herausgefunden?«

»Darf ich mich setzen?« Jürgen Fischer lächelte. Steinbach sah besser aus als beim letzten Mal, doch seine Haut demonstrierte, was permanente UV Bestrahlung anrichten konnte. Sie war rissig und zerfurcht, so rau, dass sie fast an Holz erinnerte. Vor ein paar Jahren hatte Daniel Steinbach wahrscheinlich beeindruckend ausgesehen, etwa so wie Barbies bronzeglatter Ken, dachte Fischer. Doch er hatte wohl ein wenig übertrieben. Vielleicht lag es aber auch an der Anspannung.

Steinbach wies auf den Stuhl vor seinem Schreibtisch. »Bitte.«

Es klang nicht höflich.

»Wir sind immer noch auf der Suche nach Ihrer Frau. Sie hat in der letzten Woche, das haben wir herausgefunden, einen größeren Betrag von ihrem Geschäftskonto abgehoben.«

Jürgen Fischer schob sich den Stuhl zurecht, setzte sich.

»Ich verstehe. Was hat das Ihrer Meinung nach zu bedeuten?«

Hauptkommissar Jürgen Fischer ließ die Frage auf sich wirken. Eigentlich hatte er sie stellen wollen, doch Daniel Steinbach war ihm zuvor gekommen.

»Ich habe nicht genug Informationen, um irgendetwas zu meinen. Deswegen bin ich hier. Was glauben Sie denn?«

»Ich weiß nicht was Karin mit dem Geld wollte. Ich habe mich in ihre geschäftlichen Transaktionen nie eingemischt.«

Als er den Namen seiner Frau aussprach wurde seine Stimme tonlos.

»Sie wissen also nicht, ob sie ein größeres Geschäft vorhatte?«

»Nein, natürlich nicht.«

»Natürlich?« Jürgen Fischer rieb sich nachdenklich den Nacken. »Haben Sie nie mit ihr darüber geredet?«

»Das sagte ich doch schon, oder etwa nicht? Ich habe mich in ihr Geschäft nicht eingemischt.«

»Ich habe nachgeforscht. Sie hat als selbstständige Innenarchitektin gearbeitet.«

»Das ist richtig.«

»Sehr oft gemeinsam mit einer Firma, die dekoriert. Es gibt einen bestimmten Ausdruck dafür …«

»Schauwerbegestalter.«

»Genau.« Jürgen Fischer beobachtete Daniel Steinbach, doch dieser zeigte keine Regung.

»Die Firma Ihrer Frau zusammen mit den … ähm … Schauwerbegestaltern hat des Öfteren auch für Ihr Haus gearbeitet, nicht wahr?«

»Ja.«

»Und Sie haben nicht mit ihr über berufliche Dinge gesprochen?«

Daniel Steinbach schwieg. Dann hob er den Hörer seines Telefons. »Möchten Sie einen Kaffee?«

»Sabine, ich versteh dich nicht. Du arbeitest, obwohl du das nicht müsstest. Du isst nicht richtig, ich nehme an, du schläfst auch nicht viel. Ich weiß, dass du noch trauerst und das alles … schwierig ist, aber …«, Stephan stockte.

»Du hörst dich an wie meine Mutter.« Ihr Lachen war heiser, fast brüchig.

»Ich wollte … wollte dir nicht zu nahe treten.« Stephan fühlte sich wie betäubt und fehl am Platz. Er hatte so viele Fragen, wusste aber nicht, wie er sie stellen sollte.

Sabine hob den Kopf, blickte sich um. Sie sah überall hin, nur nicht zu ihm.

»Es ist mein Leben, oder? Ich bin niemandem Rechenschaft schuldig.«

»Es ist nicht nur dein Leben und das weißt du genau.«

Sie streckte den Bauch vor und legte die Hände darauf.

»Du meinst das Baby, ja?«

»Ja. Dein Baby. Deins und Martins. Das kann dir doch nicht gleichgültig sein. Es macht fast schon den Eindruck, als wolltest du es mit aller Macht loswerden.«

»Ist das so?« Es lag ein deutlicher Frostrand auf ihren Worten. »Was weißt du schon.«

»Vermutlich nicht genug. Erklär es mir.«

Die ganze Zeit standen sie sich gegenüber wie zwei Raubtiere bereit zum Angriff. Nun sackten Sabines Schultern herunter, die Anspannung wich von ihr. Sie ging an Stephan vorbei, stellte die Teekanne und zwei Becher auf den Tisch, setzte sich und zog eine Schachtel Zigaretten hervor.

»Du kannst doch nicht rauchen, Sabine!«

»So? Kann ich nicht? Warum nicht?« Ohne eine Miene zu verziehen, zündete sie eine Zigarette an und blies den Rauch demonstrativ in den Raum.

»Weißt du«, sagte sie dann und befeuchtete ihre Lippen. »Weißt du, dieses Baby war ein Unfall, nicht geplant und nicht gewollt. Vor allem nicht von Martin.«

»Das habe ich nicht gewusst.« Stephan setzte sich ihr gegenüber.

»Nein, natürlich nicht. Woher auch.« Wieder zog sie an der Zigarette. »Wir haben über eine Abtreibung gesprochen. Das Kind passte so gar nicht in unsere weitere Planung.«

»Ich dachte, ihr wolltet Kinder.«

»Wollten wir auch. Nur jetzt noch nicht. Es erschien uns zu früh. Nicht der richtige Zeitpunkt.« Sie stockte. Tränen sammelten sich in ihren Augen. »Nicht der richtige Zeitpunkt …« Ihre Stimme zerfiel zu einem Flüstern.

»Und dann hat Martin an diesem Einsatz teilgenommen und ist … ist … ist …« Sie brachte es nicht über sich es auszusprechen.

»Es war ein Unfall, Sabine. Ein schrecklicher Unfall.«

»Ja. Ein Unfall. Genau wie das Baby. Und nun stehe ich da, muss es bekommen, denn es ist das Letzte, was von Martin noch da ist. Ich *muss* es bekommen, ob ich will oder nicht.« Sie schlug die Hand vor den Mund, ein schreckliches, ersticktes Schluchzen erklang.

»Und ich will nicht.« Es war nur ein Flüstern, Stephan hätte es fast nicht verstanden.

KAPITEL 29

Jutta Schink stieg in ihren Wagen. Noch immer waren etliche Polizisten auf dem Grundstück ihres Großvaters. Sie hatte versucht ihre Eltern zu erreichen, aber diese waren zur Zeit in Spanien.

Ihr Nacken schmerzte und ein dumpfes Gefühl breitete sich in ihrem Kopf aus. Ermter versicherte ihr, dass sie nach Hause fahren könne.

»Sind Sie dort alleine, oder haben Sie jemanden, der sich um Sie kümmert?«

»Mein Freund. Er ist zu Hause.«

»Wir benachrichtigen Sie, sobald wir Ihren Großvater gefunden haben oder sonst etwas herausfinden.«

Jutta nickte müde. Es hatte ihr keiner gesagt, aber sie nahm an, dass die Polizei ihren Großvater verdächtigte. Vergeblich versuchte sie diesen Verdacht zu entkräften.

Opa mochte alt und senil sein, gewalttätig war er nicht. In ihr war eine ganz andere Vermutung hochgestiegen, aber niemand wollte sie hören.

Sie fuhr die einsame Straße entlang und reihte sich dann in den Feierabendverkehr ein. Es tat ihr gut von dem alten Haus und seinen Geheimnissen, die ihr auf einmal bedrohlich erschienen, wegzukommen.

Der Akku ihres Handys hatte im Laufe des Tages seinen Geist aufgegeben und Jutta versäumte es bei der ganzen Aufregung, Thomas anzurufen. Er würde sich ärgern, das wurde ihr nun bewusst.

Als sie ihre Wohnungstür aufschloss, spürte sie sofort,

dass er nicht da war. Keine Musik, nicht das normale Hintergrundgeräusch des laufenden Fernsehers, selbst der Geruch war anders.

Macht nichts, dachte sie, ein wenig Ruhe tut mir auch gut.

In der Küche und im Wohnzimmer suchte sie vergeblich nach einer Nachricht. Thomas war niemand, der Zettel schrieb, wenn er wegging, trotzdem hatte sie darauf gehofft.

Im Kühlschrank stand eine angebrochene Flasche Wein. Sie goss sich ein Glas ein, ging ins Bad, drehte die Wasserhähne auf und schloss die Fensterläden. Draußen war es inzwischen dunkel. November, ein Monat, den sie verabscheute.

»Wann machst du Mittag?« Andrea Roths Stimme drang mit dem üblichen Befehlston an Daniel Steinbachs Ohr. Er hielt den Hörer ein wenig weg. Ihre entschlossene Art hatte ihn früher angezogen, doch langsam dachte er anders darüber.

»Ich weiß noch nicht. Ich hinke ein wenig hinterher und muss Arbeit aufholen.« Der Versuchung ihr von Fischers Besuch zu erzählen widerstand er.

»Ich habe uns für eins einen Tisch bestellt.«

Steinbach warf einen Blick auf die Uhr. Ihm blieben zehn Minuten. Er seufzte ergeben. »Okay.«

Sie trafen sich meist beim Thai in der Düsseldorfer Altstadt, Andrea liebte die scharfen Speisen dort.

Als er das Restaurant betrat, saß sie schon in einer kleinen Nische. Musik spielte im Hintergrund, Songs einer Rockband aus den 80ern, mit Streichern und Harfe neu arrangiert. Er fühlte sich wie in einem billigen Kaufhausfahrstuhl, dritter Stock, Damenoberbekleidung.

Andrea schob ihm schweigend die Karte zu. Er warf nur einen kurzen Blick darauf.

»Hast du schon gewählt?«

»Und auch schon bestellt. Ich habe gleich eine Verhandlung am Oberlandesgericht und nicht viel Zeit.«

»Wir hätten uns nicht treffen müssen.«

»Ich wollte dich sehen.«

Daniel zog die Augenbrauen hoch. »Ich nehme ein Hähnchenbrust-Curry.«

Andrea lachte. »Wo bleibt deine Abenteuerlust?«

»Die ist mir vergangen.«

»Das merke ich. Guter Gott, Daniel. Du wirst dir doch nicht wirklich Sorgen machen, oder?«

Ihr herausfordernder Tonfall ließ das Blut alptraumhaft in seinen Schläfen pochen.

»Doch, tu ich.«

»Um Karin?«

»Natürlich.«

»Daniel, das glaub ich nicht.« Andrea lehnte sich zurück, lächelte böse. »Es ist doch nicht das erste Mal, dass sie dich derartig zappeln lässt. Das ist doch ihre Masche, versteh das doch endlich. Sie wird sich schon melden und erwarten, dass du auf Knien angekrochen kommst. So wie jedes Mal zuvor.«

»Diesmal ist es anders.«

»Wieso?«

»Das ist nur so ein Gefühl.«

»Tatsächlich? Ein Gefühl also. Weißt du was, verschon mich mit Gefühlen. Ich stehe mehr auf Fakten.«

Daniel Steinbach kniff die Augen zusammen und riss sie dann wieder auf. Er fühlte sich müde und um Jahre gealtert.

»Oder, Herzchen, gibt es da Fakten, die du mir verschwiegen hast?«

»Es ist einfach anders diesmal. Zum einen hat sie das schon lange nicht mehr getan, zum anderen …« Er zögerte.

»Zum anderen …?« Andrea sah ihn aufmerksam an.

»Zum anderen ist die Situation einfach anders. Das kann ich dir nicht erklären.«

»Du kannst nicht oder du willst nicht?«

»Was ist das hier, Andrea? Ein Verhör?«

Sie zuckte mit den Schultern. »Nein.«

»Dann ist es ja gut.« Er spürte langsam Wut in sich hochsteigen. »Wir haben gestritten am Wochenende, ja.«

»Das ist nicht wirklich etwas Neues, Daniel. Ihr streitet häufig.«

»Richtig. Trotzdem. Ich bin dann zu einem Arbeitsessen gefahren. Eigentlich wollte sie mitkommen, aber dann hat sie sich doch geweigert. Ich weiß nicht, was sie dann gemacht hat.«

»Was hat sie denn sonst an Samstagabenden gemacht? Sie war bei Irene oder ist joggen gegangen.«

»Karin ist schon eine ganze Weile nicht mehr joggen gewesen.«

»Bist du dir sicher?«

»Ja.«

»Und auch, dass sie es an diesem Abend nicht tat?«

Daniel Steinbach überlegte. Das Gleiche hatte ihn auch Fischer gefragt. Plötzlich war er sich nicht mehr sicher.

»Eigentlich schon. Weil … weil …«

»Weil sie schwanger ist? Aber eine Schwangerschaft ist doch keine Krankheit, sie kann doch trotzdem joggen, oder nicht?«

»Woher weißt du, dass sie schwanger ist?«

Andrea biss sich auf die Unterlippe, lächelte dann. Eine Antwort blieb sie ihm schuldig.

»Jutta?« Thomas' Stimme hallte durch die Altbauwohnung.

»Ich bin im Bad.«

Er öffnete die Tür und ein Schwall kalter Luft strömte in den mit Wasserdampf gefüllten Raum.

»Wo warst du den ganzen Tag?«

»Mach die Tür zu, es wird kalt.«

Thomas setzte sich auf den Klodeckel. Mit verkniffenem Gesicht sah er sie an.

»Du bist sauer, ja?«

»Wo warst du den ganzen Tag?«

»Das ist eine lange Geschichte. Gib mir mal das Handtuch.« Sie stieg aus dem seifigen Wasser.

Er schmiss ihr das Badetuch nachlässig zu. Im letzten Moment konnte sie es auffangen, bevor es ins Wasser gefallen wäre.

»Vielen Dank.« Ihre Stimme klang bitter und sie wusste es.

»Also, was willst du mir erzählen?«

Stumm rubbelte sie sich mit dem harten Handtuch trocken.

Thomas stand auf, kramte nach seinen Zigaretten, zündete sich eine an und ging ins Wohnzimmer.

Nachdem sie sich bequeme und warme Sachen angezogen hatte, folgte sie ihm.

Er saß auf dem Sofa, hatte die Füße hochgelegt und ein Glas in der Hand. Der Aschenbecher auf dem Tisch quoll über und Jutta rümpfte die Nase.

»Ich war bei Opa, das hatte ich dir doch gesagt. Stell dir vor ... die Polizei war da.«

»Die Polizei? Weshalb denn?«

»Das ist eine lange Geschichte. Er hat am Montag eine Frauenleiche an der Mühle gefunden.«

»So, hat er das?«

»Überrascht dich das nicht?«

»Nein, ich habe es im Radio gehört, Welle Niederrhein.«

»Und du hast mir nichts gesagt?«

»Ich dachte, du wüsstest es.« Er drückte seine Zigarette aus, nur um sich direkt wieder eine anzuzünden.

»Auf jeden Fall war heute eine Kommissarin da, um mit Opa zu sprechen, aber er war nicht da.«

»Er war nicht da?« Plötzlich erschien Interesse in Thomas zu erwachen, er setzte sich auf und sah sie aufmerksam an. »Wo war er denn?«

»Keine Ahnung. Er ist den ganzen Tag nicht aufgetaucht. Um ehrlich zu sein, habe ich ihn die ganze Woche schon nicht gesehen.«

»Du warst doch zweimal da, oder?«

Jutta nickte beklommen. »Ich habe jedes Mal gedacht, er sei mit Ben unterwegs. Ich hatte auch keine große Lust mit ihm zu reden, deshalb war ich fast froh. Und jetzt …«

»Jetzt?«

»Jetzt steht er unter Mordverdacht.«

»Dein Opa? Das soll doch wohl ein Witz sein?«

»Nein. Ich habe der Kommissarin Opas Werkstatt zeigen wollen und da … da …« Jutta fing an zu zittern. »In der Werkstatt, da …«

»Herrgott, was war da?«

»Da lag der Kopf der Frau. Auf dem Tisch.«

Thomas sah sie an, als wäre sie eine Außerirdische.

»Der Kopf der Frau lag auf dem Tisch? In der Werkstatt?«

»Ja.«

»Wie kommt er denn da hin?«

»Das weiß ich doch nicht!« Jetzt schrie sie ihn an.

»Reg dich ab, Baby und erzähl mal genauer.«

KAPITEL 30

Sie träumte, dass sie in ihrer Küche saß. Dann schlug sie die Augen auf und die Dunkelheit rückte von allen Seiten wieder näher, senkte sich wie eine schwere Decke auf sie herab, drückte sich gegen ihren Körper und drohte sie zu ersticken.

Die Helligkeit und Wärme ihrer Küche waren nur ein Traum, das wurde ihr urplötzlich klar. Immer noch lag sie gefangen in diesem Eisloch.

Die Angst presste die Luft aus ihren Lungen, sie war gelähmt vor Grauen. Sie hatte den Eindruck, dass es rings um sie herum murmelte und flüsterte. In tausend feinen Stimmen summte die Stille. Dann meinte sie Hunderte leiser Bewegungen, die immer näher an sie heranzukriechen schienen, wahrzunehmen.

Sie riss die Augen weiter auf, doch das half nichts.

Ihr Herz raste, die Angst wurde zu Panik.

Ihre Haut kribbelte. Fast so als läge sie in einem wimmelnden Ameisenhaufen und Tausende von Insekten krabbelten über ihren Körper, in jede Öffnung.

Sie bekam eine Gänsehaut.

Es ist nur die Angst, sagte sie sich, hier ist nichts außer mir.

Ein warmer Strahl Urin lief an ihrem Körper herunter, sammelte sich unter ihr in einer kleinen Pfütze, die schnell kalt wurde. Sie konnte nichts dagegen tun und von dem scharfen Geruch nach Ammoniak wurde ihr übel.

In ihrem Bauch spürte sie ein deutliches Pochen. Zum ersten Mal war sie sich ganz sicher, dass es nicht ihr Darm war, nicht ihr Körper, der da pochte.

Noch leben wir. Noch hat er uns nicht umgebracht, daran hielt sie sich fest.

KAPITEL 31

Stephan stand auf, legte den Arm um sie, drückte Sabine an sich.

»Shh… shh…«

Er spürte das leise Beben ihrer Schultern, sie sackte in sich zusammen, als wäre alle Luft aus ihr hinausgelassen worden und ließ das Gesicht in die Hände sinken.

»Sabine …« Er roch ihre Haut, den feinen Geruch von Parfüm vermischt mit ein wenig Schweiß, nicht unangenehm nur unglaublich vertraut.

»Lass mich!«

»Ist doch gut. Wein ruhig!«

Sie schüttelte ihn von sich ab. »Ich will nicht weinen!«, schrie sie. »Weißt du, wie viel ich schon geweint habe? Das ist doch alles grausam. Das ganze Leben ist grausam!« Sie schluchzte auf wie ein kleines Kind, schlang die Arme um ihn und drückte ihren Kopf gegen sein Brustbein, so sehr, dass es wehtat.

»Oh Gott, Gott, Gott …«

Stephan hielt sie fest, wiegte sie sachte von einer Seite zur anderen und sog ihren Duft ein wie ein Drogenabhängiger seinen Stoff.

Eine ganze Weile hielt er sie fest. Vor den Fenstern wurde der Tag vollends grau, lange Minuten versickerten wie Sirup.

Dann drückte sie ihn sanft von sich weg, verrieb die Tränen in die Wangen, ein zögerliches Lächeln zeigte sich auf ihrem verquollenen Gesicht.

»Es tut mir leid, Stephan. Das sind sicherlich die Hormone.«

Er schüttelte den Kopf, suchte verzweifelt nach einer passenden Antwort, aber vermutlich gab es die nicht.

»Der Tee ist jetzt wohl kalt.« Sie wischte sich noch mal über das Gesicht.

»Ich koch Neuen, Sabine.« Stephan drehte sich um, suchte die Küche mit seinen Blicken ab. »Was ist mit etwas zu essen?« An der Pinnwand hingen diverse Zettel von Bestellservices. »Pizza?«

Er nahm einen Zettel ab, reichte ihn ihr zögernd.

»Ich habe keinen Hunger.«

Du musst etwas essen, wollte er sagen, wusste jedoch sofort, dass es die falsche Antwort gewesen wäre.

»Ich aber.« Er tippte die Nummer ins Telefon, studierte kurz die Speiseliste. »Und du? Was nimmst du?«

»Ich habe keinen Hunger, wirklich nicht.«

»Ja, hallo …«, lächelnd sprach er in das Telefon, gab die Bestellung auf. Für Sabine bestellte er einfach mit, schließlich erinnerte er sich noch an ihre Lieblingspizza.

»Musst du nicht zurück zum Tatort?«

»Ich glaube kaum, dass mich in dem Gewühl jemand ernsthaft vermisst. Außerdem habe ich einen tariflichen Anspruch auf eine Pause.«

»Ich glaube nicht, dass Opa ein Mörder ist, das kann ich einfach nicht glauben.«

»Ach Quatsch, Jutta. Das kann man nie wissen, oder?« Er grinste und das gefiel ihr gar nicht.

»Sag mal, spinnst du? Du kennst Opa doch. Du kennst ihn sogar sehr gut. Früher bist du immer gerne mitgegangen, ihr habt zusammen Sachen gebaut. Was hat er dir nicht alles für deine Autos gemacht. Du weißt, dass Opa der gutmütigste Mensch auf der Welt ist.«

»Dein Opa ist sonderbar geworden nachdem deine Oma gestorben ist. Das ist Fakt.«

Thomas stand auf, streckte sich, knackte mit den Fingerknöcheln. Ein Geräusch, das Jutta hasste. Sie sah ihn ärgerlich an. Er griff nach seiner Jacke, die er nachlässig auf das Sofa geworfen hatte.

»Wo willst du hin?«

»Ich wollte noch mal in die Werkstatt zu Sergej und Alex.«

»Ich bin aber doch noch gar nicht fertig mit dem Erzählen.«

»Alex hat ein supercooles Auto reinbekommen. Das soll

nächste Woche nach Estland gebracht werden. Ich überlege, ob ich nicht mitfahre.«

»Nach Estland? Wie lange werdet ihr denn da unterwegs sein?«

Thomas zuckte mit den Schultern. »Keine Ahnung. Eine Woche?«

»Du willst mich eine Woche alleine lassen? Jetzt?«

»Hör mal, Baby, du tust ja gerade so, als ob du unter Verdacht ständest. Stell dich nicht so an.«

Jutta folgte ihm bis zur Wohnungstür. Sie spürte die Verzweiflung und die Einsamkeit.

»Du liebst mich gar nicht wirklich. Das ist keine Liebe. Immerzu denkst du nur an deine Kumpels und deine Autos. Wahre Liebe ... so was wie es zwischen Oma und Opa war. Das habe ich auch der Thelen gesagt. Oma und Opa haben sich wirklich geliebt.«

Thomas blieb abrupt stehen, Jutta lief in ihn hinein. Er drehte sich um, packte sie an den Schultern, zwang sie ihn anzusehen.

»Thelen? Aber nicht Sabine Thelen, oder?«

»Kommissarin Thelen, ich weiß nicht, wie sie mit Vornamen heißt. Sabine? Könnte sein. Wieso? Kennst du sie?«

Sie versuchte sich aus seinem Griff herauszuwinden. »Lass mich los, Thomas. Du tust mir weh!«

Er ließ sie los. Sein Gesicht wirkte sonderbar angespannt.

»Die war doch vor ein paar Monaten groß in der Presse, weißt du nicht mehr? Der Polizist, der erschossen worden ist, das war ihr Freund.«

Jutta runzelte die Stirn. Sie erinnerte sich schwach. Thomas und seine Kumpel hatten den Fall damals mit sehr viel mehr Aufmerksamkeit verfolgt.

»Die ist also mit dem Fall betraut. Sieh an, sieh an.« Er öffnete die Tür und verschwand im dunklen, nach Feuchtigkeit riechenden Treppenhaus. Jutta schloss die Tür hinter ihm, lehnte sich erschöpft mit dem Rücken dagegen. Es hatte keinen Sinn zu protestieren, wenn Thomas gehen wollte, dann ging er.

Sabine Thelen schob die fettigen Kartons zusammen. Es roch intensiv nach geschmolzenem Käse und Gewürzen. Sie hatte sich von Stephan drei Stücke Pizza aufschwatzen lassen. Obwohl sich Wärme in ihrem Magen ausbreitete, hatte sie das Gefühl zu platzen.

Sie war es einfach nicht mehr gewohnt so viel zu essen. Natürlich hatte Stephan Recht, sie sollte sorgfältiger mit sich umgehen.

Stephan war wieder zu Schinks Haus zurückgefahren, er hatte versprochen, sich später noch mal zu melden.

Ihre Hand streichelte über den Bauch. Die kleine Wölbung ließ sich bald nicht mehr verleugnen. Immer noch fand sie die Vorstellung, dass dort ein kleiner Mensch in ihr wuchs, befremdlich. Für einen Moment blieb sie in der Küche sitzen, starrte aus dem Fenster in die Äste des großen Baumes vor dem Haus. Nur noch wenige Blätter flatterten dort im Wind.

Das Bild von dem Kopf auf dem Tisch tauchte immer wieder vor ihren Augen auf. Sie wusste, das Bild würde sie noch lange Zeit begleiten. Ihre übliche Taktik, keine Gedanken über das Leiden der Opfer zuzulassen, funktionierte auf einmal nicht mehr. Hatte die Frau gewusst, was ihr bevorstand? Hatte sie gelitten? Schmerzen gehabt? Angst und Panik ganz bestimmt. Hunger, ganz sicher hatte sie Hunger verspürt.

Der Geschmack der Pizza wurde unangenehm in ihrem Mund und auf einmal war ihr furchtbar übel. Sie schaffte es gerade noch das Badezimmer zu erreichen und übergab sich mit einem qualvollen Würgen.

Eine halbe Stunde später hatte sie sich umgezogen. Die Laufschuhe standen immer noch verdreckt auf dem Treppenabsatz. Sie schlüpfte hinein. Am Wochenende würde sie sie gründlich saubermachen.

Sabine dehnte und streckte sich ein paar Mal vor dem Haus, dann trabte sie gemächlich los. Es war inzwischen dunkel geworden und hatte wieder angefangen zu regnen. Ein feiner Nieselregen, der alles durchdrang und feucht machte.

Sie lief den üblichen Weg die Wilhelmshofallee hinunter am Großhüttenhof vorbei und bis zur Nordtangente. An der Ampel wartete sie, immer in Bewegung, um nicht kalt zu werden. Neben ihr tauchte ein Mann auf und sie zuckte zusammen, hatte ihn nicht kommen hören. Er lief in Richtung Kleinlosen, nach rechts. Sie bog links ab, lief bis sie wieder an der Nordtangente war, an der Rennbahn vorbei und dann bis zum Parkplatz vor dem Stadtwaldhaus. Keuchend lehnte sie sich an einen Baum. Lange würde sie nicht mehr so laufen können. Doch aufgeben wollte sie auch nicht. Vielleicht sollte sie die Runde verkürzen?

Als sich eine Hand von hinten über ihren Mund schob, war sie nicht wirklich erstaunt.

So ist das also, dachte sie.

KAPITEL 32

Nur ungern ließ Stephan Mertens Sabine alleine zurück.
Doch er hatte keine Wahl, war schon zu lange weg geblieben. Wenigstens hatte er sie dazu bringen können etwas
zu essen.

Er nahm sich vor, sich regelmäßig um sie zu kümmern,
ob sie wollte oder nicht.

Am Tatort herrschte immer noch hektische Betriebsamkeit. Sie hatten Jakob Schink nicht gefunden, es gab
absolut keine Spur von ihm.

»Wo kann sich denn ein alter Mann hier überhaupt verstecken?« Man sah Polizeichef Ermter an, dass sein Blutdruck gefährlich stieg. »Mertens, ziehen Sie los und befragen Sie die Nachbarn. Ich will wissen, wann er zuletzt
wo gesehen worden ist. Und kommen Sie mir nicht mit
schwammigen Aussagen. Ich will alles ganz genau, wenn
möglich sogar die Farbe seiner Socken. Das ist doch wohl
der Gipfel hier!«

Stephan Mertens zog den Kopf ein und marschierte
los.

Von den nächsten Nachbarn erfuhr er nichts, es öffnete
noch nicht einmal jemand. Er notierte sich die Namen
von den Klingelschildern, wahrscheinlich waren alle zur
Arbeit. Plötzlich kam er sich degradiert vor, in seine frühere Streifenzeit zurückversetzt. Links und rechts lagen
die abgeernteten Felder, irgendwo in der Nähe brummte
ein Traktor, der scharfe Geruch von Gülle und abgestandenem Kohl lag in der Luft.

Mit gesenktem Kopf stapfte er weiter, stemmte sich gegen den Wind. Die Gegend hier, kurz hinter der Stadtgrenze mit ihrer immer dichter werdenden Bebauung erschien ihm verlassen und unwirtlich. Wer würde schon gerne hier wohnen, fragte er sich, so weit ab vom Schuss?

Er bog um die Ecke und sah den Traktor. Der Fahrer war abgestiegen und rauchte eine Zigarette.

»Mertens. Kriminalpolizei.«

»In geheimer Mission unterwegs?« Der Mann grinste und sein wettergegerbtes Gesicht verzog sich zu vielen Falten und Furchen.

»Mordkommission.«

»Ach?« Der Mann zog die Augenbrauen hoch und streckte sich. Stephan Mertens konnte den weißen Hautansatz sehen, da wo der Hals aufhörte und die Sonne normalerweise nicht hinkam.

»Wegen der Toten? Ihre Kollegen haben schon mit mir gesprochen. Mir ist nichts aufgefallen.«

Ein kleiner Sportwagen, der wie ein zorniges Insekt aussah, schoss die kurvenreiche Straße hoch. Die Reifen quietschten und Stephan Mertens befürchtete schon, dass sich der Wagen überschlagen würde.

»Gottverdammte Idioten«, brummte der Bauer.

»Kennen Sie den?«

Der Mann schüttelte den Kopf. »Nicht persönlich. Es ist eine Gruppe von Jungens, die dort hinten eine Schrauberwerkstatt betreiben. Sind mir suspekt. Die motzen ihre Wagen auf, tiefer, schneller und dann rasen sie durch die Gegend. Da hinten«, er zeigte auf die Straße hinter dem Feld. »Da hinten ist eine kleine Siedlung. Lauter Familien mit Kindern. Eines Tages werden die eins totfahren.«

Duster sah er Mertens an.

»Kennen Sie Jakob Schink?«

»Den Küüb? Na sicher. Warum?«

»Haben Sie ihn heute schon gesehen?«

Der Mann dachte nach. Er zog noch mal an seiner Zigarette, ließ sie zu Boden fallen, sie erlosch zischend. Dann schüttelte er den Kopf.

»Nein, ich glaube nicht. Nicht heute. Aber so genau kann ich das gar nicht sagen. Ich seh ihn fast jeden Tag eigentlich. Er ist oft mit seinem Hund unterwegs.«

»Kennen Sie ihn näher?«

»Ach, wissen Sie, hier kennt jeder jeden irgendwie. Das ist nicht so wie in der Stadt. Wir sind ja nur eine Handvoll Menschen hier draußen. Außerdem, nun, außerdem war Schinks Frau mit meiner Mutter befreundet und er mit meinem Vater. Warum wollen Sie das wissen?«

Stephan Mertens überlegte, was er an Informationen preisgeben durfte.

»Wir wollten Schink noch einige Fragen stellen. Aber er war nicht da.«

»Der ist mit seinem Hund unterwegs, das sagte ich doch.«

»Den ganzen Tag?«

Nun zog der Mann die Stirn kraus. »Natürlich nicht. Suchen Sie schon den ganzen Tag nach ihm?«

»Wann haben Sie ihn sicher das letzte Mal gesehen?«

Wieder überlegte der Mann, starrte auf seine dreckigen Stiefel, hob dann den Blick zum Himmel, als ob er dort eine Nachricht ablesen könnte. »Kann ich nicht sagen.«

»Würden Sie bitte darüber nachdenken und es uns mitteilen, wenn es Ihnen einfällt?« Mertens zog eine Karte aus der Tasche und reichte sie ihm.

Der Mann sah sich die Visitenkarte mit einem suspekten Blick an, steckte sie dann in seine Jackentasche.

»Muss weitermachen«, murmelte er und stieg auf einmal sehr eilig auf den Traktor, ließ den dröhnenden Motor an.

»Moment!« Mertens war noch etwas eingefallen. Der Bauer beugte sich zu ihm herunter.

»Ihre Eltern sind mit Herrn Schink befreundet? Vielleicht wissen sie ja wo er ist. Wo finde ich denn Ihre Eltern?«

»Meine Eltern? Meine Eltern finden Sie auf dem Friedhof.« Er fuhr los ohne sich noch einmal nach Mertens umzublicken.

Erst als er seine Gülle wieder auf dem Feld verspritzte, fiel Stephan Mertens auf, dass er ihn nicht nach seinem Namen gefragt hatte.

Jetzt benehme ich mich schon wie ein lausiger Anfänger, dachte er ärgerlich.

Es war schon fast dunkel und hatte wieder angefangen zu regnen, als Mertens zu Schinks Haus zurückkehrte.

»Und?« Polizeichef Guido Ermter saß in einem alten Lehnstuhl und sah so müde aus wie Stephan Mertens sich fühlte.

»Leider keine nennenswerten Ergebnisse, Chef.«

»Verdammter Mist. Er kann doch nicht vom Erdboden verschwunden sein. Was ist das hier? Ein schwarzes Loch in Krefeld?«

»Es gibt sicher eine ganz einfache Erklärung.«

»Na gut. Feierabend. Machen wir morgen weiter.«

Mertens fuhr zum Präsidium zurück. Er wollte kurz nachschauen, ob sich sonst etwas getan hatte.

Unter dem Vordach des Präsidiums stand Fischer und starrte in den Nieselregen.

»Endlich Feierabend?«

»Ja, und Hunger. Ich habe gerade überlegt, wo ich etwas zu essen bekomme.«

Stephan Mertens mochte Jürgen Fischer. Er überlegte nicht lange. »Kommen Sie mit. Ich weiß was Nettes.«

Der Nordbahnhof war ein bekanntes Lokal in der Stadt. Stephan Mertens stieß die Glastüren auf und ließ Jürgen Fischer vorausgehen.

Im Raum stand der Zigarettenqualm wie eine dichte Wolke und Stimmengewirr schlug ihnen entgegen.

Sie fanden einen Tisch und Jürgen Fischer studierte die Karte. Kurz darauf öffnete sich die Tür wieder und drei junge Männer betraten den Raum, offensichtlich schon angeheitert. Einer davon war Oliver Brackhausen. Er sah seine beiden Kollegen und setzte sich zu ihnen.

»Und, ist nach meinem Dienstschluss noch irgendetwas passiert?«

Stephan Mertens schüttelte den Kopf. »Nein, der alte Mann ist und bleibt verschwunden.«

»Wäre ja auch zu einfach gewesen.« Oliver Brackhausen lachte. Seine Bewegungen, die etwas zu ausholend waren, zeigten, dass er mehr getrunken hatte als gut für ihn war. Trotzdem bestellte er sich ein Bier. Jürgen Fischer runzelte die Stirn.

»Morgen werden wir die Enkelin noch mal befragen. Suchmannschaft, das ganze Programm. Selbst der Hubschrauber soll zum Einsatz kommen.«

»Warum haben sie den nicht heute schon gerufen?«

»Ermter ist wohl lange davon ausgegangen, dass der Alte mit seinem Hund Gassi gehen war und jeden Moment um die Ecke biegt. Dass er gar nicht mehr auftaucht, damit hat wohl keiner gerechnet. Und als es uns klar wurde, war es zu dunkel.«

»Schon komisch. Es ist irgendwie unwahrscheinlich, dass er wirklich verschwunden ist, oder?«

»Keine Ahnung.« Stephan Mertens hatte den Tag über seinen umgeknickten Knöchel verdrängt, aber nun pochte es schmerzhaft. Er öffnete den Turnschuh, streckte den Fuß. Der Knöchel war blaurot verfärbt.

»Sieht nicht gut aus. Was haben Sie da gemacht?«

»Ich bin in einem Kaninchenloch hängen geblieben und umgeknickt.«

Jürgen Fischer rieb sich über das Kinn. »Vielleicht gibt es genauso eine simple Erklärung für das Verschwinden des Mannes. Er ist mit dem Hund unterwegs. Da draußen gibt es unwegsames Gelände und Unterholz. Vielleicht ist er einfach nur gestürzt und liegt irgendwo hilflos während wir ihn auf der Flucht wähnen.«

»Das ist möglich, aber hätte der Hund dann nicht Hilfe geholt?«

Fischer schenkte Brackhausen einen mitleidigen Blick. »Sie haben wohl nicht viel Ahnung von Hunden, ja? Oder zu viel Lassie geguckt.«

Stephan verkniff es sich laut loszulachen.

»Wie war denn das Eishockeyspiel gestern?«

»Die Ingolstädter Panther sind eine zu starke Mannschaft …«

Eine Weile lauschten sie Oliver Brackhausens Erzählungen. Seine Freunde waren schon weitergezogen und hatten Brackhausen zu Fischers Bedauern nicht mitgenommen.

Fischer klinkte sich aus dem Gespräch aus und widmete sich seinem Essen. Er schaute sich in der zum Lokal umgebauten Bahnhofshalle um. Oben über den Fenstern verlief rundum ein Bord, auf dem eine Modelleisenbahn fuhr.

Die Atmosphäre war gemütlich, die Stimmung gut, untermalt von den witzigen Sprüchen der Kellner. Jürgen Fischer schmeckte das Essen und er fühlte sich wohl.

Er dachte zurück an seine Heimatstadt und an den Fall, der ihn letztes Jahr eine Menge Nerven gekostet hatte und ihm etliche graue Haare bescherte. Dort spielte auch ein altes Restaurant eine Rolle, das einen ähnlichen Charakter aufwies.

Seine Versetzung nach Krefeld war eine Flucht vor unliebsamen Erinnerungen.

Man kann nicht immer fliehen.

Die Ereignisse in Krefeld überschlugen sich und so fiel es Jürgen Fischer nicht schwer sich schnell einzuleben. Die Arbeit unterschied sich nicht und die meisten Kollegen machten einen sympathischen Eindruck. Mit Stephan Mertens kam er besonders gut klar, obwohl dieser mindestens zehn Jahre jünger war als er.

»Was ist eigentlich mit Frau Thelen«, fiel Jürgen Fischer ein. »Geht es ihr besser?«

Mertens strich sich durch die Haare. Da er schon eine Weile keinen Frisör mehr gesehen hatte, standen sie nun wild zu allen Seiten ab. Fischer grinste.

»Ja, ich denke, Sabine geht es besser. Sie passt zu wenig auf sich auf.« Stephan Mertens machte einen nachdenklichen Eindruck. Fischer konnte die Zuneigung spüren, die Mertens der jungen Frau entgegen brachte.

»Sie erwartet ein Kind, nicht wahr?«

»Hmmm.«

»Das muss schwer für sie sein, so alleine, ohne Partner.«

Mertens schaute Fischer an und warf dann einen warnenden Blick in Brackhausens Richtung. Fischer verstand.

Allerdings schien der Kollege nichts von der Unterhaltung mitbekommen zu haben. Er starrte mit glasigen Augen eine junge Frau am Nachbartisch an. Schließlich erhob er sich und setzte sich neben sie.

»Ich habe meine Handynummer vergessen. Gibst du mir deine?«, nuschelte er.

Die Frau sah ihn angewidert an. »Geh woanders graben!«

»Och komm, Mäuschen …«

Stephan Mertens lachte leise. »Was meinen Sie, Fischer, müssen wir helfend eingreifen?«

Jürgen Fischer blickte zum Nachbartisch. »Warten Sie noch einen Moment. Ich denke, die junge Dame weiß sich zu helfen und wenn nicht … wir sind ja nicht weit weg.«

»Soll ich dir noch ein Bier bestellen?« hörten sie Oliver Brackhausen sagen.

Die Frau reagierte nicht. Brackhausen legte den Arm um sie. »Hast du mich nicht verstanden? Ich will dich zu einem Bier einladen.«

Sie schüttelte seinen Arm ab, rückte von ihm fort. »Ich habe dich verstanden. Ich will kein Bier und ganz sicher keines, das du bezahlst. Und jetzt geh auf Abstand, Herr Mundgeruch, oder ich trete dir so in die Eier, dass du's am Gaumenzäpfchen spürst.«

Oliver Brackhausen machte ein übertrieben erschrockenes Gesicht, stand aber dann schwankend auf und ging in Richtung Toiletten.

Die junge Frau drehte sich zu Mertens und Fischer um. »Sind Sie freiwillig mit dem Typen unterwegs oder ist das eine ganz fürchterliche Strafe für irgendetwas?«

Mertens lachte. »Ist er Ihnen so unsympathisch? Ehrlich, der ist gar nicht so schlimm wenn er nüchtern ist und man ihn näher kennen lernt.«

»Wird mir nicht passieren.« Sie stand auf, bezahlte und ging.

Mertens sah ihr hinterher. »Schade«, murmelte er.

»Haben Sie keine Freundin?« Jürgen Fischer trank noch einen Schluck Bier, leckte sich den Schaum von den Lippen.

»Nein. Im Moment nicht.« Er zögerte einen Augenblick, dann sah er Fischer an. »Ich hatte da etwas vor einiger Zeit. Das heißt, ich hatte nichts. Ich war verliebt in eine Frau und habe sie … nun … umworben. Schließlich hat sie sich von mir zum Essen einladen lassen. So richtig edel.«

Fischer nickte.

»Ich komm also zu ihr … Gott, ist das peinlich, selbst wenn ich jetzt daran denke. Ich komm sie abholen und sie bittet mich noch rein. Ich war so nervös und dachte, gut, dann kannst du ja noch eine rauchen, lang in die Manteltasche und schmeiß die Packung mit den Zigaretten auf den Tisch. Nur das es keine Zigaretten waren.«

Er stockte und eine leichte Röte stieg ihm ins Gesicht.

»Was war es dann?«

»Es war eine Packung Kondome.«

Jürgen Fischer prustete los, es gab nichts was er dagegen tun konnte.

»Es war nicht witzig, wirklich nicht. Am liebsten hätte ich mich direkt erschossen.«

»Und?«

»Nichts und. Sie hat auf die Packung gestarrt und dann hat sie mich gefragt, wofür ich sie halten würde. Das war ungefähr das Letzte, was ich von ihr gehört habe. Danach habe ich das Rauchen aufgegeben.«

Fischer wischte sich die Lachtränen aus den Augen. »Dann hatte es wenigstens etwas Gutes.«

»Ja.« Stephan Mertens grinste jetzt auch, sah auf die Uhr. »Verdammt. So spät schon. Die Frühbesprechung sollten wir morgen auf keinen Fall verpassen.« Er erhob sich.

»Da haben Sie Recht.« Fischer blickte sich um. »Was ist mit dem Kollegen?«

»Brackhausen?« Mertens blickte zur Toilettentür. »Der ist erwachsen, oder? Wir überlassen ihn seinem Schicksal.«

»Wenn Sie damit kein Problem haben, hab ich es auch nicht.«

»Ich kenn ihn, er ist einer der taffen Sorte, der packt das schon.«

KAPITEL 33

»Guter Gott!« Daniel Steinbach rollte sich zur Seite, holte keuchend Luft.

Andrea lachte leise. »Nun stell dich nicht so an. Das war doch noch gar nichts.«

»Nichts? Ich bitte dich. Ich bin ein alter Mann.«

Wieder lachte sie.

Daniel sah sie fasziniert an. Wie jeder Mann sehnte er

sich hin und wieder nach frischen erotischen Erlebnissen. Andrea hatte ihn noch nie enttäuscht.

»Daniel?« Ihre Stimme war leise, aber die Schärfe darin nicht zu überhören. »Gibt es irgendetwas, was dir Sorgen macht?«

Die Frage brachte ihn aus dem Konzept. »Sorgen?«

»Na ja, du weißt schon. Dinge, die dich belasten.«

»Dinge, die mich belasten? Nein, mich belastet nichts.«

»Ist das deine Version von: kein Kommentar?«

»Gibt es einen bestimmten Grund, weshalb du mich das fragst?«

Daniel drehte sich zu ihr, stützte sich auf den Ellenbogen.

»Ich bin Anwältin.«

Er dachte über ihre Antwort nach, über ihre ganze Art sich zu geben. Mittags war sie wortlos aufgestanden und hatte ohne zu essen das Lokal verlassen. Eigentlich rechnete er nicht damit sie vorläufig wiederzusehen, umso überraschter war er, als sie abends plötzlich vor seiner Tür stand.

Sie hatte die Haare zurückgestrichen und ihm die Brüste entgegengestreckt. Dann fing sie ohne große Worte an sein Hemd aufzuknöpfen und er spürte ihre kühle Haut auf seiner eigenen. Nun lagen sie schweißbedeckt nebeneinander im Bett als sei es das Natürlichste auf der Welt.

»Woher hast du gewusst, dass Karin schwanger ist?«

»Woher hast du es gewusst?« Andrea lächelte.

»Mir hat sie es gesagt.«

»Und? Hast du dich gefreut?«

»Ich weiß nicht. Ja, schon.«

»Das klingt nicht wirklich danach.«

»Andrea, wir hatten eine Weile darüber nachgedacht eine Familie zu gründen. Es gab gute Gründe dafür und auch ein paar dagegen.«

»Hmm.« Sie drehte sich auf den Bauch. Die seidig glatte Haut ihres Rückens schimmerte im Licht der Nachttischlampe.

»Aber dann ist etwas passiert, oder?«

»Eigentlich ist schon vorher etwas passiert. Ich habe nicht mehr damit gerechnet, dass Karin es wirklich tun würde. Wir haben im Sommer noch nicht einmal explizit darüber gesprochen, dass sie nicht mehr verhütet. Ich war schon mehr als überrascht, als sie mir mitteilte, dass sie ein Baby bekommt.«

»Zumal es mich schon in deinem Leben gab.« Sie murmelte die Worte so leise, dass er sie kaum verstehen konnte.

»Richtig.«

»Hast du darüber nachgedacht, das Verhältnis zu mir zu beenden?«

»Ja.«

»Das habe ich mir gedacht.« Sie drehte sich wieder auf den Rücken. »Warum hast du es nicht getan? Und jetzt sag nicht, weil du mich liebst, das tust du nämlich nicht.«

»Ich find es schon erstaunlich wie gut du meine Beweggründe und Gefühle zu kennen glaubst.«

Sie legte die Hand auf seinen Bauch, fest und warm. Daniel schloss die Augen.

»Du wirst doch nicht sauer werden, oder? Dafür gibt es keinen Grund. Das Leben ist keine Zwangsjacke, aber für Menschen, die sich ihre Vorgaben stricken, kann es ein verdammt enger Pullover werden. Bisher hatte ich nicht das Gefühl, dass es bei dir so ist. Sollte ich mich getäuscht haben, Daniel?«

»Andrea, dies ist ein Bett und keine Couch.«

Jürgen Fischer ging langsam durch die dunklen Straßen zu seiner Wohnung. Es war ein Appartement zum Wohnen, kein Zuhause, das wurde ihm wieder deutlich bewusst, als er die Tür aufschloss.

Er nahm das Handy aus der Hosentasche, legte es auf den Tisch, schmiss seine Jacke über den Stuhl. Nur durch Zufall warf er einen Blick auf das Display des Mobiltelefons. Seine Frau hatte angerufen.

Er setzte sich in den kleinen Sessel, starrte das Telefon einen Moment misstrauisch an. Warum sollte sie sich auf einmal melden? Ein ungutes Gefühl machte sich in ihm breit. Irgendetwas war passiert.

Dann wählte er die Nummer, hörte auf das atmosphärische Rauschen, das Tuten.

»Sebastian Fischer.«

»Basti.« Ein warmes Gefühl stieg in Fischer hoch. »Hier ist Papa. Alles in Ordnung?«

Auf der anderen Seite der Leitung herrschte für einen Moment Schweigen.

»Basti? Ist etwas passiert? Mama hat angerufen, habe ich gesehen.«

»Hallo, Papa.«

»Ist etwas passiert?« Fischer wiederholte die Frage und spürte Unruhe in sich.

»Nein. Wie kommst du darauf?«

Auf einmal schien ihm die Distanz zu seinem Sohn, zu seiner Familie, unüberbrückbar. Sein Wegzug, der Wechsel der Stelle, war ein Fehler, den er bitter bereuen würde. Er schluckte. War die Abwehr in der Stimme seines Sohnes real oder bildete er sie sich nur ein?

»Geht es dir gut?« Fischer bemühte sich locker zu klingen.

»Gut? Ja sicher. Die Schule nervt.«

»Das ist ja nichts Neues.« Er wartete auf eine Antwort, ein Lachen, irgendetwas, das ihm zeigte, dass sein Sohn nicht böse war. Das Schweigen drohte zu lange zu dauern.

»Was macht der Sport?« Sein Sohn frönte seit Jahren einer fernöstlichen Kampfsportart, dessen Namen sich Jürgen Fischer ums Verrecken nicht merken konnte. Er hatte ihn ein oder zwei Mal zu Wettbewerben begleitet, nicht oft genug um Wissen darüber zu erlangen. Es war ihm auch nie wichtig gewesen. Nun bereute er es auf einmal.

»Gut. Das läuft alles gut.«

Pause.

»Und Mama?«

»Mama ist nicht da.«

»Wo ist sie denn?«

Längere Pause.

»Basti?«

»Ja?«

»Wo ist Mama?«

»Mama ist unterwegs.«

»Ach so.« Fischer wusste nicht, was er sagen sollte.

»Wo ist sie denn?« fragte er dennoch.

»Das weiß ich nicht. Irgendwo bei einer Freundin. Sie ist doch immer weg in der letzten Zeit.« Auf einmal klang die Stimme seines Sohnes trotzig.

»Ach?« Fischer wollte nachfragen, traute sich nicht.

Wieder schwiegen sie sich an.

»Aber«, versuchte Fischer das Gespräch wieder in Gang zu bekommen. »Aber in der Schule läuft es?«

»Was meinst du damit?«

»Was meine ich wohl damit?« Nun prallte Wut auf Wut.

»Basti, ist irgendetwas? Hast du Probleme in der Schule? Gibt es etwas, was du mir sagen möchtest?«

»Seit wann interessieren dich denn meine Probleme? Seit ich denken kann gilt immer nur dein Job. Irgendein Krimineller, den du jagen musst. Etwas mit den Kollegen. Und nun bist du sogar noch weggezogen. Nicht dass es mir etwas ausmacht. Nein, das tut es nämlich nicht. Ob du nun hier bist oder nicht ist doch egal. Und Mama scheint es besser zu gehen seit du weg bist. Sie trifft sich dauernd mit Freundinnen. Sie hat sogar angefangen zu joggen.«

Fischer schluckte hart, wusste nicht, was er sagen sollte.

»Also«, fuhr sein Sohn fort. »Frag mich einfach nicht. Mir geht es gut. Ich werde die Schule schon packen, keine Sorge.«

»Das ist schön.« Fischers Stimme klang bitter, obwohl er das nicht wollte. »Dann grüß Mama von mir.«

»Das werde ich.«

»Ich komm am Wochenende nach Hause.«

»Wirklich?« Etwas Höhnisches lag im Tonfall seines Sohnes.

»Ja!« Er gab das Versprechen obwohl er sich bewusst war, dass er es gar nicht geben konnte. Was wusste er denn, wie sich die Lage entwickeln würde?

Sein Sohn legte ohne jedes weitere Wort des Abschieds auf und Jürgen Fischer starrte einen Moment wütend auf das Telefon. Hatte er es sich mit allen verscherzt? War er zu weit gegangen? Zu weit weg von seiner Familie? Es gab eine Zeit, daran konnte er sich noch deutlich erinnern, da hätte er geschworen, dass seine Frau und die Jungen das Wichtigste in seinem Leben waren. Machte er sich etwas vor oder hatten sich nur die Prioritäten geändert? War seine Familie irgendwann zu selbstverständlich geworden? Etwas, was nur im Hintergrund lief, unwichtiger als der Job?

Er vermochte sich keine Antwort auf diese Fragen zu geben.

Nachdenklich stand er auf. Ihm hatte der Abend mit Stephan Mertens gefallen, er hatte sich inmitten des Geschehens gefühlt, angenommen. Eine Flasche Bier lag noch im Kühlschrank. Er nahm sie sich. Mit dem Feuerzeug öffnete er die Flasche, trank schnell das aufschäumende Bier ab.

Die Kollegen, hier und auch in der alten Dienststelle schätzten ihn. Etwas, was er nach dem Gespräch mit seinem Sohn von seiner Familie nicht sagen konnte.

War es seine Schuld?

Fischer strich sich über das kurze Haar. Hatte er sich zu wenig Mühe gegeben?

Er hatte konsequent seine Karriere verfolgt wie so viele andere Männer auch.

Jürgen Fischer holte tief Luft.

Die Kampfsportart seines Sohnes hatte ihn nie interessiert und auch viele andere familiäre Dinge nicht. Die überließ er gerne Susanne. Seine Frau übernahm die Aufgaben ohne Murren. Sie machte es ihm einfach.

Halt, halt, Fischer, du tust es schon wieder, dachte er schuldbewusst. So einfach ist das Leben nicht. Du bist schließlich erwachsen und hast die Wahl. Immer noch.

Stimmte das auch? Würde es etwas ändern, wenn er sich nun intensiver um das Hobby seines Sohnes kümmern würde oder war der Zug schon längst abgefahren?

Was war mit Susanne?

Sie ging joggen. Das war ganz neu. Er konnte sich an Phasen erinnern, in denen sie in engen, bunten Anzügen zur Jazz-Gymnastik gegangen war, aber das musste schon

Jahre her sein. Joggen? Er konnte es sich nicht vorstellen. Susanne in Laufschuhen, mit einer atmungsaktiven Jacke, Reflektoren an den Schuhen und laufend. Befremdlicher Gedanke.

Etwas an diesem Gedanken erinnerte ihn an die aktuellen Fälle. Er war sich nicht ganz sicher, was es war, konnte den Finger nicht darauf legen. Noch nicht.

Seine Gedanken rasten, versuchten zu fassen, es gelang nicht. Er wusste, der Gedanke würde an ihm nagen bis er die Lösung hatte. Ein fleißiges Arbeitsbienchen, spottete Susanne oft genug. Sie hatte Recht und es war nicht schön für die Familie, das musste Fischer zugeben.

Er trank die Flasche aus und zermarterte sich sein Hirn mit der Frage, ob er seinen Sohn gebeten hatte, Susanne über seinen Anruf zu informieren. Er konnte sich nicht erinnern.

Seufzend beschloss er schlafen zu gehen. Am Wochenende wurde er versuchen mit seiner Frau über ihre Beziehung und die Familie zu reden, Lösungen suchen.

Jürgen Fischer war am nächsten Morgen schon früh im Präsidium. Er wollte noch schnell einen Bericht über seinen Besuch bei Daniel Steinbach schreiben, auch wenn er nicht wirklich weitergekommen war.

Nach und nach versammelten sich alle im Besprechungsraum. Die Stimmung war gedrückt. Obwohl man allen verfügbaren Spuren nachging, hatten viele Kollegen das Gefühl auf der Stelle zu treten. Das war das erste Anzeichen dafür, dass die Ermittlungen an Fahrt verloren.

»Ist Sabine Thelen noch nicht da?« Stephan Mertens ließ seinen Blick durch das Zimmer schweifen.

»Ich glaube kaum, dass sie heute kommt. Sie hat sich

zwar nicht krank gemeldet, aber verständlich wäre es schon.« Polizeichef Ermter ließ die Akten mit einem Knall auf den Tisch fallen. »Heute liegt eine Menge Arbeit vor uns, also keine Mudigkeit vortäuschen, Leute.«

Ermter teilte die Mannschaften ein, Fischer hielt sich im Hintergrund. Erst als alle aus dem Raum strömten, trat Fischer zum Chef.

»Fischer.« Ermter machte einen verlegenen Eindruck. »Habe ich Sie übersehen?« Es war dem Chef offensichtlich peinlich und Fischer grinste in sich hinein.

»Lassen Sie mal sehen, mal sehen … Mertens leitet die Suchmannschaft, Horn überwacht …« Er murmelte vor sich hin, fuhr mit dem Finger über die Liste. »Brackhausen«, Ermter hob die Stimme, zögerte.

Oliver Brackhausen war mit einer deutlichen Fahne und verquollenen Augen zehn Minuten zu spät zur Besprechung gekommen, hatte sich mit beiden Händen verzweifelt an der Tasse Kaffee festgehalten und war bei jedem etwas lauterem Wort zusammen gezuckt. Mehrfach hatten Jürgen Fischer und Stephan Mertens sich wissende Blicke geschenkt, nicht ganz ohne Schadenfreude.

Oliver Brackhausen zugeteilt zu werden, wäre eine sicherlich verdiente, dennoch unwillkommene Strafe gewesen.

»Sie kennen sich hier ja noch nicht besonders gut aus, Fischer.« Guido Ermter sah Fischer an. »Ein Außeneinsatz … nun ja. Würde es Ihnen etwas ausmachen, die landesweiten Vermisstenmeldungen noch mal zu überprüfen und eventuell Faxe mit dem Bild der Frau an die Dienststellen zu schicken?«

Jürgen Fischer hatte überhaupt nichts gegen einen Tag am Schreibtisch. »Sicher, Chef, mach ich.« Er hoffte, seiner Stimme trotzdem einen leicht enttäuschten Klang zu geben.

Der Polizeifotograf hatte sich alle Mühe gegeben ein nettes Bild von dem Kopf zu erstellen. Man sollte nicht sehen, dass er abgetrennt worden war. Irgendjemand, ob nun Schink oder ein anderer, hatte ja dafür gesorgt, dass er wenigstens einigermaßen lebendig aussah. Schon gestern Abend war das Bild bundesweit verschickt worden. Nun musste Fischer überprüfen, ob Meldungen eingegangen waren. Es war eine große Hoffnung, denn wenn sie die Identität der Frau feststellen könnten, käme frischer Wind in die Ermittlungen.

Er nahm sich eine Tasse Kaffee und ging in sein Büro.

Kaum hatte Jürgen Fischer sich hingesetzt, klingelte schon sein Telefon. Es war eine Dienststelle in Bayern, jemand meinte, die junge Frau erkannt zu haben.

Nach kurzer Zeit stellte es sich allerdings als Irrtum heraus. Die in Bayern vermisste Frau war 15 Zentimeter größer. Fischer verabschiedete sich mit einer höflichen Floskel und legte auf. Wirklich enttäuscht war er nicht, mit einem derartig schnellen Erfolg rechnete niemand. Er nahm sich seine Berichte vor und ging sie in Ruhe durch.

Gegen Mittag war sein Nacken verspannt und sein Kopf schmerzte. Ein junger Kollege kam mit einem Fax zu ihm herein.

»Sie sind Fischer, nicht wahr?«

Jürgen Fischer lächelte. »Ja. Warum?«

»Ich soll Ihnen das Fax hier geben. Es ist bei mir gelandet. Aber mit Autodiebstahl scheint es nichts zu tun zu haben.« Grinsend reichte er Fischer das Blatt Papier.

Der überflog die Nachricht und griff zum Telefonhörer.

»Jürgen Fischer, Kripo Krefeld. Ich habe gerade Ihr Fax erhalten. Können wir zusammen noch mal die Angaben überprüfen?«

Zehn Minuten später suchte er unter den vielen Zetteln die inzwischen seinen Schreibtisch bedeckten die Nummer von Polizeichef Ermter, fand sie aber nicht.

Fluchend stieß er die Tür zum Flur auf. Die Etage, die immer von Menschen zu wimmeln schien, machte einen ausgestorbenen Eindruck. Fast alle Kollegen waren unterwegs.

Immer noch fühlte er sich fremd in dem Gebäude, war froh jeden Morgen wieder die richtige Etage zu erwischen.

Den Flur nach links runter, dort ging es zu Ermter.

»Ist der Chef da?«

Die Sekretärin nickte freundlich und Jürgen Fischer klopfte, öffnete dann die Tür. Guido Ermter saß am Schreibtisch und telefonierte. Er winkte Fischer herein.

»Hmmm … ja. Ich verstehe.« Ermter verdrehte die Augen und lächelte dann um Verzeihung bittend. Jürgen Fischer zog sich den Stuhl heran, setzte sich.

»Ja. Okay. Du, ich muss weitermachen. Ich ruf dich nachher wieder an.« Er legte auf, seufzte. »Meine Frau. Sie sind auch verheiratet, nicht wahr?«

»Ja.« Fischer hatte gestern vergeblich auf den Rückruf seiner Frau gewartet. Seit heute Morgen überlegte er sie anzurufen, schob es aber vor sich her.

»Ich denke, wir haben die Tote identifiziert.« Er schob Ermter das Fax zu.

Ermter beugte sich vor, es blitzte gespannt in seinen Augen. Er griff nach dem Papier, studierte es.

»Die Beschreibung passt, auch das Gewicht, Größe, Haarfarbe. Jetzt muss sie nur noch identifiziert werden.«

Beide Männer wechselten einen Blick. Es gab Momente, in denen sie ihren Beruf hassten.

»Der Duisburger Kollege ist schon unterwegs zu den Eltern. Sie haben ihre Tochter erst gestern vermisst gemeldet.«

»Aber die Frau muss schon mindestens zwei Wochen vermisst sein, wenn wir der Theorie des Pathologen folgen wollen, dass sie eine Weile gefangen gehalten wurde.«

»Sie ist Flugbegleiterin und ihre Eltern haben gedacht, sie wäre auf Langstrecke unterwegs. Dabei hatte sie Urlaub und deshalb hat sie auch keiner ihrer Kollegen vermisst. Eine Verkettung unglücklicher Zufälle wahrscheinlich.« Fischer rieb sich über das Gesicht. Er mochte nicht daran denken, was die Eltern in den nächsten Stunden durchmachen mussten. »Sie hat nebenbei auch als Model gearbeitet, hab ich erfahren. Vielleicht bringt uns das ja zu einer Spur.«

»Könnte sein. Wir warten ab, ob sie es tatsächlich ist und werden dann weiter nachforschen.«

»Diese Frau, die am Stadtwald uberfallen worden ist, was macht die eigentlich beruflich?«

»Ich habe keine Ahnung, kann mich noch nicht einmal erinnern, dass Mertens das in der Akte stehen hat.« Ermter griff nach dem Telefon, bat die Sekretärin die Akte zu bringen.

»Hmm.« Kurze Zeit später blätterte Polizeichef Ermter in der Akte. »Er ist doch sonst so sorgfältig, aber das hat er nicht mit aufgenommen. Seltsam.« Er reichte Fischer die Akte.

»Nun, so wie ich das verstanden habe, war die Frau ja ziemlich schwer verletzt und kaum ansprechbar. Vielleicht hat Mertens es deshalb vergessen.«

»Weshalb wollen Sie das überhaupt wissen, Fischer?«

»Ich weiß selbst nicht so genau. Ich suche immer noch

nach Parallelen zwischen den Fällen. Es erscheint mir ungewöhnlich, dass zwei Frauen in einer sonst eher ruhigen Stadt kurz hintereinander angegriffen werden und es kein Motiv gibt.«

»Nun, wenn unsere Jane Dow die Frau aus Duisburg ist, dann kann es natürlich auch sein, dass sie nur zufällig hier abgeladen wurde. Vielleicht finden wir ganz schnell in ihrem Umfeld ein Motiv. Eifersucht oder so.«

»Sie meinen, dass sie dann gar nichts mit den Schaufensterpuppen zu tun hat?«

»Möglich wäre es doch, oder? Sehen Sie, der Gedanke, dass in Krefeld ein psychotischer Serientäter sein Unwesen treibt hat so gar nichts Erfreuliches.«

»Das ist richtig. Trotzdem erscheint es mir ein bisschen viel Zufall zu sein.«

»Wir haben immer noch keine Spur von Schink. Noch nicht mal der Hubschrauber mit der Wärmebildkamera hat etwas Bemerkenswertes gefunden. Es sind immer noch viele lose Enden, die wir erst einmal zusammenführen müssen. Das bedeutet ein arbeitsreiches Wochenende, selbst wenn wir Jane Dow identifizieren können.«

»Arbeitsreiches Wochenende?« Jürgen Fischer dachte an seine Frau und schluckte.

»Natürlich, das ist der Nachteil bei unserem Beruf. Das wird ja in Ihrer alten Dienststelle nicht anders gewesen sein, oder?«

»Nein.«

»Aber wenn Sie der Beruf von Frau Brandt so sehr beschäftigt, dann gehen Sie dem doch nach. Es wird ja nicht viel Zeit in Anspruch nehmen und wer weiß, vielleicht haben wir nachher schon weitere Informationen von den Kollegen aus Duisburg.«

»Gut, mach ich.« Jürgen Fischer nahm die Akte und stand auf.

Er hatte sich auf dem Stadtplan angesehen, wo die Städtischen Kliniken waren und fand den Weg ohne Probleme. Nicht gewusst hatte er, dass es kein großes Gebäude, sondern eine ganze Ansammlung von Häusern war. Nachdem er zweimal nachgefragt hatte, fand er die Abteilung. Renate Brandt war von der Intensiv auf die normale innere Station verlegt worden.

Er klopfte an die Tür und trat ein. Zu seiner Erleichterung lag die junge Frau in einem Einzelzimmer. Eine Befragung vor anderen war immer schwierig.

»Hauptkommissar Jürgen Fischer«, stellte er sich vor. Renate Brandt sah ihn erstaunt an.

»Sind Sie Frau Brandt?«

»Ja, bin ich. Wieso?«

»Ich hab noch ein paar Fragen.«

»Wer sind Sie?«

»Hauptkommissar Jürgen Fischer«, wiederholte er geduldig. »Kripo Krefeld.« Die Worte kamen ihm inzwischen schon ganz leicht von den Lippen.

»Wirklich? Bisher war doch ein anderer Kommissar hier. So ein junger, netter.«

»Das war Kollege Mertens, der ist gerade in einem anderen Fall unterwegs. Ich wollte Ihnen noch einige Fragen stellen, wenn ich darf. Ich kann Ihnen auch gerne meinen Ausweis zeigen.«

Renate Brandt winkte ab. »Ist schon gut.«

Sie setzte sich auf, zog die Decke hoch.

»Geht es Ihnen besser?« Fischer versuchte sich einen Eindruck von der jungen Frau zu verschaffen.

»Es wird so langsam. Die Ärzte sind zufrieden, aber trotzdem tut es noch weh. Und ich werde ein paar scheußliche Narben behalten.« Sie hob ihre Hände, die immer noch bandagiert waren.

Fischer runzelte die Stirn. »Ihre Hände und Arme sind verletzt?«

»Ja, Schnittwunden.«

Er konnte sich nur daran erinnern, dass Mertens von einer seltsamen Stichwunde im Rücken gesprochen hatte.

»Können Sie sich inzwischen an mehr erinnern?«

»Nicht wirklich. Nur das, was ich Ihrem Kollegen erzählt habe. Dass mich der Mann von hinten festgehalten hat und ich keine Luft mehr bekam.«

»Was machen Sie eigentlich beruflich, Frau Brandt?«

»Ich bin Bankkauffrau, warum?«

»Bankkauffrau?« Fischer sprach es mit einem deutlichen Fragezeichen aus.

Renate Brandt sah ihn amüsiert an. »Das ist ein ganz normaler Beruf, wissen Sie? Ich gehöre zu denen, die Ihre Konten verwalten.«

»Ja, natürlich. So meinte ich das auch nicht. Machen Sie noch etwas anderes? So nebenbei?«

»Wie genau meinen Sie das?«

»Nun, ob Sie zufällig etwas mit der Modebranche zu tun haben?«

»Nein, überhaupt nicht.«

Fischer überlegte, versuchte Querverbindungen zu finden. »Oder haben Sie mal als Flugbegleiterin gearbeitet?«

»Nein.«

»Die Fragen kommen Ihnen sicher sonderbar vor.«

»In der Tat.«

Im Grunde wusste Fischer nicht, wonach er suchte. Es

war eine vage Ahnung, noch nicht einmal der Fitzel eines wirklichen Indizes. Eigentlich war er jemand, der sich an Tatsachen hielt.

Jürgen Fischer lehnte sich zurück, dachte nach. Fakten hatten bei ihm immer mehr gegolten als Gefühle.

Er spürte Renate Brandts neugierigen Blick auf sich und wollte gerade etwas sagen, als sich die Tür öffnete.

»Renate, Kind, wie geht es dir?« Eine ältere Frau in einem grauen Wollmantel, der nach Feuchtigkeit und Schweiß roch, betrat den Raum. Sie sah Fischer und stutzte.

»Mama.« Renate Brandt schaute Fischer an und zuckte entschuldigend mit den Schultern. »Mir geht es ganz gut.«

»Du hast Besuch, ich will nicht stören.« Ein deutlicher Vorwurf lag in ihrer Stimme.

»Guten Tag. Ich bin Hauptkommissar Jürgen Fischer. Ich wollte nur ein paar Fragen stellen und bin eigentlich schon fertig. Sie stören überhaupt nicht.«

Die Frau sah ihn misstrauisch an, schuttelte dann den Kopf, stellte die große Tasche ab, die sie trug und zog den Mantel aus.

»Ich habe dir ein paar Sachen mitgebracht, Kind. Zum Anziehen. Nachthemden und einen Bademantel. Der Arzt meint, dass du bald schon aufstehen kannst.« Sie hängte den Mantel an den Haken hinter der Tür und hängte Kleidungsstücke in den kleinen Schrank.

»Die Sachen, die du anhattest, hab ich weggeschmissen. Ist schon eine Schande, diese teure Laufjacke. Was war das noch für ein besonderes Material? Teflon?«

Renate Brandt verdrehte die Augen. »Gore Tex, Mama. Es war eine dunkelblaue Gore Tex Jacke.«

Irgendetwas an den Worten war wichtig. Fischer stand auf. »Was genau haben Sie an dem Abend getragen?«

»Was ich anhatte?«

»Ja.«

»Eine dunkelblaue Gore Tex Windjacke mit Reflektoren an den Ärmeln, eine dunkelgraue Laufhose, Laufschuhe auch mit Reflektoren. So wie immer.«

»Selbst die Schuhe musste ich wegschmeißen, Kind.« Die Mutter jammerte weiter. »Sie waren voller Blut.«

»Das tragen Sie immer?«

»Im Herbst und Winter, ja. Ich habe verschiedene Hosen ... aber die Jacke trag ich meistens wenn das Wetter so scheußlich ist.«

Er sah sich Renate Brandt genauer an.

»Wie groß sind Sie?«

»1,65, warum?«

Sie hatte ihre Haare im Nacken zusammengefasst. Dunkelblonde Haare.

»Wenn Sie Laufen, tragen Sie die Haare dann als Zopf?«

»Ja, natürlich. Weshalb fragen Sie das alles?«

Fischer schüttelte den Kopf. »Ich habe da eine Vermutung. Sie haben mir sehr geholfen.« Er nickte ihr und der Mutter zu, bemerkte den bedauernden Blick der jungen Frau als er sich anschickte das Zimmer zu verlassen. Jürgen Fischer lächelte ihr zu. Er ließ sie ja schließlich nicht mit einem Monster allein, sondern nur mit ihrer Mutter.

Im Flur überlegte er einen Augenblick. Der deutliche Geruch von Bohnerwachs und Desinfektionsmittel stieg ihm in die Nase. Nur schlechte Erinnerungen verband er mit diesem Geruch.

Die Idee, die er hatte war zu vage um sie mit irgendjemandem zu teilen, vor allem nicht mit seinem Chef.

Fischer sah auf die Uhr, er hatte noch Zeit, er würde einfach auf eigene Faust handeln.

Kurz entschlossen fuhr er durch die Innenstadt. Als er zuletzt in diesem Viertel gewesen war, war es dunkel und er zu Fuß unterwegs. Eine Straße glich der anderen und er hatte sich die Adresse nicht gemerkt. Friedrich-Ebert Straße, Hohenzollernallee, er war richtig und bog in eine kleine Seitenstraße ein, stand plötzlich vor dem Haus, in dem Sabine Thelen wohnte. Erleichtert stieß er die Luft aus.

Ihr ging es nicht gut, das war ihm bewusst und er wollte sie auch nicht lange stören. Eine Sache war ihm aufgefallen und Sabine besaß den Schlüssel dazu. Er parkte den Wagen, sah hoch zu ihren Fenstern.

Er nahm sein Handy, schaute auf das Display. Kein Anruf in Abwesenheit. Seine Frau hatte nicht versucht ihn zu erreichen.

Susanne.

Susanne war unterwegs. Sie ging mit Freunden aus, lebte ein Leben, zu dem er gar keinen Bezug mehr hatte, in das sie ihn nicht mehr einbezog. Sie joggte neuerdings in ihrer Freizeit.

Joggen.

Er schluckte. Das war das Schlüsselwort. Wieder starrte er zu Sabine Thelens Fenster hoch. Dort brannte Licht, obwohl es helllichter Tag war. Er stieg aus, ließ die Autotür mit einem Knall hinter sich zufallen. Es roch nach matschigem Laub und Holzfeuer, irgendwer im Viertel hatte den Kamin an.

KAPITEL 34

»Guten Morgen, Baby!« Thomas Becker ließ sich neben Jutta auf das Bett fallen.

»Lass mich.« Sie drehte sich stöhnend zur Seite. Nachdem er gestern Abend zu seinen Freunden gefahren war, hatte sie mit ihrer besten Freundin telefoniert und dabei zwei Flaschen Likör geleert. Um zwei Uhr nachts kroch sie ins Bett und legte sich auf den Rücken. Dank des vielen Likörs fing die Decke an sich zu drehen. Sie griff nach der Bettkante und hielt sich fest. Nun stürzte das Licht auf sie ein wie eine Explosion und sie kniff die Augen zu.

»Jutta? Alles klar?«

Seine Stimme war laut und aufdringlich.

»Hmm.«

Er hielt die Flasche hoch, die vor dem Bett lag, drehte sie um.

»Hast du die alleine getrunken oder war jemand hier?« Er klang misstrauisch. Jutta betete, dass er die zweite Flasche unterm Bett nicht entdecken würde.

»Sind doch nur 0,5 Liter. Ich war alleine«, murmelte sie und sehnte sich nach zwei Aspirin und Ruhe. »Wer sollte schon hier gewesen sein? Du warst es jedenfalls nicht.«

»Musst du nicht zur Arbeit?«

Jutta öffnete ein Auge, sah auf die Uhr. »Scheiße!«, fluchte sie und versuchte aufzustehen. Es wollte ihr nicht gelingen, der Raum neigte sich bedenklich nach links.

»Bleib liegen, das hat doch keinen Sinn. Ich ruf in Düsseldorf an und meld dich krank.« Thomas stand auf. »Was ist eigentlich mit deinem Opa, irgendwas gehört?«

War es nur Einbildung oder klang seine Stimme plötzlich schärfer?

»Nein, nichts!«

»Komisch, oder?« Er ging in die Küche, setzte Kaffee auf und nahm dann das Telefon. Sie hörte ihn reden, konnte die Worte aber nicht verstehen.

Den Gedanken an ihren Großvater hatte sie ganz verdrängt, auf einmal kroch die Angst um ihn in ihr hoch. Sie drehte sich zur Seite, ihr war übel. Wenn man ihn gefunden hätte, hätte sie schon längst Bescheid bekommen.

Aus der Küche drang würziger Kaffeeduft zu ihr.

»So.« Thomas setzte sich wieder zu ihr auf die Bettkante, hielt ihr einen Becher unter die Nase. »Ich habe dich krank gemeldet. Nimm.«

In seiner Handfläche lagen zwei weiße Tabletten.

»Was ist das?«

»Aspirin. Was sonst?«

Sie schluckte die Tabletten, spülte sie mit dem starken Kaffee hinunter.

»Es wird ein Weilchen dauern, bis es dir wieder besser geht. Warum hast du das bloß gemacht?«

»Du hast mich alleine gelassen.« Sie verzog schmollend das Gesicht.

»Schlaf dich erst mal aus. Wir reden nachher darüber.« Thomas stand auf.

Wo willst du hin, wollte sie ihn fragen, fand aber nicht die Kraft dazu. Die Tür fiel hinter ihm ins Schloss.

Stephan Mertens stapfte lustlos mit der Suchmannschaft über die Felder. Zweimal hatte der Hubschrauber schon ein Objekt gemeldet, beide Male war es ein Tier gewesen.

Wenn der alte Mann sich versteckte, würde es mehr als Zufall benötigen, um ihn zu finden.

Der Boden war matschig und es fiel Stephan Mertens schwer darauf zu gehen. Sein Knöchel war immer noch angeschwollen. Einen kurzen Augenblick überlegte er sich krank zu melden, verwarf den Gedanken aber. Nicht jetzt, nicht wo sie so nah dran waren. Es war wichtig, am Ball, am Fall zu bleiben.

Die nasse Kälte stieg vom Boden an seinen Beinen hoch, ihn fröstelte. Hinter seiner Stirn pochte es, erste Anzeichen einer Erkältung.

Gestern Abend hatte er den besorgten Anruf seiner Mutter auf dem Anrufbeantworter. Immer wenn er sich eine Woche nicht gemeldet hatte, rief sie aufgelöst an. Um sie zurückzurufen, fehlte ihm die Geduld. Die Gespräche verliefen eintönig nach gleichem Muster.

Ich könnte eine Kassette mit meinen Antworten aufnehmen und diese abspielen, wenn sie anruft, dann erspar ich mir das Gespräch. Der Gedanke ließ ihn grinsen. Natürlich würde er so etwas nie machen. Er würde sie sogar heute Abend anrufen, oder noch besser, vorbeifahren.

Sie meinte es schließlich nur gut mit ihm.

Gegen Mittag versammelten sich alle wieder auf dem kleinen Anwesen von Jakob Schink. Niemand konnte einen Erfolg vorweisen und sie überlegten die Aktion abzubrechen. Am Himmel zogen dicke Wolken auf, es roch nach Schnee. In den letzten Tagen war die Temperatur um mindestens fünf Grad gefallen, heute Morgen hatte Mertens das erste Mal die Windschutzscheibe seines Wagens von einer dünnen Raureifschicht befreien müssen.

Oliver Brackhausen winkte Mertens zu sich. »Du sollst ins Präsidium kommen.«

»Ist etwas passiert?«

»Das weiß ich doch nicht.«

Brackhausen war deutlich kühler in seinem Verhalten als sonst. Anscheinend nahm er es ihm doch übel, dass sie ihn alleine im Nordbahnhof zurückgelassen hatten. Mertens verkniff sich ein Schmunzeln.

»Nur ich?«

»Das war die Anweisung, ja.«

Die Angst der Vorsehung erfasste ihn und ließ eine Gänsehaut die Arme hinauf wandern. Eine ähnliche Aufforderung hatte er vor zwei Jahren erhalten, als sein Vater gestorben war. Der Tod seines Vaters kam nicht überraschend, zu lange schon war der alte Mann krank gewesen. Seiner Mutter ging es jedoch gut, oder? Plötzlich hasste er sich dafür, sie gestern nicht zurückgerufen zu haben und für seine gehässigen Gedanken.

Mit eisigen Fingern umklammerte er das Lenkrad, fuhr zu schnell den kurvenreichen Weg zurück zur Moerser Straße, reihte sich in den dichten Verkehr ein. Beinahe hätte er den kleinen Sportwagen übersehen, der ihn schnitt. Fluchend stieg Mertens in die Bremsen. Der Sportwagen verschwand zu schnell, sodass Mertens nicht das Kennzeichen notieren konnte.

Er war sich jedoch ziemlich sicher, dass es der Wagen der jungen Schrauber war über die der Bauer wegen ihres rücksichtslosen Fahrverhaltens so geschimpft hatte.

Na warte, dachte Mertens, euch krieg ich auch noch.

Stephan Mertens lief die Treppe des Präsidiums nach

oben, immer zwei Stufen auf einmal nehmend. Er stieß die Glastür zum Flur auf, eilte am Besprechungszimmer vorbei zu Polizeichef Ermters Büro.

»Mertens?«

Überrascht blieb er stehen, drehte sich um. Ermter kam aus einem kleinen Büro.

»Wir haben ihn gefunden.«

»Wen?«

»Schink.«

Verdammt, dachte Stephan Mertens, sobald ich den Tatort verlasse, finden sie ihn. Heute ist eindeutig nicht mein Tag.

»Wo haben sie ihn gefunden?«

»Tja, die Sache ist die, nicht wir haben ihn gefunden, sondern Spaziergänger. Er lag irgendwo im Wald. Sie haben ihn ins Cäcilien Hospital gebracht, völlig unterkühlt und verwirrt. Heute Morgen kam die Meldung. Ich habe schon versucht, Schinks Enkelin zu erreichen, aber dort nimmt niemand ab, obwohl sie sich auf ihrer Arbeitsstelle krank gemeldet hat.«

Spaziergänger mit Hund, wollte Mertens fragen, verkniff es sich aber. »Ist ja ein Ding.«

»Ja. Ich würde vorschlagen, dass Sie bei ihr vorbeifahren und schauen, ob sie da ist und dann mit ihr zusammen nach Hüls fahren.«

»Haben Sie mich deswegen hierher gerufen?«

»Nein, eigentlich war es etwas anderes, aber das spielt im Moment keine Rolle. Ich habe schon die Suchmannschaften abgerufen. Langsam kommt Bewegung in den Fall.«

Polizeichef Ermter grinste zufrieden, er erinnerte Stephan Mertens an eine Katze, die an der Sahne genascht hatte.

Es war ein schrilles Geräusch, das in ihren Träumen zersprang wie ein Glas auf einem Steinboden. Sie baute es in die Gedanken ein, die durch ihren Kopf flatterten wie Wolkenfetzen. Nach einer Weile verstummte das Geräusch, dickflüssige Stille kehrte ein, wurde jäh von einem anderen, störenden Ton unterbrochen.

Gequält öffnete Jutta die Augen, es hämmerte alptraumhaft in ihren Schläfen, der Kopf drohte ihr zu zerspringen.

Der Ton wollte nicht aufhören. Langsam setzte sie sich auf, darauf bedacht, nicht das Gleichgewicht zu verlieren. Erleichtert stellte sie fest, dass der Raum nicht mehr schwankte.

Es war die Türklingel, die sie so sehr quälte.

Sie tastete sich an der Wand entlang, öffnete die Wohnungstür. Der Mann der dort stand kam ihr bekannt vor.

»Frau Schink?« Mertens musterte die junge Frau.

»Ja?«

»Wir haben Ihren Großvater gefunden.«

Sie riss die Augen auf, die rotgeädert waren. »Ja?«

Mertens hatte den Eindruck, dass sie die Botschaft noch nicht wirklich begriff.

Sie blickte an sich herunter, bemerkte, dass sie noch im Schlafanzug war.

»Wo ist er? Ist er … ist er … tot?« Sie sog hörbar die Luft ein.

»Nein. Er ist im Krankenhaus in Hüls. Ich wollte Sie mit dorthin nehmen.«

Jutta Schink stieß den Atem in einem Schwall wieder aus. »Ich zieh mich rasch an.«

»Das wäre nicht schlecht.«

Sie drehte sich um und ging den Flur hinunter. Stephan Mertens bemerkte ihre Blässe, dass sie ungewaschen war und aus jeder Pore nach Alkohol stank. Offensichtlich hatte nicht nur Brackhausen eine harte Nacht hinter sich.

»Es ist noch genügend Zeit. Duschen Sie ruhig erst«, rief Mertens ihr hinterher. Sie hatte ihn in der Wohnungstür stehen lassen, er trat nun ein und schloss die Tür hinter sich.

»Sind Sie sicher?«

»Natürlich. Es eilt nicht so sehr.«

Andrea Roth legte ihren Kalender auf den Schreibtisch, schlug ihn auf. Sie wusste, dass sie heute Morgen keinen Termin hatte. Trotzdem nachzusehen gehörte zu ihrer Routine. Sie war nicht konzentriert und das war ein Manko, das sie sich nicht erlauben durfte.

Es hatte als Spiel angefangen. Daniel Steinbach war ein attraktiver Mann, der sie reizte. Dass er verheiratet war und am Anfang außerordentlich distanziert wirkte, erhöhte nur den Reiz.

Sie wusste, wie sie Männer bezirzen konnte, bisher hatte es jedes Mal geklappt. Seit ein Kommilitone ihr im Studium den Kopf verdreht und anschließend nach allen Regeln der Kunst das Herz gebrochen hatte, drehte sie den Spieß um. Sie schwor sich, dass ihr das niemals wieder passieren würde. Im Gegenteil, sie sammelte Männer wie Trophäen.

Mit Daniel Steinbach war es plötzlich etwas anderes geworden und das war ihr schmerzlich bewusst. Obwohl sie es ihm gegenüber nie zugeben würde, war er ihr doch sehr wichtig. Das Spiel war vorbei, es wurde bitterer Ernst.

Sie griff zum Telefonhörer und wählte ohne nachzudenken.

»Ich bin es. Wie geht es ihr? Immer noch alles im Griff?«

Die Antwort beruhigte sie. Sie hatte ihr Leben lang gewonnen und wollte nun nicht damit aufhören.

KAPITEL 35

Sie wurde wach.

Wieder hatte er einen Becher neben sie gestellt und den Strohhalm zwischen ihre Lippen geschoben.

Wie machte er es nur, dass sie nie mitbekam, wenn er den Raum betrat? Sie hatte noch keinmal eine Tür gehört geschweige denn sonst irgendetwas.

Nach dem Gefühl der Benommenheit und der Panik setzte nun langsam ihr Verstand wieder ein.

Sie wurde gefangen gehalten, gefesselt mit Gewebeband, das so eng anlag, dass sie sich nicht rühren konnte. Obwohl sie es weder sehen noch durch Tasten überprüfen konnte, hatte sie das deutliche Gefühl nackt zu sein. Der Urin, den sie nicht hatte aufhalten können, war kalt an ihrer Haut getrocknet.

Es war bestimmt der Puppenmörder, der sie gefangen hielt.

So musste sich die namenlose Tote auch gefühlt haben.

Ob die Kollegen schon weiter waren? Wie lange war sie wohl schon hier und wie lange würde es noch dauern? Es war Donnerstagabend als er sie am Stadtwald überwältigte. Am Samstagmorgen wollte ihre Mutter zum Frühstück kommen. War wohl schon Samstag? Sie konnte es nicht einschätzen.

Er hatte der Toten den Kopf abgetrennt. Wenn sie nicht gefunden wurde, würde ihr das gleiche Schicksal blühen, das glaubte sie ganz sicher.

Aber warum?

Hatte es mit dem Joggen zu tun? Schnappte er sich wahllos Frauen, die am Stadtwald joggten?

Was war mit Karin Steinbach? War die auch joggen gegangen? Sie konnte sich nicht daran erinnern, ob jemand die Frage beantwortet hatte. Gestellt worden war sie.

Sabine zermarterte sich den Kopf, suchte nach Lösungen. Das zumindest hielt ein wenig die Panik fern.

KAPITEL 36

Als Jürgen Fischer das Präsidium betrat, herrschte Hektik. Es wirkte nicht wie Freitagnachmittag, sondern wie Montagmorgen.

Irgendetwas war passiert, das spürte er deutlich.

Fischer warf den Blick in die kleine Küche, jemand, den er noch nicht kannte, kochte Kaffee.

»Besprechung in zehn Minuten!«

»Alles klar.« Sein Gefühl hatte ihn nicht getäuscht. Besprechung in zehn Minuten, okay. Er ging zu Stephan Mertens Büro, klopfte, öffnete die Tür, fand es leer vor. Enttäuscht schloss er die Tür wieder.

Sicherlich würde Mertens bei der Besprechung anwesend sein. Ganz bestimmt konnte der dann seine Bedenken zerschlagen, die wie nasser Sand in seinem Magen lagen.

Er ging in sein Büro, wollte seine Mails abrufen. »Sie haben keine neue Nachricht.« Das enttäuschte ihn. Auch das Handy war stumm geblieben. Noch hoffte er, heute Abend nach Hause fahren zu können. Das war in Frage gestellt, wenn es neue Erkenntnisse zu den Fällen gab. Vielleicht waren die Kollegen jedoch so viel weiter gekommen, dass sogar Lösungen in Sicht waren.

Einige Minuten später lehnte er sich im Besprechungszimmer an die Wand. Der Raum füllte sich, doch Fischers suchender Blick fand Mertens nicht.

»Also gut, Leute.« Polizeichef Guido Ermter betrat mit Schwung den Raum. »Wir kommen nun definitiv weiter. Die Tote ist identifiziert. Es ist eine junge Frau aus Duisburg. Ein Team ist schon unterwegs, um mit den Kollegen Kontakt aufzunehmen. Vielleicht gibt es in ihrem persönlichen Umfeld einen Hinweis auf den Täter.«

Der Polizeichef blickte auf, wirkte stolz, als wäre die Identifizierung der Frau ganz allein sein Verdienst.

»Jakob Schink ist auch gefunden worden«, fuhr er fort. »Er liegt im Cäcilien Hospital. Mertens ist hingefahren, um ihn zu befragen. Ich erhoffe mir aus beiden Richtungen Informationen, die uns weiterbringen.«

»Hat die Spurensicherung noch etwas feststellen können?« fragte jemand.

Ermters Gesicht verschloss sich. »Nein, nichts wesentliches. Keine Blutspuren in Schinks Werkstatt oder Haus. Die Arbeitsgeräte weisen zwar Gebrauchsspuren auf, aber nichts deutet darauf hin, dass sie für den Mord benutzt wurden. Eine Supermarkttüte haben sie im Abfall gefunden mit Spuren. Offensichtlich hat sich der Kopf da drin befunden.«

»Es könnte also sein, dass Schink den Kopf in der Tüte im Wald gefunden hat und ihn mit nach Hause nahm?« Jürgen Fischer wurde hellhörig.

»Das *könnte* natürlich sein.«

Jürgen Fischer hielt den alten Mann von Anfang an nicht für verdächtig. Er fühlte sich jetzt bestätigt und hoffte, dass der Chef diese aussichtslose Spur nicht weiter mit so viel Vehemenz verfolgen würde. Schink war in Fischers Augen allenfalls ein Zeuge.

Polizeichef Ermter verteilte die Aufgaben neu, versuchte die Leute noch einmal zu motivieren, aber irgendwie waren alle müde.

»Haben Sie etwas von Frau Thelen gehört?« Jürgen Fischer sprach Guido Ermter an, nachdem alle anderen den Raum verlassen hatten.

»Frau Thelen? Nein. Sie wird sich eine Auszeit nehmen.«

»Vermutlich.« Fischer war es fast peinlich bei ihr vorbeigefahren zu sein. Er wollte keinesfalls in ihre Privatsphäre eindringen. Trotzdem beschäftigten ihn einige Fragen, die er mit ihrer Hilfe zu lösen hoffte.

»Waren Sie erfolgreich?« Ermter maß ihn mit einem neugierigen Blick.

»Erfolgreich?« Für einen Moment konnte Jürgen Fischer dem Chef nicht folgen.

»Bei Frau Brandt.«

»Ach so. Ich habe Frau Brandt befragt, sie hat nichts mit der Modebranche zu tun, überhaupt nicht. Sie arbeitet in einer Bank. Mich hat allerdings gewundert, dass ihre Sachen so schnell von der Spurensicherung freigegeben wurden.«

»Ihre Sachen?«

»Nun ja, die Jacke, die sie anhatte, ihre Hose, ihr T-Shirt.«

»Ich glaube, die sind gar nicht bei der Spurensicherung gelandet. Das Krankenhaus hat den Fall zwar gemeldet und eine Streife war am Tatort ... aber ... ich werde das mal prüfen lassen.« Ermter sah ihn nachdenklich an. »Hat eigentlich Ihre Befragung von Daniel Steinbach etwas ergeben?«

»Nun, er hat zugegeben, dass es am Tag vor ihrem Verschwinden einen Streit gegeben hat. Nichts dramatisches, sagte er. So wie es in jeder Ehe vorkommt.«

»Halten Sie ihn für verdächtig? Sollen wir ihn uns noch mal vorknöpfen?«

»Ich bin mir nicht ganz sicher. Er verheimlicht uns etwas, das ist klar. Kann aber sein, dass es nur seine Affäre mit der Anwältin ist. Wir dürfen ihn auf keinen Fall aus den Augen lassen. Noch was ... seine Frau ist Innenarchitektin, aber sie arbeitet auch in der Ladengestaltung.«

»Das bedeutet was?«

»Sie dekorieren Schaufenster ...«

»Ach?« Ermter zog die Augenbrauen hoch. »Interessant. Wie gründlich ist das Haus der Steinbachs durchsucht worden? Ich spreche mal schnell mit dem Staatsanwalt. Haben wir ihre Büroräume schon in Augenschein genommen?«

»Nicht dass ich wüsste.«

Stephan Mertens fuhr auf der Blumenthalstraße stadtaus-
wärts Richtung Hüls. Jutta Schink saß schweigend neben
ihm. Ihre Haare waren noch feucht.

Der kleine Ring in ihrer Nase leuchtete im Sonnenlicht.

»Sie kümmern sich um Ihren Großvater?« Er versuchte
irgendeine Reaktion von ihr zu bekommen.

»Es tut ja sonst keiner.«

»Das ist lobenswert von Ihnen.«

»Er ist zwar alt, aber noch nicht wirklich senil. Ich habe
ein wenig für ihn eingekauft und geholfen sauberzuma-
chen.« Ihre Stimme klang trotzig.

»Dann hat Sie sein Verschwinden sicher sehr mitgenommen?«

»Wieso?« Jutta Schink sah Mertens das erste Mal wirklich an. Plötzlich wurde sie rot. »Ach, weil ich vorhin
noch nicht angezogen war? Natürlich habe ich mir Sorgen um Opa gemacht. Vor allem nachdem wir diesen …«,
sie zögerte. »Diesen Kopf dort gefunden haben. Klar habe
ich mir Sorgen gemacht. Sie glauben doch wohl nicht im
Ernst, dass mein Opa so was tun würde? Ich dachte, der
Mörder hätte ihn auch …«

»Ihr Großvater wurde ja gefunden.« Stephan Mertens
versuchte sie zu besänftigen. »Soweit ich weiß, ist er nur
unterkühlt. Sie können also ganz beruhigt sein.«

»Das ist es ja gar nicht.« Sie verschränkte die Arme vor
der Brust. »Sie verstehen überhaupt nichts.«

»Dann erklären Sie es mir.«

»Ich hatte Streit mit meinem Freund. Deshalb habe
ich gestern wohl ein wenig viel getrunken. Nicht wegen
Opa.«

Stephan Mertens nickte.

»Thomas ist eigentlich ein ganz lieber Typ.« Sie schien

erleichtert zu sein, mit jemandem reden zu können. Mertens hörte zu.

»Er hat nur die falschen Freunde. Ich glaube«, sie warf Mertens einen Blick zu. »Ich glaube, die machen krumme Dinger.«

»Die Freunde von Thomas?« Er überlegte, warum sie ihm so was wohl erzählte.

»Ja. Und sie versuchen ihn mit hineinzuziehen.«

»Was machen sie denn?« Er versuchte nicht allzu interessiert zu klingen.

»Ach, ganz genau weiß ich das nicht. Es hat etwas mit ihrer Schrauberwerkstatt zu tun. Sie basteln an Autos herum.«

»Ach? Doch nicht dort oben wo Ihr Großvater wohnt?«

Sie sah ihn misstrauisch an, als wäre ihr gerade erst aufgegangen, dass sie mit einem Polizisten sprach.

»Thomas hat da gar nichts mit zu tun. Er traf sie nur zum Basteln.«

Oliver Brackhausen studierte die Angaben der Spurensicherung aus Jakob Schinks Haus. Er las den Bericht nun zum dritten Mal ohne etwas aufzunehmen. Dass Jürgen Fischer in sein Büro kam, bemerkte er nicht. Irgendwie fühlte er sich immer noch nicht fitter als am Morgen und das obwohl er an der frischen Luft gewesen war und Orangensaft in sich hinein gekippt hatte, als müsse er einen großen Flüssigkeitsverlust ausgleichen.

»Irgendetwas Interessantes?« Fischer trat hinter ihn, warf einen Blick auf die Unterlagen.

»Ich glaube nicht.« Im Grunde war es Brackhausen im Moment gleichgültig. Er hatte Kopfschmerzen, ein dumpfes Pochen hinter den Augen, wie die Vorboten eines aufziehenden Gewitters.

»Wir hängen in der Luft.«

»Ja, und das ist dumm. Wenn es nicht bald greifbare Ergebnisse gibt, kann es sein, dass der Mord nie aufgeklärt wird.«

»Vielleicht haben ja die Kollegen in Duisburg eine brauchbare Spur. Bis dahin können wir uns noch mal mit dem Fall Steinbach befassen. Da sind wir auch nicht viel weiter.«

»Nicht?« Brackhausen grinste schief. »Gibt es denn dort irgendwelche neuen Erkenntnisse?«

»Steinbach hatte am Samstag Streit mit seiner Frau. Dem Tag, an dem sie zuletzt gesehen wurde.«

»Ach? Sieh mal einer an. Das hat er zugegeben?«

»Ja, und noch was. Sie ist schwanger.«

Nun wurde Oliver Brackhausen hellhörig. »Hat er nicht eine Affäre mit dieser Anwältin?«

»Davon gehen wir aus.«

»Trauen Sie es ihm zu?«

»Was?«

»Dass er seine Frau aus dem Weg räumt, um ein neues Leben mit seiner Geliebten anzufangen.«

Jürgen Fischer kratzte sich im Nacken. »Das weiß ich nicht. Ich hatte schon den Eindruck, dass er etwas verheimlicht. Aber einen Mord?«

»Solange wir keine Leiche haben, ermitteln wir doch gar nicht in einem Mordfall.«

»Stimmt auffallend. Trotzdem ermitteln wir. Und im Zuge dieser Ermittlungen sollen wir beide ihre Geschäftsräume durchsuchen.«

»Heilige Scheiße. Anweisung vom Chef?«

»Ja, obwohl mir nicht so ganz klar ist, was wir dort finden könnten.«

»Wo sind die Räume? Doch nicht etwa in Düsseldorf? Freitagnachmittags nach Düsseldorf zu fahren ist die Hölle. Nur Baustellen und Feierabendverkehr.«

Jürgen Fischer warf ihm einen verstohlenen Blick zu. Er überlegte, ob Oliver Brackhausen überhaupt nüchtern genug war, um Auto zu fahren. »Nein, nicht in Düsseldorf. Ihr Büro ist hier in der Stadt, im Behnisch Bau. Ich weiß allerdings nicht wo das ist.«

»Aber ich. Da kommen wir bequem zu Fuß hin.«

Sie verließen das Präsidium und gingen in Richtung Innenstadt. In der Fußgängerunterführung unter der Sankt Anton Straße roch es unangenehm nach Urin und Erbrochenem. Jürgen Fischer war ein paar Mal nachts auf dem Weg zu seiner Wohnung hier durchgegangen und fragte sich jedes Mal, ob er diesen Weg auch wählen würde wenn er eine Frau wäre. Die Neonbeleuchtung in der Unterführung flackerte unruhig, drohte auszufallen.

»Sagen Sie mal«, Fischer suchte nach den passenden Worten. »Mertens, der ist doch gut mit Sabine Thelen bekannt, oder?«

»Eigentlich war er eher mit Martin Lindner befreundet.« Oliver Brackhausen ging langsam weiter. »Martin Lindner war ein Kollege …«

»Ja, er ist tot, das habe ich schon gehört.«

»Na ja, sicher. Sie haben seine Stelle, sein Büro.«

Jürgen Fischer ging auf, was Sabine Thelen an dem Morgen so verstört hatte als sie zu ihm ins Büro gekommen war.

»Es muss für Frau Thelen sehr schwer sein.«

»Ja, wir alle wundern uns, dass sie so schnell wieder zum Dienst erschienen ist. Eigentlich ist sie freigestellt.«

»Wie lange ist das denn her mit seinem Unfall?«

»Unfall? Es war kein Unfall. Lindner ist erschossen worden. Quasi hingerichtet. Er war einer Hehlerbande auf der Spur. Der Täter ist noch nicht gefasst worden.«

Fischer blieb stehen. »Wirklich? Als mir Mertens davon erzählt hat, hatte ich den Eindruck Lindner hätte einen Autounfall gehabt.«

»Es ist ein Fall der Düsseldorfer Kollegen. Eine Spur führte nach Krefeld und schien im Zusammenhang mit Lindners Ermittlungen zu stehen. Er sollte mit einem Kollegen eine Wohnung in Mönchengladbach überprüfen. Ich weiß nicht genau weshalb Lindner alleine dort war, es war gegen die Regeln.«

»Wer ermittelt? Wir hier oder die Düsseldorfer Kollegen?«

»Die Düsseldorfer.« Brackhausen schüttelte den Kopf. »Es ist immer etwas anderes wenn ein Kollege betroffen ist, die Fälle haben höchste Priorität. Trotzdem konnte der Täter bisher nicht gefasst werden.«

KAPITEL 37

»Er ist wohl gestürzt und konnte nicht mehr aufstehen. Keine wirklich schlimmen Verletzungen, nur das Bein ist verstaucht und er hat eine Beule am Hinterkopf, anscheinend durch den Sturz. Ein Ehepaar hat ihn im Wald gefunden und den Notarzt gerufen. Da er verwirrt ist und keine Papiere dabei hatte, konnten wir erst heute Morgen seinen Namen herausfinden.«

»Er ist verwirrt?« Mertens sah von seinen Notizen auf. Der Arzt ihm gegenüber lächelte.

»Er ist ein alter Mann. Wer weiß, wie lange er dort schon gelegen hat. Einen Tag, vielleicht zwei. Er war unterkühlt und ausgetrocknet, das geht ganz schnell bei älteren Leuten. Ich kann nicht sagen, ob er senil ist oder ob dieser Zustand durch den Unfall herbeigeführt wurde.«

»Halten Sie ihn für vernehmungsfähig?«

»Probieren Sie es. Immerhin konnte er sich heute Morgen an seinen Namen erinnern und er hat auch begriffen wo er ist und was passiert ist. Die Infusionen haben den Flüssigkeitsverlust ausgeglichen und es kann schon sein, dass er sich schnell wieder erholt.«

Stephan Mertens steckte das Notizbuch ein. Jutta Schink war schon in das Krankenzimmer zu ihrem Großvater gegangen. Mertens hatte zuerst mit dem Arzt sprechen wollen.

Er klopfte und öffnete die Tür. Der alte Mann lag in sich zusammengesunken in dem Krankenbett. Die Gitter an den Seiten waren hochgeklappt worden. Mertens erinnerte sich daran, dass es bei seinem Vater auch so gewesen war. Zum Schutz des Patienten, erklärte man ihm damals, damit der Patient nicht aus dem Bett fällt und sich verletzt. Natürlich war es zum Schutz, trotzdem sah es so aus, als wäre der Mann gefangen.

Jakob Schinks Blicke wanderten unruhig durch den Raum, blieben nirgendwo hängen.

Die junge Frau saß neben dem Bett, knabberte an ihren

Fingernägeln. Sie schaute Mertens an, schüttelte dann den Kopf.

»Er erkennt mich nicht, glaub ich.«

»Guten Tag, Herr Schink.« Stephan Mertens trat an das Bett, versuchte die Aufmerksamkeit des Mannes auf sich zu ziehen. »Sie sind doch Herr Schink?«

Nur kurz trafen sich ihre Blicke, etwas wie Erkennen schien in Schinks Augen aufzuflackern.

»Herr Schink?«, wiederholte Stephan Mertens sanft. »Jakob Schink? Wir haben Sie gesucht. Ihre Enkelin hat sich große Sorgen gemacht. Sie ist hier. Erkennen Sie sie?«

Der Mann reagierte nicht. Mertens war sich noch nicht einmal sicher, ob er ihn überhaupt gehört hatte.

»Opa? Opa, ich bin es, Jutta.« Sie sah Mertens an, schüttelte resigniert den Kopf. »Es hat keinen Sinn.«

»Ja, das scheint mir auch so.« Mertens warf einen Blick auf seine Uhr. »Ich verschwende hier nur meine Zeit. Wie sieht es aus? Wollen Sie noch hier bleiben oder soll ich Sie nach Hause bringen?«

»Hier bleiben? Nein.«

Die Schwester stellte das Tablett vorsichtig auf den metallenen Nachttisch. Der alte Mann hatte die Augen geschlossen, seine Brust hob und senkte sich gleichmäßig. Zögernd öffnete er die Augen.

»Meine Brille?«

»Oh, Sie sind wach? Abendessen, Herr Schink. Ihre Brille ist hier.« Sie reichte sie ihm. Die Bifokalgläser ließen seine Augen vergrößert und verschwommen aussehen, wie glatte Steine im tiefen Wasser.

»Sind sie weg?«

»Wer?«

»Meine Enkelin und der Polizist.«

»Ach, der Mann war von der Polizei? Haben Sie etwas angestellt?« Sie zwinkerte ihm lächelnd zu.

»Ich? Nein.« Er zwinkerte zurück. »Nein«, wiederholte er nachdenklich.

»Wissen Sie eigentlich, was mit meinem Hund ist?«

»Ich meine, er ist ins Tierheim gebracht worden. Soll ich mich noch mal erkundigen?«

»Ins Tierheim? Verdammt.«

Es war Nachmittag, aber die Dämmerung brach schon herein. Jürgen Fischer blickte in die Schaufenster, von denen schon einige weihnachtlich dekoriert waren.

»Da vorne ist es.« Oliver Brackhausen zeigte auf ein futuristisch anmutendes Gebäude aus Glas und Stahl.

»Gute Güte«, murmelte Fischer. »Was ist das denn?«

»Der Versuch, preisgekrönte Architektur in die Stadt zu holen. Zuerst haben sie die Königstraße, unsere noble Einkaufsstraße, überdacht …«

»Überdacht?« Jürgen Fischer sah ihn ungläubig an.

»Na ja, Glasdächer, die über die Bürgersteige reichen. Ich zeig es Ihnen nachher.«

»Weshalb macht man so etwas?«

Nun lachte Brackhausen, dann wurde er wieder ernst. Sie betraten das Gebäude und ein Mann kam auf sie zu.

»Hallo, Oliver.«

»Sven, schön dich zu sehen. Was sagst du zu den Krefelder Pinguinen?«

»Ich hoffe, dass sie in die Play-Offs kommen, gut angefangen haben sie die Eishockeysaison ja.«

»Wie so oft in der Vergangenheit. Na, man wird sehen. Hast du alles dabei?«

Der Mann nickte.

»Dann lass uns zur Tat schreiten. Ach, übrigens, das ist mein neuer Kollege Jürgen Fischer. Sven Kleinert ist vom Schlüsseldienst. Ich habe ihn angerufen bevor wir losgegangen sind.«

Fischer und Kleinert schüttelten sich die Hände.

Keine drei Minuten später standen sie in Karin Steinbachs Büroräumen. Es roch ungelüftet, das Lämpchen am Anrufbeantworter blinkte hektisch. Die Wände waren von oben bis unten von Industrieregalen bedeckt, in denen mindestens 20 Modelle in der Größe von Schuhkartons und Hunderte von Musterbüchern lagerten.

Jürgen Fischer ließ den Raum auf sich wirken, versuchte irgendeine Spur von dem Menschen, der hier arbeitete, zu finden. Etwas, was sie weiterbringen würde. Es war ein eleganter Raum, Holzboden und Wände perfekt aufeinander abgestimmt, eine gemütlich wirkende, kleine Sitzgruppe, ein teuer aussehender Schreibtisch. Alles systematisch aufgeräumt, er kam sich vor wie in einer Krypta.

»Dann wollen wir mal.« Brackhausen ging an Fischer vorbei und drückte die Abspieltaste des Anrufbeantworters, setzte sich dann an den Schreibtisch und zog die Schubladen auf.

Der Anrufbeantworter rauschte, dann erklang eine digitale Stimme und danach sprach eine Frau.

Oliver Brackhausen hob den Kopf, starrte Jürgen Fischer an. Dann fiel ihm buchstäblich der Unterkiefer herunter. Als er wieder Luft holen konnte, rief er: »Das war ja wohl ein Witz, oder?«

»Psssscht«, Fischer hob die Hand, um ihn zum Schweigen zu bringen und schüttelte den Kopf. »Spielen Sie es noch mal ab.«

Andrea Roth stellte die Reisetasche in den Kofferraum ihres Wagens und schloss ihn. Ihr Handy klingelte, sie warf einen Blick auf das Display. Es war Daniel Steinbachs Nummer. Mit einem bösen Lächeln schaltete sie das Handy aus.

Jetzt hatte sie keine Zeit für Daniel, jetzt ging es darum Probleme zu lösen.

Sie setzte sich in den Wagen und fuhr in Richtung Autobahn. Freitagabends waren die Straßen immer verstopft und sie würde eine Weile brauchen, um zu ihrem Ziel zu gelangen. Das störte sie nicht, sie hatte Zeit.

KAPITEL 38

Polizeichef Guido Ermter rieb sich das Gesicht. Dann sah er die beiden vor ihm stehenden Beamten an.

»Das ist ein Scherz, oder?«

»Nein.« Fischer massierte seinen Nacken.

Es gab eine längere Pause.

»Was machen Sie beide dann noch hier? Nun fahren Sie schon los und verhaften die Frau. Ich werde die Düsseldorfer Kollegen informieren.« Er griff zum Telefonhörer. »Haben Sie die Adresse?«

»Ja Chef!«

Fischer und Brackhausen verließen das Büro, wären fast mit Stephan Mertens zusammengestoßen.

»Ist der Chef da?«

»Ja.«

»Was guckt ihr beide denn so ernst? Ist was passiert?«

»Wir haben einen konkreten Verdacht, aber keine Zeit.« Oliver Brackhausen konnte schon wieder grinsen. »Der Chef wird es dir sicher erklären.«

Stephan Mertens sah ihnen nach, wie sie den Flur hinunter eilten. Dann schüttelte er den Kopf, klopfte an der Tür, trat ein.

Jutta Schink schloss die Wohnungstür auf. Schon im Treppenhaus konnte man die laute, wütende Musik hören.

»Mach das leiser!«, schrie sie. »Thomas! Mach das leiser.«

»Brüll mich nicht so an!« Das Wohnzimmer stank nach ungewaschenen Männerkörpern. Überall standen Aschenbecher herum, angefüllt mit grauem Staub und Kippen, die Luft machte einen rußigen Eindruck. Ungefähr 20 leere Bierflaschen vervollständigten das Bild.

Jutta sah sich suchend um.

»Wo sind sie?«

»Wer?«

»Scheiße, Thomas. Du hast doch das …«, sie machte eine wilde, ausschweifende Bewegung, die die ganze Wohnung mit einzubeziehen schien. »Das alles nicht alleine veranstaltet. Deine Kumpel, wo sind sie? Im Bad? Kiffen?«

Thomas sah sie mit einem wachen Gesichtsausdruck an, der eine Intelligenz andeutete, die er eigentlich nicht besaß, oder zumindest nicht anwandte.

»Hör zu, Baby.« Es gelang ihm gleichzeitig ruhig und

doch bedrohlich zu klingen. »Was ich hier mache und wen ich hierhin mitbringe, das ist meine Sache.«

»Ach?« Sie zog die Augenbrauen hoch, verschränkte die Arme vor der Brust.

»Ja. Wo warst du eigentlich? Ich denke, du bist krank?«

»Ich war in Hüls. Opa ist gefunden worden.«

Thomas setzte ich auf, sein Gesicht war auf einmal gerötet, seine Schultern angespannt wie bei einem zum Sprung bereiten Raubtier.

»Gefunden? Wo?«

»Im Wald. Er ist gestürzt und konnte nicht mehr aufstehen.«

»Und?«

»Und was?«

»Und was sagt er?«

»Nichts. Er hat mich noch nicht mal erkannt. Hat mich angesehen, aber nicht erkannt. Quasi gehirntot oder so. Alle Lichter aus.«

Thomas holte tief Luft, ließ sich wieder zurücksinken.

Sein Handy klingelte. Er ging dran und lauschte, gab nur kurze Laute von sich. Jutta beobachtete ihn misstrauisch. Einen kurzen Moment lang durchfuhr sie ein Stich von Liebe, Sehnsucht und Eifersucht.

Thomas beendete das Gespräch und stand auf, ging wortlos ins Schlafzimmer. Er nahm eine Tasche aus dem Schrank und schmiss scheinbar wahllos ein paar Sachen hinein. Jutta folgte ihm, spürte ihre Wut

»Was machst du da?«

Er antwortete nicht, ging ins Badezimmer. Sie hörte ihn dort kramen und wühlen.

»Thomas? Bekomme ich eine Antwort oder kommt erst noch der Werbeblock?«

Er kam zurück, in der Hand den kleinen abgewetzten Kulturbeutel.

»Ich muss weg.«

»Für länger?«

»Keine Ahnung.«

Es klang nicht so, als ob er ihr noch mehr Informationen geben würde.

»Wenn du jetzt fährst, einfach so fährst, ohne mir zu sagen wohin und wie lange, dann brauchst du gar nicht erst wieder zu kommen.«

»Ist das so?«

»Darauf kannst du wetten.«

Er nickte, griff die Tasche und ging. Sie hörte die Tür ins Schloss fallen.

»Dass man ein Gespräch auf einem Anrufbeantworter aufzeichnen kann, wusste ich gar nicht. Aber ich habe auch keinen.«

Oliver Brackhausen lenkte den Wagen umsichtig durch den dichten Feierabendverkehr. »Sie kann es nicht gewusst haben, oder? Die Frau ist gewieft, das ist ein Fehler, den sie nicht begehen würde.«

»Wahrscheinlich ist es als Beweismittel vor Gericht gar nicht zulässig. Das wird sie dann schon wissen.« Fischer schaute nachdenklich nach draußen.

»Was glauben Sie, werden wir bei ihr etwas finden? Karin Steinbach?«

»Das kann ich mir beim besten Willen nicht vorstellen. Das Gespräch war eindeutig eine Erpressung, aber dem muss noch etwas vorausgegangen sein. Doch um spekulieren zu können, haben wir zu wenig Informationen.«

»Die Roth ruft die Steinbach an, samstagabends. Sie

wusste aus irgendeinem Grund, dass die Frau in ihrem Büro ist. Das an sich ist schon seltsam. Der Spruch auf dem Anrufbeantworter lief ja … und dann hat sie der Frau quasi befohlen dranzugehen, also war es keine pure Annahme dort anzurufen.«

»Ja, genau. Sie sagte, ich weiß, dass Sie da sind, nehmen Sie ab.«

»Und Steinbach nimmt ab. Diese Daten … die, die Roth genannt hat … das war seltsam, oder?«

»Ja, nicht nur das. Auch wie sie es gesagt hat, sie aufzulisten. Samstag, 28. Mai, Samstag, 26. Juni … war irgendetwas Besonderes an diesen Tagen in Krefeld?«

»Nicht dass ich wüsste, jedenfalls nicht so aus dem Stegreif.«

»Karin Steinbach wusste anscheinend genau, was gemeint war. Sie klang sehr erschüttert.«

»Und hätte es nicht anders herum laufen müssen, irgendwie? Die Roth hat doch ein Verhältnis mit dem Steinbach. Seine Frau hätte also Grund die Anwältin unter Druck zu setzen, oder?«

Fischer schüttelte nachdenklich den Kopf, rieb sich über das Kinn. »Vielleicht erfahren wir gleich mehr.«

Polizeichef Ermter spielte Stephan Mertens das aufgezeichnete Gespräch vor.

»Macht wenig Sinn, oder? Aber es wurde am Samstagabend geführt und seitdem ist die Steinbach verschwunden. Und es ist eine klare Drohung herauszuhören. Die Roth droht der Steinbach damit, dass alles rauskommt. Aber was?«

»Tja, die Kollegen sind unterwegs um es herauszufinden. Gibt es sonst etwas Neues? Was sagt Herr Schink?« Guido Ermter streckte sich müde.

»Der sagt nichts. Der Arzt meinte, am Morgen hätte er seinen Namen gesagt, aber als ich da war, hat er überhaupt nicht reagiert. Total senil.«

»Irgendwie sinkt damit auch die Wahrscheinlichkeit, dass er der Täter ist. Davon bin ich eh nie ausgegangen.« Stephan Mertens verkniff sich ein Lachen, gestern hatte sich der Chef noch ganz anders geäußert.

»Ich weiß nicht. Er *könnte* es gewesen sein, ist dann geflohen und gestürzt. Hat einige Zeit im Wald gelegen, war unterkühlt und ausgetrocknet, dadurch kann es schon mal zu einem Schub von Senilität kommen, sagt der Arzt.«

»Verdammt, verdammt. Lauter falsche Fährten, keine konkreten Spuren. Jetzt fehlt nur noch, dass eine weitere Leiche auftaucht und wir können uns erschießen. Die Presse hetzt jetzt schon genug.« Das Gesicht des Polizeichefs zeigte eine ungesunde Röte.

»Gibt es etwas Neues aus Duisburg über die Tote?« Mertens hörte seine eigene Stimme, sie klang blechern.

»Ich wollte Sie bitten, hinzufahren und noch mal mit den Duisburger Kollegen die Eltern der Frau zu befragen.« Ermter warf einen Blick auf die Uhr. »Ich weiß, es ist schon spät, aber wir müssen weiterkommen.«

Mertens nickte und stand auf. »Alles klar, Chef. Soll ich mich anschließend wieder hier melden?«

»Nur wenn Sie etwas herausbekommen, das uns weiterbringt. Ansonsten wird ja die Frühbesprechung morgen reichen. Mich können Sie natürlich jederzeit anrufen.«

Stephan Mertens schloss die Tür leise hinter sich, blieb einen Moment im Flur stehen und atmete tief ein und aus. Das Herz klopfte ihm in der Brust, als wollte es zerspringen. Er hatte schon befürchtet, dass Brackhausen und Fischer nach Duisburg geschickt worden wären, und hatte überlegt, wie er im Nachhinein noch in das Team kommen könnte.

Seine Sorge war unbegründet gewesen. Nun würde sich alles fügen, dachte er und zog beschwingt seine Jacke an.

Er ging den Flur hinunter und kam an Sabine Thelens Büro vorbei. Ob wohl jemandem wirklich aufgefallen war, dass sie heute nicht zum Dienst gekommen war? Er würde sie nachher noch besuchen.

KAPITEL 39

»Noble Gegend hier.«

Oliver Brackhausen lachte. »Meerbusch? Ja, teures Pflaster. Da vorne muss es sein. Ich mach es mal wie in der Fahrschule und werde selbstständig einen Parkplatz suchen.«

Sie stiegen aus und suchten das Haus.

»Müssen wir nicht auf die Kollegen warten?« Fischer schaute sich suchend um.

»Um Gottes willen, nein. Die sind informiert und kommen erst, wenn wir sie um Amtshilfe bitten. Aber wir beide werden es doch schaffen diese Frau festzunehmen.«

»Die hat einen echt herben Tonfall.« Fischer grinste. »Sie wird sich nicht einfach so festnehmen lassen.«

»Na dann auf zur Tat.« Oliver Brackhausen schellte bei Andrea Roth. »Schusssichere Westen werden wir wohl nicht brauchen.«

Fischer musste an Martin Lindner denken. Vielleicht war er ähnlich arglos gewesen.

Daniel Steinbach starrte aus dem Fenster in Richtung Hülser Bruch, ohne etwas wahrzunehmen. Seit drei Stunden versuchte er vergeblich Andrea Roth zu erreichen. Ihr Handy war abgeschaltet. Nach dem fünften Mal gab er es auf, auf die Mailbox zu sprechen. Er nahm sich ein weiteres Glas Bourbon. Er wusste, dass er tagsüber Abteilungsleiter war und sich abends alle Mühe gab zum Alkoholiker zu werden. Dafür verabscheute er sich.

Sein Vater hatte sein Leben lang zu viel getrunken. Er trank, schrie rum und verprügelte die Familie. Alle waren erleichtert als er starb. Er war aktiver Politiker gewesen und die Beerdigung gut besucht. Doch nur fünf Prozent der Leute kamen, um zu trauern. Die Familie gehörte nicht dazu. Sie und der Rest der Anwesenden waren da, um sicherzugehen, dass er wirklich tot war.

Daniel Steinbach schwor sich damals, dass es ihm nie so ergehen würde. Nun zweifelte er daran. Er stand auf und ihm wurde übel. Das war die Art, wie ihm sein Körper sagte, dass die Feier nun vorbei sei.

»Karin?« Seine Stimme hallte durch das Haus, das schon immer viel zu groß für nur zwei Menschen war und nun riesig und leer wirkte.

»Karin?«

Er wankte zum Kellerabgang. Die Polizei hatte das Haus durchsucht, Karins Arbeitszimmer auf den Kopf gestellt. In den Keller hatte ein Beamter nur einen kurzen

Blick geworfen. Der Geruch nach feuchter Erde hatte ihn vermutlich abgehalten.

»Karin.« Steinbachs Stimme zerfiel zu einem Flüstern. Schwankend betrat er die erste Stufe der Holztreppe, die zweite verfehlte er.

»Entweder ist sie nicht da, oder sie macht nicht auf, weil sie uns erkannt hat.« Oliver Brackhausen schaute an den Fenstern entlang.

»Und nun?«

»Nun werden wir um Amtshilfe bitten müssen.« Brackhausen griff zu seinem Handy, wählte eine Nummer. »Die Kollegen kommen gleich mit dem Schlüsseldienst.«

»Vielleicht ist sie ja noch in ihrer Kanzlei?« Jürgen Fischer überlegte.

»Daran hätte ich ja auch denken können.« Oliver Brackhausen sah betroffen aus. »Ich habe mir noch nicht einmal die Nummer ihres Büros notiert, Scheiße.«

»Aber ich.« Fischer lächelte. Er wählte und wurde zu einer besonders abweisenden Sekretärin durchgestellt, die ihm mitteilte, dass Andrea Roth das Büro schon am Nachmittag verlassen habe.

»Fehlanzeige.«

»Die Eltern stehen unter Schock. War ja auch nicht anders zu erwarten.« Der Kollege nickte Stephan Mertens zu. »Die Mutter hat ein Beruhigungsmittel bekommen, der Vater zieht Bier vor. Aber gemäßigt. Ist immer schlimm, so was.«

Mertens streckte sich. Die Fahrt nach Duisburg war ihm lang vorgekommen, er spürte die Müdigkeit. »Ja, das sind die schrecklichen Seiten unseres Berufs.«

»Haben Sie schon konkrete Spuren?« Der Kollege sah Mertens interessiert an.

»Nichts, was uns wirklich weiterbringt. Wir hoffen, den Täter in ihrem Umfeld zu finden, nachdem wir endlich wissen wer die Tote ist.«

»Tja, Sie können sie gerne befragen, aber die Eltern haben keinen blassen Schimmer.«

»Ich werde sie mit Samthandschuhen anfassen. Bei den meisten Morden ist der Täter jedoch im engsten Familienkreis zu finden, das sagt uns die Statistik.«

»Es scheint, als gäbe es nicht viel Familienkreis. Sie Einzelkind, weder Onkel noch Tanten noch sonst was. Auch meine ich, dass die Eltern nicht allzu viel über ihre Tochter gewusst haben. Angeblich hatte sie vor zwei Jahren das letzte Mal einen festen Freund. Sie arbeitete als Flugbegleiterin und versuchte sich nebenher als Model zu etablieren.«

»Sie war doch ganz hübsch, sie ist doch sicherlich feiern gegangen, tanzen, trinken, flirten.«

»Nein, sie hätte viel Sport gemacht. Ansonsten hat sie wohl am liebsten gelesen oder ferngesehen.«

Mertens schüttelte den Kopf. »Es ist schon seltsam. Wenn man die Eltern fragt, dann haben sich ihre Kinder nie etwas zu Schulden kommen lassen. Wahrscheinlich war ihnen noch nicht mal bewusst, dass ihre Tochter sexuell aktiv war oder sie wollten es nicht wissen. Sie sind immer Unschuldslämmer, können kein Wässerchen trüben. Schon ein Wunder, dass überhaupt Verbrechen passieren.«

Er klang verbittert. Der Kollege sah ihn verblüfft an.

»Wir reden hier über das Opfer, vergessen Sie das nicht. Das Opfer, nicht den Täter.«

Stephan Mertens zog die Augenbrauen hoch. »Das ist mir schon klar. Aber eine junge Frau, die so aussieht muss besonders vorsichtig sein, oder nicht? So lange Beine und ein zu kurzer Rock hat schon so manchen Mann zum Wahnsinn getrieben.«

Der Streifenwagen hielt vor der Einfahrt in der Wohnstraße in Meerbusch. »Kripo Krefeld?«

Oliver Brackhausen nickte.

Drei Männer stiegen aus, zwei uniformierte Beamte und ein Mann in Zivil mit einem Alukoffer.

Von der Penthousewohnung musste man einen hinreißenden Blick über die Umgebung haben, dachte Fischer. Der Mann in Zivil öffnete mit zwei schnellen Griffen die Tür.

»Da kaufen sich die Leute immer diese teuren Sicherheitsschlösser und wissen nicht, dass diese manchmal leichter zu knacken sind als ein altes, rostiges Bartschloss. Bitteschön.« Er gab den Weg frei.

Die Düsseldorfer Polizisten ließen Fischer und Brackhausen den Vortritt.

Jürgen Fischer erstarrte, als er das Wohnzimmer betrat.

Auf dem Tisch lagen zwei Köpfe, die Haare fächerförmig ausgebreitet, die Augen blicklos.

»Mir wäre beinahe das Herz stehen geblieben.« Oliver Brackhausen fuhr sich durch die Haare. »Sie sahen so viel echter aus, als der Kopf, den wir im Wald gefunden haben.«

Es war inzwischen tiefe Nacht und kaum noch Verkehr. Brackhausen ließ sich von Fischer eine Zigarette geben. Seine Finger zitterten leicht.

»Das stimmt. Die Spurensicherung wird wohl bis morgen früh beschäftigt sein. Haben wir eigentlich gesicherte Fingerabdrücke von Karin Steinhausen?«

»Keine Ahnung. Auf jeden Fall haben wir einen Kopf, der ihrer sein könnte. Sieht aus wie sie auf dem Foto.«

»Allerdings aus Kunststoff. Lassen Sie uns beten, dass wir ihren Kopf nicht so finden.«

»Das kann nicht Ihr Ernst sein, oder?« Polizeichef Ermter wurde blass, versuchte die tiefen Furchen in seiner Stirn glatt zu reiben. »Was sagt uns das jetzt? Die Frau Anwältin ist die Mörderin? Und sie hat Karin Steinbach entführt?« Er schüttelte ungläubig den Kopf.

»Sie war nicht da, es wies nichts darauf hin, dass sie ihre Wohnung fluchtartig verlassen hätte. Ihre Kanzlei konnte uns auch keine Auskunft über ihren Verbleib geben.«

»Vielleicht weiß ja Daniel Steinbach wo sie abgeblieben ist.« Fischer rieb sich müde die Augen, massierte sich den Nasenrücken. »Die beiden haben ja was miteinander.«

20 Minuten später erreichten sie nach Missachtung einiger Verkehrsregeln Steinbachs Haus.

»Das ist nicht der Tag der offenen Tür«, witzelte Brackhausen und drückte nun zum vierten Mal langanhaltend auf die Klingel. »Es ist der Tag der geschlossenen Tür.«

»Und nun? Schlüsseldienst?«

»Hmm, Gefahr in Vollzug, ich glaube wir überspringen den Amtsweg.« Brackhausen zog einen dünnen Schraubenzieher aus der Tasche. »Wenn man handwerklich begabte Freunde hat, die einem etwas beibringen, ist man klar im Vorteil.«

Im Laufe des Nachmittags war Oliver Brackhausen Fischer immer sympathischer geworden. Die beiden Männer grinsten sich an.

Mit einem Klacken sprang die Haustür auf.

Überall brannte Licht. Im Kamin loderte ein Feuer und geheimnisvolle Schatten tanzten über die Wände, malten Muster an die Decke.

»Herr Steinbach?«

Langsam gingen sie durch die Räume. Die Tür zum Kellerabgang stand auf, ein schwacher Lichtschein drang zu ihnen.

»Herr Steinbach?« Fischer schaute nach unten. »Guter Gott. Rufen Sie den Notarzt. Er liegt dort unten.«

»Er hat Glück im Unglück gehabt.« Der Arzt zog sich die Latexhandschuhe von den Fingern und nickte den Sanitätern zu. »Sturzbetrunken wie er ist, hatte er keine Reflexe mehr, alle Muskeln waren erschlafft. Wäre er normal die Treppe heruntergefallen, wäre er tot. So ist er heruntergerutscht wie ein Sack Sand. Deshalb ist der Armbruch wohl das Schlimmste an Verletzungen. Wir werden ihn röntgen, vielleicht hat er sich auch noch eine oder zwei Rippen gebrochen …«

»Vernehmungsfähig ist er nicht?«

»Ich bezweifle, dass er vorläufig weiß wer oder was er ist. Knapp an der Alkoholvergiftung vorbeigeschrappt, würde ich sagen.« Der Arzt schaute auf seine Uhr, seufzte. »Vor Morgen kriegen Sie keinen vernünftigen Ton aus ihm heraus. Ist es wichtig?«

»Ja, es geht um einen Mordfall.«

Irgendwie schafften es die Sanitäter, die Trage, auf der Steinbach festgeschnallt war, die steile Treppe nach oben zu tragen.

Jürgen Fischer sah ihnen zu, wie sie die Trage in den Wagen schoben. »Wir werden einen Beamten ins Krankenhaus schicken. Ich glaube zwar nicht, dass er türmt, aber sicher ist sicher.«

»Fischer!« Brackhausens Stimme gellte durch das Haus. »Fischer! Kommen Sie in den Keller.«

KAPITEL 40

Fischer trat auf die Terrasse von Steinbachs Haus, kleine Atemwölkchen bildeten sich vor seinem Gesicht. Er sog die kalte Luft in tiefen Zügen ein, streckte sich. Seit mehr als 24 Stunden war er nun auf den Beinen.

Das Display seines Handys zeigte fünf Anrufe in Abwesenheit an. Alle von seiner Frau. Er fluchte leise. Das Versprechen Freitagabend nach Hause zu kommen, hatte er nicht eingehalten, noch nicht mal seiner Frau Bescheid gegeben.

Noch war es zu früh, um bei ihr anzurufen, der Tag dämmerte gerade. Auch heute, dass wusste er, würde er nicht in der Lage sein, zu ihr zu fahren. Die Fälle waren an einem entscheidenden Punkt angelangt. Er konnte spüren, dass sie nicht weit von einer Lösung entfernt waren.

Sein Nacken schmerzte. Irgendjemand kochte wieder Kaffee. Vorhin hatte er seine letzte Zigarette geraucht. Um die Ecke war ein Automat. Diese fünf Minuten Pause gönnte er sich und zog sich eine neue Packung.

»Ich denke, wir können alles den Kollegen überlassen. Habe ich heute nicht schon mal etwas Ähnliches gesagt? Nein, das war gestern.« Oliver Brackhausen gähnte herzhaft.

»Bleibt noch genügend Zeit für eine Dusche und eine Rasur?«

»Ich glaube schon. Ich setze Sie zu Hause ab und wir treffen uns dann in einer halben Stunde oder so im Präsidium, okay?«

Das penetrante Klingeln des Telefons riss Jutta aus dem Schlaf.

»Thomas?«

»Frau Schink? Hier ist Dr. Hofstetter, Cäcilien Hospital, es geht um ihren Großvater.«

»Opa? Ist etwas passiert?« Mit einem Schlag war sie hellwach.

»Ja. Er ist verschwunden.«

»Er ist was?«

»Verschwunden. Weg. Ich dachte, Sie hätten eine Ahnung, wo er sein könnte. In seinem Zustand …«

Jutta schüttelte ungläubig den Kopf.

»Wie kann er verschwinden? Er war doch hilflos wie ein Baby. Ich habe ihn gesehen gestern. Sind Sie sich sicher, dass Sie sich nicht vertan haben?«

»Nein, Frau Schink. Wir haben uns leider nicht geirrt. Die Nachtschwester hat ihm Medikamente gebracht und als Schichtwechsel war, da war er weg. Erst haben wir gedacht, er ist aufgestanden und hätte das Klo gesucht. Doch wir konnten ihn bisher nicht finden. Die Polizei ist schon informiert.«

»Ich glaub das einfach nicht.« Sie ließ den Hörer zurückgleiten.

Zehn Minuten später saß sie in ihrem Wagen und fuhr in Richtung Traar.

»Wir haben zwei Köpfe von Schaufensterpuppen aus Frau Roths Wohnung, aber keine Frau Roth. Wir haben eine weitere Schaufensterpuppe, allerdings ohne Kopf aus Steinbachs Keller. Steinbach selbst liegt im Krankenhaus und ist nicht ansprechbar. Seine Frau haben wir nicht.«

Polizeichef Ermter schaute in die Runde. Ihnen allen

war die Müdigkeit anzusehen. Die Funde hatten einen kurzen Adrenalinschub verursacht, doch wenn sie nicht bald etwas Konkretes hätten, würden sie sich totlaufen.

»Was ist eigentlich mit der Freundin von Frau Steinbach? Ist sie inzwischen wieder aufgetaucht?«, fragte jemand.

Eine junge Beamtin wurde blutrot. Sie sah aus, als hätte man sie mit kochendem Wasser übergossen, wie eine Tomate, der man die Haut abziehen wollte. »Ich habe mit ihrer Firma gesprochen, mit Frau Wegeners Firma. Sie hat sich Urlaub genommen diese Woche. Ich glaube, ich habe ganz vergessen, das zu erwähnen.«

»Sie hat sich Urlaub genommen. So, so. Na, immerhin ist das ja ein Lebenszeichen und wir können sie von unserer Sorgenliste streichen.« Guido Ermter nickte. Zufrieden sah er nicht aus. »Weiß jemand, wo Mertens bleibt? Er ist gestern Abend noch nach Duisburg gefahren, um die Eltern der Toten zu befragen. Seitdem habe ich nichts mehr von ihm gehört.«

Die Blicke des Chefs wanderten durch den Raum. Die eine Hälfte der Beamten sah ostentativ aus dem Fenster, die andere erwiderte seinen Blick, als wollten sie ihm so ihre deutliche Aufmerksamkeit demonstrieren.

»Na«, Ermter schob die Unterlagen auf dem Tisch vor sich hin und her. »Er wird schon noch auftauchen. Was haben wir sonst noch?«

»Eigentlich nur Spuren, die ins Nichts führen …«

In diesem Moment ging die Tür auf und ein junger Beamter steckte den Kopf herein.

»Chef, wir hatten gerade einen Anruf vom Cäcilien Hospital. Jakob Schink ist heute Nacht verschwunden.«

»Verschwunden? Was soll das heißen?«

Der junge Mann zuckte die Achseln. »So genau konnte mir das auch niemand sagen. Er ist nicht mehr da.«

Jürgen Fischer setzte sich nachdenklich an seinen Schreibtisch. Der Chef hatte ihn und Brackhausen nach Hause geschickt, aber irgendetwas hielt ihn davon ab zu gehen. Im Moment gab es für ihn nichts mehr zu tun. Andrea Roth war zur Fahndung ausgeschrieben. Die Streife suchte nach Jakob Schink. Sie warteten darauf, dass Daniel Steinbach ausnüchterte und vernehmungsfähig wurde. Viel mehr gab es nicht zu tun, falls sich nicht eine weitere Spur auftat.

Stephan Mertens war bisher nicht aufgetaucht, was den Polizeichef ärgerte.

Immerhin hatten sie eine Spur von Irene Wegener. Sie hatte sich Urlaub genommen und war nicht verschwunden.

Würde sich jemand Urlaub nehmen und Hals über Kopf wegfahren wenn die beste und engste Freundin verschwunden war, es einen Mordfall gab? Jürgen Fischer wollte das nicht in den Kopf. Er erinnerte sich daran, wie er mit Sabine Thelen zu Steinbach gefahren war.

Sabine Thelen. Den ganzen vergangenen Tag und die Nacht über hatte er immer mal wieder an sie denken müssen. Da war etwas, etwas, was ihn irritierte, worüber er mit ihr reden wollte.

Eigentlich hoffte er die ganze Zeit, Mertens über den Weg zu laufen. Stephan Mertens könnte ihm sicher weiterhelfen, da er Sabine ja gut kannte.

Er suchte in den Unterlagen, die ihm der Personalleiter vor einer Woche gegeben hatte. Irgendwo musste da auch eine Telefonliste sein. Bevor er sie fand, öffnete sich die Tür zu seinem Büro.

»Fischer? Ich habe mir schon gedacht, dass Sie noch hier sind.«

»Wollten Sie nicht nach Hause? Ins Bett?«

»Ja, ich war auch schon fast auf dem Parkplatz, aber dann fiel mir noch etwas ein.«

»Ja?«

»Die Puppen. Die Schaufensterpuppen. Das sind doch ganz besondere, teure Dinger, oder?«

»Ich denke schon. Genau weiß ich das aber nicht. Mertens sagte so was.«

»Er hatte ja Nachforschungen darüber gemacht. Irgendwie ist mir das im Kopf hängen geblieben. Dass sie sehr teuer sind. Vor allem, wenn sie einer lebenden Person nachgebildet werden.«

»Und?« Oliver Brackhausen wollte ihm etwas sagen, aber Jürgen Fischer war zu müde, um es zu entschlüsseln.

»Na, die Puppe, die wir in Steinbachs Keller gefunden haben ... die hatte keinen Kopf. Aber in Andrea Roths Wohnung lagen zwei Köpfe ... hat schon jemand überprüft, ob einer zu Steinbachs Puppe gehört? Der eine Kopf sah aus wie Steinbachs Frau ... Haare, Gesicht ... alles ...«

»Sie haben Recht, aber ich verstehe nicht, worauf Sie hinaus wollen.«

»Teure Schaufensterpuppen ... ich weiß auch nicht, worauf ich hinaus will. Ich bin verdammt müde, aber es lässt mich nicht los.«

»Hmm«, Fischer rieb sich über das Kinn. »Hat er sich zum Privatvergnügen dieses Abbild von seiner Frau machen lassen, meinen Sie?«

»Ist das denn dieselbe ... ich meine gehört der Kopf denn zu seiner Puppe?«

Fischer griff zum Telefon. »Das werde ich heraus bekommen«, murmelte er.

Oliver Brackhausen zog sich einen Stuhl an den Schreibtisch, setzte sich ächzend.

Während Jürgen Fischer telefonierte, starrte Brackhausen auf den Computerbildschirm vor ihm. Auf einmal zog er sich die Tastatur heran und rief eine Datei auf.

»Es ist der Kopf von Steinbachs … suchen Sie etwas Bestimmtes, Brackhausen?«

»Moment … mir ist da was eingefallen …«

»Na, da bin ich ja mal gespannt.«

»Das ist sehr merkwürdig.«

»Was genau?« Fischer nahm sich eine Zigarette. Er trank zu viel Kaffee und rauchte mehr als gut für ihn war, das war ihm bewusst.

»Sehen Sie mal … Ende Mai ist die erste kopflose Schaufensterpuppe gefunden worden. Wir alle haben es für einen Dumme-Jungen-Scherz gehalten, das Ding wurde zur Müllkippe gebracht und keiner hat mehr daran gedacht, bis die nächste auftauchte. Aber Stephan hat schon damals intensiv im Internet geforscht. Dieser Ordner »Der tote Körper in der Kunst«, den hat er damals schon erstellt. Und schauen Sie mal hier … er hat eine andere Datei, die sich mit Serienmorden in den USA beschäftigt, etwa zur gleichen Zeit angelegt.«

»Wie bitte? Wieso schon damals? Da gab es doch noch keinen Mordfall.«

Die beiden sahen sich an.

»Das, was Sie damit implizieren, kann ich kaum glauben. Gibt es eine Verbindung von Stephan Mertens zu Daniel Steinbach?«

»Ich habe keine Ahnung. Ich kann aber mal seine Dateien durchforsten, er hat sie nicht alle mit Passwörtern versehen.«

»Wahrscheinlich hat er nicht damit gerechnet, dass wir danach schauen.« Fischer war auf einmal gar nicht mehr müde. »Aber ich versteh das Computerzeugs nicht.«

»Sehen Sie, so komme ich auf seine Dateien. Hier sind die Anlagen. Manche sind mit Passwörtern geschützt, andere nicht. Sieht nicht so aus, als hätte er sich damit viel Mühe gegeben. Wahrscheinlich hat er vergessen, dass ich in seine Dateien komme.«

»Sie kommen in seine Dateien? Kommen Sie auch in meine?«

»Nein, Fischer, nicht einfach so. Stephan hatte sich irgendwo einen Virus aus dem Internet eingefangen. Er hat im Internet gesurft, eher privat. Das durfte er nicht und deshalb konnte er es doch auch nicht melden. Ich habe ihm geholfen, es in Ordnung zu bringen. Deshalb weiß ich sein Passwort und komme an seine Dateien. Wer weiß jedoch, was dort noch so alles verborgen ist.«

KAPITEL 41

Ihr war kalt, die Zähne schlugen aufeinander und es gab nichts, was sie dagegen tun konnte.

Wie lange war sie nun schon hier in dem grauenhaften

Dunkeln? Tage? Wochen? Einen Monat gar? Sie konnte es nicht sagen.

Nein, sie hatte bisher nur Flüssigkeit bekommen, nach einem Monat wäre sie längst tot.

Etwas rührte sich. Schritte. Sie meinte, das erste Mal Schritte zu hören. Panik stieg in ihr hoch, nackte, verzweifelte Panik.

Ihr Herz schlug gegen ihre Rippen als wäre es ein kleines, gefangenes Tier, das ausbrechen wollte.

Da war jemand, er kam näher.

Sabine zitterte jetzt nicht mehr wegen der Kälte.

Lieber Gott, dachte sie, lieber Gott, mach, dass es schnell geht, bitte.

Wieder spürte sie eine heiße Flüssigkeit an ihren Schenkeln entlang laufen und sich in einer Pfütze unter ihr sammeln. Schmerzhafter, heißer und klebriger als Urin. Ein metallischer Geruch lag in der Luft.

Du armes, armes Wesen. Ich habe dich nicht gewollt. Dass du nun so sterben musst mit mir, in mir, das ist die Strafe für meine bösen Gedanken. Es tut mir so leid.

Tränen der Verzweiflung stiegen in ihr hoch. Sie hielt sie nicht zurück.

Um sie herum war es immer noch schwarz, doch dort war jemand.

Die Härchen an ihren Armen stellten sich auf.

KAPITEL 42

»Ich werde den Chef informieren, mal hören, was er dazu sagt. Das alles zu durchforsten dauert.« Oliver Brackhausens Finger jagten über die Tastatur.

»Okay. Kann ich mir kurz Ihren Wagen leihen, Brackhausen? Ich muss mal schnell etwas erledigen.«

Brackhausen fischte den Schlüssel aus seiner Hosentasche und warf ihn Jürgen Fischer zu.

Noch schienen die meisten Menschen an diesem Samstagmorgen zu frühstücken oder zu schlafen, kaum Verkehr hielt Fischer auf, als er in Richtung Bismarckviertel fuhr. Hin und wieder sah er jemanden, der einen Hund an der Leine hielt. Windböen ließen die letzten Kastanien von den hohen, alten Bäumen auf die Allee prasseln.

Die Hunde stöberten in den Büschen, beschnupperten Laternen und Bäume, als wären sie eine inoffizielle Suchmannschaft im Einsatz.

Fischer bog in die Dürerstraße mit den schönen Backsteinhäusern. Er stieg aus und blickte nach oben. Dort brannte das Licht. Immer noch oder schon wieder?

Auf sein Schellen antwortete niemand. Er fühlte sich an den vergangenen Tag, die Nacht, erinnert. Verschlossene Türen überall. Sollte er im Präsidium anrufen oder war seine Sorge unbegründet?

Als Jutta Schink in den Hof ihres Großvaters einbog, sprang ihr Ben freudig bellend entgegen.

»Guter Junge, was machst du denn hier? Ist Opa da?«

Das Tier schob seine feuchte Nase in ihre Hand, leckte über die Finger. Sie öffnete die Tür des kleinen Hauses und der verführerische Duft von kross gebratenem Speck stieg ihr in die Nase.

»Du? Hier?«

»Psst. Dein Opa schläft. Und nicht nur er.«

Jutta blickte zum Sofa.

»Was macht *sie* denn hier?«

»Komm in die Küche, ich erklär es dir.«

»Guten Morgen. Wollen Sie auch jemanden hier besuchen?«

Eine Frau war hinter Fischer getreten. Er zuckte zusammen, hatte sie nicht kommen hören.

»Ich wollte zu Frau Thelen, aber sie ist nicht da.«

»Sabine ist nicht da?« Die Frau drückte den Klingelknopf. »Das kann nicht sein.«

»Sie kennen sie?«

»Sie ist meine Tochter. Wir sind zum Frühstück verabredet. Ich wollte sie mit Brötchen überraschen.« Die Frau zeigte ihm die Tüte in ihrer Hand. Sie warteten, aber nichts tat sich.

»Das ist seltsam. Sie schläft doch sicherlich nicht mehr?«

»Oben brennt Licht. Doch das brannte auch gestern Abend. Ich war gestern schon mal hier, doch sie hat nicht aufgemacht.«

»Ja, ich habe gestern versucht sie anzurufen und sie ist nicht drangegangen. Das macht sie aber schon mal, sie hat im Moment eine … schwierige Phase.«

Frau Thelen schüttelte besorgt den Kopf. »Es wird ihr doch nichts passiert sein?«

Sie zog einen Schlüsselbund hervor und schloss auf. »Wer sind Sie eigentlich?«

»Hauptkommissar Jürgen Fischer.«

»Ach, ein Kollege von Sabine? Ich kenn Sie gar nicht.«

»Ich bin noch neu in der Stadt.«

Oben an der Wohnungstür schellte sie erneut. Außer dem metallischen Scheppern der Klingel war kein Laut zu hören. Frau Thelen schloss auf.

»Sabine? Kind?«

»Sie ist nicht da. Wo kann sie nur hin sein?« Die Frau rang mit den Händen, eine Geste, die Fischer traurig machte.

»Ich denke nicht, dass Sie sich Sorgen machen müssen«, sagte er gegen seine innere Überzeugung. »Am Donnerstag hat Stephan Mertens sie nach Hause gefahren.«

»Stephan? Ja, er war eng mit Martin befreundet. Martin war …«

»Ich kenne die Geschichte. Sehr schlimm.«

»Ja, manchmal habe ich das Gefühl, Sabine steht immer noch unter Schock. Stephan auch. Es macht ihn wütend, dass der Täter noch nicht gefunden wurde. Ich glaube fast, er ermittelt auf eigene Faust, er hat mal so etwas angedeutet.«

»Wirklich? Nun, wissen Sie, wie wir ihn erreichen können?«

»Ich habe seine Nummer.« Sie nahm einen Kalender aus der Tasche, blätterte. Dann ging sie zum Telefon und wählte.

»Er meldet sich nicht. Weder zu Hause noch auf dem Handy. Ist er im Dienst?«

»Könnte sein. Falls nicht, kann ich ja mal bei ihm vorbeifahren.«

»Oh, bei sich werden Sie ihn wohl kaum finden. Er hat eine nette Wohnung in Fischeln, soweit ich weiß, ist er aber meistens in dem kleinen Häuschen, das er von seinem Vater geerbt hat.«

»Und wo ist das?«

»An den Niepkuhlen. Es ist wohl ziemlich heruntergekommen, aber er bastelt jede freie Minute daran. Liegt recht idyllisch, aber weit ab.«

Sie schrieb die Adresse auf einen Zettel und reichte ihn Fischer. Dann ging sie noch einmal durch die Wohnung.

»Es fehlt nichts, nur ihre Laufklamotten. Vielleicht ist sie ja joggen. Bestimmt ist sie das und kommt gleich wieder.«

Fischer hatte den Eindruck, dass die Frau sich selbst zu beruhigen versuchte. Er hielt das für eine gute Idee, Hysterie nützte selten etwas.

»Sobald ich etwas herausgefunden habe, sag ich Ihnen Bescheid. Und es wäre nett, wenn Sie mich anrufen würden, wenn sie hier auftaucht oder sich bei Ihnen meldet.«

KAPITEL 43

Eine Tür öffnete sich und für einen kurzen Moment wurde Sabine von dem grellen Licht geblendet, dass es schmerzte. Dann war wieder alles dunkel.

Sie hörte keuchenden Atem und presste die Augen

zusammen. Ein Reflex aus der Kindheit. Wenn ich ihn nicht sehen kann, kann er mich auch nicht sehen.

»Sabine?«

Erleichtert stieß sie die Luft aus, merkte erst jetzt, dass sie sie angehalten hatte.

»Stephan. Gott sei Dank. Bitte, bitte, befrei mich!«

Er kniete sich neben sie, seine Hand streichelte über ihre Haare.

Wie kann er mich sehen, fragte sie sich verwundert.

»Gleich. Ich habe etwas zu trinken für dich.«

Sabine spürte einen Strohhalm an ihren Lippen. Sie trank gierig.

»Wie hast du mich gefunden? Wo ist er?«

»Wer?«

»Der Täter!«

»Ich wollte dich nicht mit hineinziehen. Zuerst jedenfalls nicht.«

»Hineinziehen? Wovon redest du? Ich blute. Ich kann es spüren.«

»Ja, du blutest.«

»Es ist das Baby. Bitte hol Hilfe. Bitte!«

»Du wolltest das Baby doch nicht.« Seine Stimme klang ganz sanft.

»Stephan, es stirbt!«

»Das ist jetzt nicht mehr so wichtig.«

Ein eisiger Schauer rann durch Sabine.

»Du weißt zu viel, das ist dein Fehler.« Er sprach mit emotionsloser Stimme.

»Was weiß ich? Stephan, was ist hier los? Bitte, hol Hilfe, befrei mich!«

»Das kann ich nicht, das sollte dir doch klar sein, oder? Ich habe zu lange nach einer Lösung gesucht.«

»Lösung?«

»Sabine, sei doch nicht so naiv.« Er lachte leise und böse. »Martin wusste zu viel, hat aber auch Fehler gemacht. Und du weißt sicherlich auch mehr als gut für dich ist.«

»Martin? Was hat er …?« Irgendetwas war ganz falsch an dieser Situation.

»Martins größter Fehler war, mich zu unterschätzen. Ich wusste natürlich, dass er mir auf die Spur gekommen war.«

»Wovon redest du, Stephan?« Sabine erinnerte sich an ihre Ausbildung. Immer ganz ruhig bleiben, sachliche Fragen stellen. Sie war sich nicht sicher, ob ihr das gelingen würde.

»Es war eigentlich ganz einfach. Ich brauchte Geld. Es ist immer das Geld, oder? Aber das Haus hier, es verschlingt Unsummen und es ist alles, was mir von meinem Vater geblieben ist.«

Er war verrückt, es gab keine andere Erklärung.

»Das mit Martin war leicht. Er hatte die vertraulichen Berichte auf seinem Computer abgelegt. Deshalb wusste ich, wann er zu der Wohnung fahren würde. Ein Anruf, und die Sache war erledigt. Mit dir, das war schon schwieriger. Ich mag dich, das musst du mir glauben. Es ist nichts Persönliches.«

»Das glaube ich dir, Stephan. Aber ist das hier die richtige Lösung? Meinst du nicht, es gäbe einen anderen Weg?«

»Sabine, das hier ist ideal. Sie werden mich nie mit dem Fall in Verbindung bringen. Als die erste Puppe gefunden wurde, da sah ich meine Chance. Ein verrückter Serientäter. Niemand würde mich verdächtigen.«

»Aber warum?« Sie hörte das Zittern ihrer Stimme, spürte einen weiteren Schwall Blut aus sich heraussickern.

»Sabine, du weißt sicherlich mehr als du ahnst. Dinge,

die Martin dir gesagt hat. Gesagt haben muss. Ich hatte gehofft, dass du noch nicht so schnell wieder zum Dienst erscheinst, dann hätte ich mehr Zeit gehabt, hätte noch andere Spuren legen können. Doch jetzt musste es schnell gehen.«

Sie hörte, dass er sich anders hinsetzte.

»Jemanden zu finden«, fuhr er nachdenklich fort, »der dir ähnlich sieht, war gar nicht so einfach.«

Sabine schrie auf. Plötzlich wurde ihr klar, weshalb sie so schockiert gewesen war, als sie den Kopf der Frau in Jakob Schinks Werkstatt sah. Es war wie ein Blick in den Spiegel. Sie hatte die Erkenntnis verdrängt, zu furchtbar war der Gedanke, der dahinterstand.

»Zuerst dachte ich noch«, fuhr Stephan Mertens fort, »es wäre dir Warnung genug, du würdest es verstehen und dich zurückziehen. Aber dann sah ich ein, dass ich es so oder so würde durchziehen müssen.«

Ich muss das Gespräch in Gang halten, dachte Sabine, obwohl sie merkte, dass ihre Kräfte schwanden.

»Wie hast du die Frau gefunden?«

»Im Internet, sie war Model. Ich habe ihr einen Job angeboten, sie hat angenommen und das war es dann. Ich nahm sie gefangen und wartete den passenden Zeitpunkt ab. Sie musste eine Woche hier ausharren, weil du doch nicht wie angekündigt zum Dienst erschienen warst. Dann konnte ich nicht länger warten. Und siehe da … du kamst wieder zur Arbeit.«

Die Gedanken rasten durch Sabines Gehirn. Hier? Waren sie bei seinem Häuschen? Die Wahrscheinlichkeit, dass jemand sie fand und retten würde schwand mit jeder neuen Erkenntnis. Ihr wurde speiübel.

»Die Frau am Stadtwald war ein Versehen.«

Die ging auch auf sein Konto? Sabine verzweifelte.

»Dabei habe ich ihr noch nicht mal etwas getan. Schon komisch, nachdem ich festgestellt hatte, dass du es nicht warst ... sie sah aus wie du im Dunkeln ... habe ich sie fallen gelassen. Als ich wegging, kamen mir zwei Penner entgegen. Ich denke, sie wollten sie ausrauben und sind über das Ziel hinausgeschossen. Gut für mich, eine irreführende Spur mehr.«

Sie hörte sein lautloses Lachen. Wie lange würde es noch dauern? Wann würde er sein Werk vollenden und sie umbringen?

»Und dann war Ermter noch so nett, sie durch mich befragen zu lassen. So konnte ich sichergehen, dass sie mich nicht erkannt hat. Auch nach Duisburg hat er mich geschickt, zu den Eltern der anderen. Das Mädel hat netterweise kein Wort von dem Job verlauten lassen. Sie werden mir nie auf die Spur kommen.«

Er stand auf.

»Stephan ... Stephan, warte.«

Doch Mertens antwortete nicht. Er öffnete die Tür und das Licht blendete sie wieder. Dann wurde es schwarz und sie war allein. Grauen legte sich wie eine schwere Decke über sie.

KAPITEL 44

Einen Moment überlegte Jürgen Fischer alleine nach Stephan Mertens zu suchen, entschied sich aber dagegen. Es war ja durchaus möglich, dass Mertens inzwischen im Präsidium aufgetaucht war.

Fischer ging in sein Büro, es war niemand mehr dort. Er eilte den Flur hinunter. Die Sorge um Sabine Thelen vertrieb seine Müdigkeit. Die Tür zu Mertens Büro stand offen. Polizeichef Ermter lehnte sich an den Türrahmen, die Arme vor der Brust verschränkt, die Stirn in tiefe Falten gelegt.

»Was ist passiert?« Drei Männer saßen konzentriert um Mertens Computer, einer davon war Oliver Brackhausen. Nun stand er auf und streckte sich, kam auf Fischer zu.

»Haben Sie eine Zigarette?«

Jürgen Fischer reichte ihm die Packung.

Oliver Brackhausen zündete sich eine an und inhalierte tief, so als sei es seine letzte Zigarette vor dem elektrischen Stuhl.

»Wir haben seine Passwörter zu seinen geheimen Dateien geknackt. Er hat sich nicht viel Mühe damit gegeben, muss sich sehr sicher gefühlt haben.«

»Ich versteh nur Bahnhof.«

»Sehen Sie, wegen einer großen Bande, die hier ihr Unwesen trieb, gab es im Sommer eine Sonderkommission. Martin Lindner gehörte dazu. Die Informationen waren geheim, es gab zwei verdeckte Ermittler. Das Milieu ist mehr als gefährlich, da wäre es schon dumm, wenn sich Informationen über die Buschtrommeln verbreiten.

Aus irgendeinem Grund hat Mertens diese Dateien auf seinem Computer, obwohl er offiziell nie Zugang dazu hatte. Und noch mehr. Es sieht so aus, als wäre er in die Sache verstrickt.

Wir haben schon befürchtet, einen Maulwurf in den eigenen Reihen zu haben, aber auf Mertens wäre ich nie gekommen.«

»Ja, das ist eine böse Erkenntnis.« Guido Ermters Stimme klang bitter. »Er wird uns eine Menge Fragen beantworten müssen.«

»Wissen Sie denn wo er ist?«

»Es sind drei Einsatzwagen zu seiner Wohnung unterwegs.«

»Dort wird er nicht sein.«

Jürgen Fischer saß im Fond des Wagens und schloss für einen Moment die Augen. Sie rasten über die Moerser Straße an Feldern entlang, die braun und abgeerntet vom nahenden Winter zeugten.

»Wo waren Sie eigentlich?« fragte Oliver Brackhausen ihn.

»Ich wollte zu Sabine Thelen, da war etwas, was ich sie fragen muss. Aber sie ist wohl joggen.«

»Schon komisch. Da sind wir einem Mörder auf der Spur, finden ihn bisher nicht, aber kommen durch Zufall in einem anderen Fall weiter.«

»Glauben Sie, dass Stephan Mertens etwas mit Martin Lindners Tod zu tun hat?«

»Ja. Wenn er diese Informationen an die bösen Jungs weitergegeben hat, dann wussten sie, wann Lindner dort auftauchen würde und welche Kenntnisse er hatte. Martin Lindner war ihnen zu dicht auf der Spur, vielleicht ahnte er auch was von Mertens Aktivitäten. Also haben sie ihn eliminiert.«

»Schöne Scheiße.« Fischer schloss wieder die Augen.

»Tja, in dem Puppenmord kommen wir erst weiter, wenn Steinbach wieder nüchtern ist.«

»Warum hat Mertens all diese Informationen zu den Schaufensterpuppen gespeichert und das schon lange, bevor sie relevant wurden? Irgendetwas ist auch da faul.«

Der Wagen rumpelte über einen Feldweg, Äste kratzten über das Wagendach.

»Schusssichere Westen anlegen!« Polizeichef Ermter reichte die Westen herum. »Man kann nie wissen. Vielleicht ist Mertens ja nicht alleine.«

Sie schlichen sich an das kleine, baufällige Haus heran. Zwei Männer nahmen mit gezogenen Waffen Position an der Tür ein, ein Dritter trat sie auf. Drinnen war niemand.

Dann ging alles ganz schnell und Fischer wusste nachher nicht mehr, ob sich die Erinnerungen nicht durch seine Müdigkeit verklärten.

Ein hochgewachsener Mann, der mit dem Nachtsichtgerät auf dem Kopf aussah wie ein Außerirdischer, kam um das Haus herum. Er hatte ein Glas mit einem Strohhalm in der Hand.

Es war Stephan Mertens.

Er bemerkte das Einsatzkommando, ließ das Glas fallen. Es zersplitterte auf den Steinen. Mit der einen Hand riss er sich das Nachtsichtgerät vom Kopf, die andere griff zu seiner Seite.

Stephan Mertens war unbewaffnet und die Handbewegung wahrscheinlich nur ein Reflex. Das ahnte aber der Kollege nicht, der auf ihn schoss.

Das Knallen hallte durch die Luft, ein Schwarm Vögel flog mit lauten Alarmrufen auf. Oliver Brackhausen stürmte zu Mertens, doch es war zu spät. Stephan Mertens war tot.

KAPITEL 45

»Opa ist hier?« Jutta sah Thomas verständnislos an.

»Es ist eine lange Geschichte, Baby.«

»Ich will sie hören.«

»Okay, du weißt doch, dass ich mit deinem Opa an den Kunststoffdingern gebastelt habe.«

»Für die Autos? Spoiler und so?«

»Ja, genau. Wir hatten den Plan etwas ganz Neues zu bauen aus neuem Material. Aber … dein Opa hat eine neue Verbindung erfunden, ein bestimmter glasfaserunterstützter Polyester. Er hat das schon vor Jahren erfunden und das Material ist voll geil. Doch …«, Thomas lehnte sich an den wackeligen Küchentisch. »Sie haben ihm das Patent geklaut. Er hat versucht dagegen zu klagen, war bei einer Patent-Anwältin in Düsseldorf, die darauf spezialisiert ist. Sie hat ihn wieder nach Hause geschickt.«

»Warum?«

»Keine Aussicht auf Erfolg, sagte sie. Und ohne das Patent konnten wir natürlich die Dinger nicht verkaufen. Sehr ärgerlich, das Ganze. Doch dann kam uns ein Zufall zu Hilfe.«

Jutta zog sich den Stuhl heran, setzte sich rittlings darauf.

»Letztes Jahr sind in Düsseldorf Schaufensterpuppen gestohlen worden. Es waren welche, die mit dem Polyester deines Großvaters gegossen worden waren. Teure Puppen ... und er hat nie die Kohle dafür gesehen.«

»Ja, stimmt. Eine der Puppen war ein Abbild von Frau Steinbach. Ich habe ja schon ein paar Mal mit ihr zusammen gearbeitet. Sie hat sich tierisch aufgeregt, als die Puppe weg war.«

»Ja, ich weiß.«

»Woher?«

»Sie hat es mir gesagt.«

»Wieso schläft sie drüben auf dem Sofa? Und wer ist die andere Frau?«

»Ich sagte doch, es ist eine lange Geschichte. Also ... möchtest du einen Kaffee, Eier, Speck?«

»Thomas! Bitte, erzähl!«

»Die Puppen wurden also gestohlen. Es war ein Versicherungsfall, verstehst du? Die Puppen waren weg, sie waren teuer und gut versichert, dafür wurde gezahlt. Das hat Karin ... öhm ... Frau Steinbach sehr gestunken. Vor allem weil ihre Figur dabei war.«

»Es war getürkt?«

»Ja, Daniel Steinbach hat schlecht kalkuliert, ihm kam das Geld gerade recht. Aber es ist noch mehr. Er hat einen Deal mit der Anwältin gemacht. Denn wenn dein Opa geklagt hätte, dann hätten Lizenzen für das Patent gezahlt werden müssen und Steinbachs Firma hätte nachträglich für das Patent zahlen müssen. Da sie aber schon in den Miesen waren, wollte er das vermeiden.«

»Der Einbruch war vorgetäuscht *und* Steinbach hat Opa um Geld betrogen? Die Sau!«

»Eigentlich steckt da mehr die Anwältin hinter. Sie hat das Patent auf sich angemeldet ... irgendwie durch Hintermänner. Aber den Zaster hat sie kassiert, oder einen Teil davon. Und dann hat sie was mit Steinbach angefangen.«

»Echt?«

»Echt! Dein Opa und ich, wir haben ja den Fall in der Presse verfolgt, haben gehofft, dass da medienmäßig mehr draus wird. War aber nicht so. Gestohlene Schaufensterpuppen haben kein Schwein interessiert.«

»Und gesagt habt ihr mir keinen Ton.«

»Baby, ich wollte dir keine Hoffnung auf Kohle machen, die es nachher doch nicht gibt. Und dein Opa wollte nicht, dass dein Vater irgendwie Wind davon bekommt. Du kennst doch deinen Alten.«

Jutta strich sich das Haar aus der Stirn, nickte.

»Jedenfalls habe ich dann im Mai Karin ... also ... Frau Steinbach getroffen. Eher zufällig. Ich wollte dich abholen in Düsseldorf, aber du warst schon weg und sie noch da. Wir sind ins Gespräch gekommen. Und sie war voll sauer auf die Roth und sie wusste, dass es ein Versicherungsbetrug war.«

»Woher?«

»Na, weil ihr Mann die Puppen bei sich zu Hause im Keller hatte. Der Kerl hat doch tatsächlich versucht die Dinger unter der Hand zu verticken. Zweifacher Gewinn sozusagen, einmal hat er mit dem Versicherungsgeld das Minus der Firma ausgleichen können und dann wollte er noch was für die eigene Tasche. Doch dann hatten Frau Steinbach und ich die Idee. Mit den Puppen. Da ein Spektakel draus zu machen. Ihnen die Köpfe abzusägen und sie mit Kunstblut wie Leichen aussehen zu lassen.«

»Das warst du? Cool!«

»Ne, gar nicht. Weil es überhaupt nicht wahrgenommen wurde. Die Presse ist nicht darauf angesprungen. Keiner hat danach geforscht, woher die Puppen kommen. Dabei hätte Karin ihrem Mann so gerne eins reingewürgt.«

»Ja, und dann?«

»Dann haben wir es noch mal probiert. Hat wieder nicht funktioniert. Auch das dritte Mal nicht. Dann haben wir aufgegeben.«

»Und die echte Leiche?«

»Ja, das war unheimlich. Genauso wie die Puppen, aber ich schwör es, damit hatten wir nichts zu tun. Gar nichts. Seltsam auch, dass gerade dein Opa die Leiche fand. Im ersten Moment hat er gedacht, das wäre wieder ich gewesen. Aber die Leiche war echt. Das hat ihn schockiert. Und dann haben sie nach dem Kopf gesucht. Die Köpfe haben wir niemals versteckt … bis auf das erste Mal, da haben wir ihn in eine Plastiktüte mit schön viel Kunstblut getan, aber keiner hat sie gefunden. Erst letzte Woche … und kurz darauf war auch der Kopf der Leiche hier im Gebüsch. Schon merkwürdig, oder? Als ob der wahre Mörder unser Szenario als Vorbild nehmen würde.«

»Warum sollte er das tun?«

»Um von sich abzulenken, oder? Ist ihm doch auch gelungen. Auf einmal war dein Opa verdächtig.«

»Stimmt. Aber was macht die Steinbach nun hier?«

»Ich bin noch nicht fertig.« Er stand auf und schenkte sich und Jutta Kaffee ein.

»Diese falsche Schlange von Anwältin hat rausbekommen, frag mich nicht wie, dass wir die Presse auf den Fall lenken wollten und auch, dass Karin mit dahinter steckt.«

»Du duzt sie? Hast du was mit ihr?«

»Spinnst du? Die ist doch mindestens zehn Jahre älter als ich und hat einen Braten in der Röhre.«

»Sie ist schwanger?«

»Ja, aber ganz bestimmt nicht von mir.« Er schüttelte den Kopf, nippte am Kaffee. »Jedenfalls hat die Anwältin Karin letzten Sonntag angerufen und sie damit konfrontiert, dass sie alles wüsste. Dass wir die Puppen geklaut und verstümmelt hätten. Das wäre auch eine Straftat, hat sie gesagt. Und das würde dann auf Karins Mann zurückfallen, er müsste das bezahlen und den Versicherungsschaden auch. Seinen Job wäre er los und wer sollte dann für Karin und das Kind zahlen? Das hatten wir natürlich nicht bedacht. Die Anwältin schlug Karin vor für eine Weile zu verschwinden. Karin hat ein schickes, kleines Ferienhaus in Rennesse.«

»Dann war die Steinbach nicht entführt, sondern in Holland?«

»Ja und ihre Freundin, das ist die andere Frau dort drüben, auch. Sie bekamen beide Angst, als sie das von der Leiche erfahren haben. Ich übrigens auch. Gestern rief mich dann Karin an, sie hatte das deutliche Gefühl, dass sie beobachtet würden. Ich bin hin und habe sie abgeholt. Und dann rief dein Opa aus dem Krankenhaus an und wollte nach Hause. Oh Mann, was für eine Nacht. Ich bin nur hin und her gefahren.«

»Du hättest mir etwas sagen können.«

»Ja. War wohl ein Fehler, Baby.« Er sah sie lächelnd an. Dann beugte er sich vor und das Lächeln wurde zu einem langen, weichen Kuss.

Fischer ging um die kleine Hütte herum. Vor dem Haus herrschte die hektische Betriebsamkeit, die immer in einem solchen Fall ausbricht.

Was, dachte er, hatte der Kerl bloß mit dem Nachtsichtgerät gemacht? Es war zwar ein Novembermorgen und hier über den Gewässern der Niepkuhlen hing der Nebel, als wolle der Tagesanbruch ewig fortdauern, aber für ein Nachtsichtgerät war es zu hell. Hinter dem Haus war ein kleiner Hügel mit einer schmalen Holztür. Fischer starrte die Tür minutenlang an, ohne zu begreifen, doch plötzlich wurde ihm klar: Es war ein Erdkeller. So etwas war auch hinter dem Haus seiner Großeltern gewesen.

Er öffnete die Tür, Kälte schlug ihm entgegen.

Als Fischer die Städtischen Kliniken ein paar Stunden später verließ, erinnerte er sich daran, dass er erst vor zwei Tagen hier Renate Brandt befragt hatte. Er fühlte sich, als sei er seitdem um Jahre gealtert.

Das erste, was er sah, als er die Tür vom Erdkeller öffnete, war das Blut. Er meinte noch nie so viel Blut gesehen zu haben.

Der Schock, Sabine Thelen zu erkennen, saß ihm immer noch in den Knochen.

Wer weiß, wann und ob sie gefunden worden wäre, wenn er nicht um das Haus gegangen wäre.

Sie lebte. Noch. Auch das Baby lebte noch. Der Oberarzt hatte keine verbindlichen Aussagen machen wollen. Es würde sich zeigen, ob sie die Nacht überstand.

Sabine Thelen war sogar bei Bewusstsein gewesen, als er sich neben sie kniete und um Hilfe schrie.

Sie hatte ihn aus verschleierten Augen angesehen und leise ein Lied gesummt.

»On du lööps wie du lööps ...«

»Es wird gut. Alles wird gut. Hilfe ist unterwegs.«

»Loop, Müller, loop...« Ihr Blick richtete sich auf ihn, sie schien ihn auf einmal zu erkennen.

»Stephan ...«, stammelte sie.

Er ist tot, wollte Fischer sagen, aber es kam nicht über seine Lippen. Vorsichtig versuchte er das Gewebeband, das um ihren Körper geschlungen war, zu lösen. Ihre Schultern, Arme, ihre Hüfte und auch die Beine waren straff fixiert. Ohne Schere wollte es ihm nicht gelingen. Ihre Haut schimmerte überall bläulich und fühlte sich eiskalt an. Er zog seine Jacke aus und breitete sie über Sabine.

»Es war Stephan ...«

»Ja, ja.« Wo blieben nur die anderen?

»Er hat mir alles erzählt...«

»Ja. Hmmm ... nicht sprechen. Gleich kommt Hilfe.«

»Ich bin nicht schnell genug gelaufen, er hat mich gefangen...«

Die letzten Worte kamen nur als ein Flüstern heraus. Dann verdrehte sie die Augen. In diesem Moment stürzten die anderen herein.

Fischer sog die Luft tief in seine Lungen. Er konnte seine Augen kaum noch offen halten, doch eins gab es noch zu tun. Er zog das Handy aus der Tasche und wählte.

»Susanne, ich bin es. Ich setze mich jetzt in den Zug. Holst du mich vom Bahnhof ab? Ich komme nach Hause.«

Weitere Titel finden Sie auf den
folgenden Seiten und im Internet:

WWW.GMEINER-SPANNUNG.DE

Hauptkommissar Jürgen Fischer ermittelt:

1. Fall: Seidenstadt-Leichen
ISBN 978-3-8392-2152-5

2. Fall: Seidenstadt-Morde
ISBN 978-3-8392-2260-7

3. Fall: Seidenstadt-Sumpf
ISBN 978-3-8392-2753-4

4. Fall: Seidenstadt-Schweigen
ISBN 978-3-8392-2752-7

GMEINER SPANNUNG

WWW.GMEINER-VERLAG.DE
Wir machen's spannend

DIE NEUEN Lieblings-plätze